아시아계 미국인의 정체성

데이비드 헨리 황의 작품 읽기

아시아계 미국인의 정체성

데이비드 헨리 황의 작품 읽기

정귀훈

한국학술정보㈜

책머리에

　미국의 현대 드라마는 20세기 들어서서 다양한 집단의 목소리를 내기 위한 장을 마련하고 있다. 미국은 다 인종, 다 민족 국가임에도 불구하고 앵글로 색슨의 주도의 사실주의 드라마가 주류를 이루고 있었다. 그러나 1970년대 들어서 다양한 소수집단의 권리추구 운동과 함께 드라마도 소수민의 목소리를 반영할 수 있는 장을 마련하고자 했고 오프브로드웨이 극장에서는 주류 드라마와는 다른 드라마가 상연될 수 있는 영역을 만들었다. 그리고 소수민의 목소리를 낼 수 있는 대안적 작품의 상연이 줄을 잇게 되었다.

　세계의 문화는 급격한 변화를 맞이하게 된다. 전 지구화(globalization)로 세계의 문화는 이제 혼재되는 상황에 이르게 되었고 인종과 성의 문제에 덧붙여 문화적 제국주의라는 더 큰 문제에 직면하게 되었다. 세계 경제 체계는 다국적 기업의 출현과 함께 미국이 세계의 문화를 잠식해서 새로운 형태의 식민주의가 발생하는 단계에 이르게 되었다. 주체 타자화되거나 혹은 잠식되어 완전히 그 정체성을 잃게 되지 않기 위해서는 자신만의 목소리로 스스로의 입장을 주장해야 한다는 시대적 당위성이 대두되었다.

　이 책은 1970년대 이후의 대표적인 아시아계 미국인 극작가인 D. H.

Hwang의 드라마 작품인 *FOB*와 *M. Butterfly*를 다루고 있으며 이 두 작품 속에 나타난 아시아계 미국인의 정체성의 문제를 다루고 있다. *FOB*는 1978년에 초연된 Hwang의 최초의 작품으로 1981년에 오비상을 받았다. 이 작품은 Hwang의 중국계 미국인 이민자 가족을 소재로 한 초기 작품인 *The Dance and Railroad*나 *Family Devotion*과 함께 그의 초기 가족 3부작 중에 가장 포괄적인 주제를 다루고 있는 대표작품이다. FOB (Fresh Off Boat)란 배에서 갓 내린 이민자를 지칭하는 용어로 경멸적인 의미를 갖고 있는 단어로 미국의 이민 2세대인 ABC(American Born Chinese)와 구분 짓기 위해서 사용된 용어이다.

Hwang의 대표작품으로 브로드웨이의 성공에 힘입어 영화화되기도 한 *M. Butterfly*는 1988년 토니 상을 받았다. 이 작품은 Hwang이 중국계 이민자 간의 갈등이라는 아시아계 미국인 내부의 문제에서 시야를 넓혀서 아시아계 미국인의 내부와 외부의 문제 모두를 다루고 있는 작품이다. 이 작품에서는 인종과 젠더 그리고 문화의 문제가 모두 아시아계 미국인의 정체성을 연구하는 데 다루어져야 한다는 점을 강조한다.

비록 중국계 미국인 작품으로 이 작품 속의 인물이 아시아계 미국인의 정체성 전체를 대변한다고 하기는 어렵겠지만 앵글로 색슨이 기존에 정형적으로 생각해 온 교활하고 우스꽝스럽거나 수동적이고 순종적인 아시아계 미국인과 차별화된 인물을 제시하고 있다는 점에서 그 의의를 찾아볼 수 있다. 타자의 입을 빌어서 재현된 왜곡된 정체성이 진실로 간주되었던 현실을 비판하고 아시아계 미국인 스스로 자신의 목소리로 아시아계 미국인의 문제에 대해서 이야기하고 있다는 점에서 주목해볼 가치가 있다. 또한 Hwang의 작품은 미국의 현대 드라마가 단일한 목소리를 진실로 주장하는 대신 다양성을 인정함으로써 보다 풍요로운 문화를 유지하고 발전시킬 수 있다는 점을 인식하게 한다.

정체성의 문제는 단순히 미국에 거주하는 아시아계 미국인만의 문제가 아니라 교통과 통신의 발전에 힘입어 경제적 교류와 문화적 교류가 전세계적으로 그 어느 때보다 활발하게 이루어지고 있기 때문에 이제는 전 인류의 문제로 확장될 수 있다. 국적이나 민족, 인종, 젠더, 젠더, 성욕성, 경제적 계급의 문제는 이제는 다양한 문화와 함께 우리 모두가 한번쯤 심사숙고해 볼 필요가 있다는 점을 인식하는 데 이 책이 조금이나마 도움이 되기를 바란다.

2006년 여름 정귀훈

목 차

머리말

I. 머리말

David Henry Hwang(1957-)은 그의 작품에서 개인과 사회의 의식을 지배하는 이데올로기의 문제점을 드러내고 이를 유희 기법으로 극복하였다. Hwang은 아시아계 미국인의 정체성의 문제에 깊은 관심을 갖고 있다. 정체성이란 사회적으로 구성되었으며 한 집단 혹은 개인이 공유하는 특성의 집합이기 때문에 주체와 타자 간의 차이 개념이 기반이 된다. 일반적으로 차이는 절대적인 것으로 간주되기 때문에 주체와 타자 간의 경계가 명확하게 만들어 정체성을 고정된 것으로 인식하게 한다. Hwang은 자신이 추구하는 주제를 "정체성의 유동성"(Hwang, "Interview" *Bearing* 94)이라고 밝힘으로써 차이의 절대성에 대해서 반대 입장을 취한다. Hwang은 서구 중심적 이데올로기의 작용이 주체와 타자의 경계를 절대화하여 이분법적 사고의 틀로서 세상을 바라보게 하는 허구성을 다룬다. Hwang은 제국주의적 이데올로기가 정형성을 통해서 젠더(gender)의 차이, 인종의 차이, 성욕성의 차이를 부각하고, 경제적, 정치적, 문화적 지배력을 강화하는 것의 문제점을 드러낸다.

  이데올로기는 개인의 사고방식을 결정하며 특정한 세계관을 형성하게 한다. 그래서 개인은 세상을 중심과 주변부로 나누어 바라보는 자신의 사고를 자연스러운 것으로 인정한다. 지배 이데올로기는 이분법적 사고의 구조를 유지함으로써 세상을 조정하는 막강한 권력을 갖고 특정 집단의 특권적 지위의 유지와 강화를 위해서 기존의 상하 관계 혹은 중심과 주변부의 관계를 유지하여 차이의 개념을 고정한다. 정형성(stereotype)은 바로 본질적인 차이의 개념에 기초하여 지배 이데올로기에 기여하기 위해서 만들어진 "변화하지 않고 고정된 묘사나 용어"(Hawthorn 334)이다. 지배 이데올로기는 차이의 고정성을 강조하기 위해서 편견을 일반화하거나 과잉 단순화를 통해서 정형성을 만든다. 정형화 과정은 개인의 정체성을 불완전하거나 왜곡된 정형성의 이미지를 통해서 인종, 문화, 시대, 젠더, 성욕성의 범주에 기초하여 분류할 수 있게 한다.

  정형성에 의한 주체와 타자의 구별에 의해 발생하는 이데올로기의 이분 대립항은 절대적 기준이며 차별의 근거로 작용한다. 개인의 정체성은 지배 이데올로기가 강요하는 불평등한 사회적 관계를 숨기고 왜곡된 정형적 사고의 주입을 위해서 만든 개념으로 사실 타당한 근거가 없이 권력자의 이득을 위해 봉사한다. 소수자 담론(minority discourse)을 억압하기 위한 논리적 다당성의 근거로 개인의 생물학적 특성을 기준으로 우열을 구분 짓는 생물학적 결정론에 초점을 둔다. 정형성은 개별 주체를 구성하고 있는 젠더, 피부색, 국가, 경제력, 성욕성(sexuality) 등의 다양한 요소가 유기적인 관계를 맺고 있다는 점을 간과하고 한 가지 요소를 분리시켜 그 기준에 따라서 나타난 주체와 타자의 차이 속에서 의미를 생산한다. 그 자체로서는 불완전한 의미를 갖는 기표 간의 우열 관계를 지배 이데올로기의 의미화 작업인 정형성으로 결정짓는다.

  지배 이데올로기의 작용은 자유로운 사고와 행동을 불가능하게 한다. 성차별주의, 식민주의, 인종차별주의, 이성애 중심주의, 자본주의 등의 사회 전반에 유포된 다양한 지배 이데올로기는 이분법적 대항 관계를 절대적인 것으로 주입하고 담론은 자신의 목소리만을 정상으로 주장한다. 여성, 제3세계인, 유색인, 동성애자, 노동자 등의 상대적 타자, 혹은 소수 주변부는 스스로를 주체로 명명할 수 있는 이데올로기의 부재로 자신의 목소리를 낼 수가 없기 때문에 지배 이데올로기가 부여한 허위적 차이에 의한 주체의 개념을 기꺼이 수용하게 된다. 실제 자신의 모습이 아니라 허구적 지배 이데올로기가 부여하는 불변하는 고정된 특성을 본질로서 수용하고 그것을 내재화하는 개별 주체는 스스로 자신의 이데올로기에 종속된 상태를 인지하지 못하거나 혹은 더욱 당연시한다.

지배 이데올로기의 억압으로부터 자유로워지기 위해서 사용되는 기법이 유희이다. 유희는 "수행적이며 자기 반성적 측면과 반사실주의 관점 그리고 언어적 유희를 강조"(Makaryk 149)하는 개념으로 기존 글쓰기 관례와 사회와 개인에 대한 관습적 관점에 문제를 제기하는 기법이다. 본 논문에서는 유희를 Hwang의 작품 속에서 보이는 정체성과 담론이 순수하며 중립적이라 믿겨졌던 이데올로기의 문제점을 어떻게 해체하며 권위적이며 부르주아적인 사회가치를 창조적으로 재구성하는가에 대해서 살펴보기 위한 매개체로 사용하고자 한다. 이러한 유희는 우선적으로는 다양성에 기초하기 때문에 반헤게모니적인 동시에 전통적인 사회적 가치에 반박하기 위해서 이용하는 기법이다. Hwang의 작품 속에서 지배 담론의 해체를 위해서 사용되는 유희는 재현을 위한 사실주의 기법의 문제점을 보완하는 매개로서도 유용하다.

사실주의 드라마에서 이데올로기는 사회적 관계를 왜곡하고 신비화된 주체적 지위를 창조해내는 재현 구조를 만든다. 사실주의 드라마는 실제와 재현 사이가 임의적 관계라는 점을 숨긴다. 그리고 "지배문화 이데올로기는 재현을 통해서 자연스럽게 동화되어 이데올로기적이 아닌 듯 보이게 함"(Dolan 41)으로써 지배문화가 재현한 실제를 독자가 아무런 의심 없이 수용하게 한다. 이데올로기가 작용하는 사실주의 드라마는 재현하는 상태가 절대적이며 본질적인 것이며 자신이 부여한 사회적 관계에 길들여 주체의 각성을 저지한다. 이러한 정치적인 재현 작업은 왜곡된 정형성을 기준으로 내세우고 정형성은 재현의 고정되고 변화하지 않는 본질적 속성을 강조한다. 정형성을 구성하는 이미지는 "항상 그렇게 재현되는 범주 뒤의 실체를 통제하려는 욕망을 위장"(Davidson and Wagner-Martin 849)하고 있다는 점에서 사실주의 드라마의 한계를 드러낸다.

Hwang은 이 제약을 해결하기 위한 전략으로 사실주의 드라마의 재현 기법 대신에 유희를 사용한다. 작품에서 왜곡되어 재현되어 온 단일하고 통합적인 정체성의 재현은 독자가 지적인 통찰의 과정을 거치지 않고 수동적으로 이데올로기가 제시하는 정형성을 내재화하도록 한다. Hwang은 지배 담론의 영향 속에서 주체가 내재화한 정형성이 진리로 수용될 수 있는 것인가에 대한 의문을 제기하게 한다. 그리고 정형성과 실제 인물 사이의 임의성을 부각시킴으로써 자연스러운 것으로 인식해 온 이데올로기가 주입하는 왜곡된 이분법적 사고 체계를 해체한다. 그리고 해체된 빈 공간을 다양하며 다층적인 차이의 유희로 관객을 능동적인 해석의 공간으로 이끌어낸다. 차이가 유발하는 공통점과 차이의 관계를 이해하는 과정이 유희이다. 일반적으로 유희는 낭만주의자에 의해서 사용되어 현대의 아방가르드 문학이나 다다이스트까지도 사용되어 온 재현의 대안적 방법으로 매우 다양한 의미를 갖고 있나. 현대석 의미에서 유희는 해체주의자의 의견과 맥을 같이한다. 기호와 의미가 자의적 관계이기 때문에 일대일 대응 관계를 통한 의미화가 아닌 기호가 상징으로서 갖고 있는 일대 다수의 의미화의 과정을 통해서 의미가 끊임없이 형성되고 변형되었지만 지시하는 대상과는 아무런 연관성이 없는 기표가 계속적으로 다른 이름으로 대치되는 언어적 과정이다. 이러한 연쇄적 관계 속에서 기호 간의 그물망과 같은 관계가 다양한 의미를 차연(differance)을 통해 생성하는 창조적 과정을 유희라고 할 수 있다.

Hwang의 작품에서 유희는 기법에 있어서 Jacque Derrida의 언어적 개념에서 발전한 미학적인 개념으로 재현에 대한 불신으로 인한 대안적 전략으로 이해된다. 유희는 "예술의 재현적이고 모방적인 개념에 대응하는 개념"(Kelly 539)으로 정의 내리고 Hwang의 작품에서 다양한 연극적 기법을 통해서 사실주의 서사 구조가 갖고 있는 약점을 보완하려는 하나의 대안으로서 사용한다. Hwang의 작품에서 두드러지는 유희 기법은 주인공이 각자의 시각을 주장하는 갈등을 통해서 발생한 상호간 의미의 차이에서 시작한다. 그리고 사실주의 연극 기법과 서사 연극 기법의 병치와 서양의 연극적 기법과 동양의 연극적 기법의 병치를 통해 발생한 내용과 기법상의 차이는 독자가 주인공에게 감정이입되는 것을 방해하고 지적 각성을 통한 의미 창조 과정인 유희에 동참하도록 유도한다. 그리고 작품과 작품에 관련된 다른 텍스트인 동양의 신화, 뉴스의 실제 기사, 그리고 오페라의 텍스트 간 유희를 시도한다.

　지금까지 Hwang에 대한 연구는 주로 아시아계 미국인의 정체성이라는 한정된 범주에서 이루어져 왔다. Hwang이 미국에 이민 온 중국계 미국인 부모를 두었으며 Hwang도 중국계 미국인이라는 인종적 배경은 그의 작품 다룬 인종의 문제에 불가피한 영향을 끼쳤다는 가정 때문이다. Hwang은 그의 스탠포드 대학 재학시절 *FOB*를 발표하여 기숙사에서 직접 작품을 기획하고 감독하였던 것을 기점으로 하여 *The Dance and the Railroad*와 *Family Devotion*의 초기 작품에서 *M. Butterfly*와 *Golden Child* 등에 이르는 다양한 작품을 통해서 브로드웨이에서 상업적 성공과 비평적 성공을 거두었다. Hwang의 대부분의 작품에서 인종 문제를 다루고 있기 때문에 Hwang의 작품에 대한 연구 역시 인종이라는 범주에 제한하여 비평적 접근이 많이 이루어져 왔다. Hwang의 작품은 미국문학에서 아시아계 미국 작품이 대부분 동양을 단순히 이국적인 소재의 일부로 국한하고 왜곡된 이미지로 제시해 왔던 것을 바로잡기 위해서 아시아계 미국 공동체에서는 진정한 아시아계 미국인 정체성에 대한 논의가 가속화되었다는 의의가 있는 것으로 평가된다.

　반면, Hwang은 그의 작품의 상업적 성공에도 불구하고 그가 아시아계 미국인의 정체성을 왜곡하여 서구 독자의 시각에 영합했다는 비판을 받는다. Hwang 이전에 이미 아시아계 미국 작가로 유명해진 Frank Chin은 비평가와 일반 관객 모두로부터 호의적 반응을 얻은 Hwang의 작품을 비판한다. 아시아적 영웅주의의 재현을 강조해 온 Chin은 자신이 편집한 아시아계 미국문학작품집인 *The Big Aiiieeeee!*를 통해서 일종의 아시아계 미국문학의 정전(canon)을 선보인다. 그는 아시아계 미국 작품의 선정 기준을 서문에서 밝히며 진정한 아시아계 미국문학과 가짜 아시아계 미국문학의 구분해야 하는 필요성을 주장한다. 그리고 그 구분의 기준은 지배문화에 동화되지 않고 지배문화가 제시하는 정형성을 거부하는 것이라 밝히고 있다. Chin은 주변부의 목소리를 내는 작품 중 아시아계 미국문학을 진정한 작품과 거짓 작품으로 나눈다. 그리고 상업적 비평적 성공을 거둔 Maxine Hong Kingston이나 Amy Ling 그리고 Hwang과 같은 작가를 중국의 진정한 역사와 문학을 왜곡하여 동화 같은 이야기로 아시아인을 왜소하게 만드는 백인 인종차별 주의자와 유사한 사고를 내재화하였다고 비판한다. Chin은 비판의 이유로 이들 작가의 작품이 아시아 문학과 역사 가운데 가장 보편적으로 알려진 신화나 전설 같은 고전을 그대로 제시하지 않고 백인 관객의 기호에 맞추어 변형하여 모든 아시아 미국 역사와 문학을 왜곡하였다고 한다. 그리고 중국계 미국 이민자가 중국 문화와의 연계를 잃고 미국에서의 새로운 경험과 결합된 불완전한 기억을 통해 새로운 형태의 이야기를 만들어내 "이런 유형의 역사는 정형성에 기여"(Chin 3)함으로써 백인도 아니고 진정한 중국인도 아닌 중국인 유령으로 스스로를 종속화한다는 비판을 한다.

하지만 Hwang의 작품은 아시아계 미국인이라는 편협한 범주에서 이해하기보다는 좀더 확장된 의미로 발전되는 과정으로 해석해야 한다. Hwang은 실제로 자신의 작품을 아시아계 미국문학이라는 범주 속에서 해석되는 것에 반대한다. Hwang은 정체성을 인종이나 국가적 배경에 따라서 구분하는 정형적 사고를 해체하기 위해서 *Rich Relation*에서는 주인공의 인종과

국적을 전혀 밝히지 않고 제시함으로써 정체성의 문제를 한 가지 요소에 의해서 지나치게 단순화하여 도식적으로 이해하려는 것을 경계한다. 남부 특유의 방언과 문화를 소재로 하고 있는 미국 남부 작가의 작품이 보편적 인 문학으로 이해되듯 아시아계 미국인으로서 고유의 문화와 언어를 소재 로 하지만 이 역시 시간적 공간적 특수성과 함께 보편적 인간에 대한 통 찰을 보여주는 것으로 읽혀져야 한다고 주장한다.

이러한 맥락에서 살펴볼 때 Hwang의 작품은 소수민 문학이 발화할 수 있는 장을 마련한 것으로 이해된다. Hwang의 작품 속의 주인공이 Chin의 지적처럼 아시아계 미국인의 정체성을 대변할 수 있다고 생각할 수는 없 다. 작품 속에 등장하는 한 사람의 주인공을 아시아계 미국 정체성이 갖고 있는 보편적 특성을 반영한다고 주장하는 것이 오히려 또 다른 기준에 의 한 정형성을 만드는 것이기 때문이다. 그래서 Hwang의 작품 속의 인물은 젠더나 인종, 경제적 계급, 성욕성의 인자가 어떻게 상호 연관되어 다른 의미를 생성하는가에 대한 다양한 논의와 의미생성을 통해서 아시아계 미 국인 정체성을 찾아가는 과정 속에 제시된 관계 사이에서 생성되는 새로운 가능성으로 해석하는 것이 바람직하다. 또한 Hwang의 상업적 성공을 통해 서 많은 아시아계 미국인으로 하여금 드라마와 예술 분야에 참여할 수 있 게 함으로써 왜곡된 정형성에 대한 문제를 제기하고 수정할 수 있는 전문 가의 양성에 도움을 주었다. 그리고 Hwang의 작품이 소수민족 문학에 다 양한 논의의 장을 마련하여 서로의 경험을 공유하고 개인의 차원에서 사회 의 차원으로 인식의 폭을 확장했다는 점을 간과할 수 없다.

Hwang의 작품을 완결된 형태의 소수 문학의 정전으로 보기보다는 열린 결말을 갖는 텍스트를 통해서 다양한 시공간의 상호 작용으로 이루어진 새로운 의미 생성이라는 창조적 과정으로 수용해야 한다. Hwang의 작품은 인종주의와 제국주의 그리고 성차별주의와 강제적 이성애(compulsory heterosexuality) 등 의 다양한 이데올로기적 담론이 갈등을 일으키고 동시에 교차하는 유희를 통해서 세상을 바라보는 새로운 시각에 대한 하나의 제안으로 해석된다.

Hwang의 작품 세계는 불완전하고 모순된 것의 유희를 통해 끊임없이 변화하며 새로운 의미를 생성하는 창조적 세계이기 때문에 Hwang은 다양한 특성을 지닌 독자로 하여금 단일한 재현 체계를 통해 진리로 제시되는 정형적 사고의 체계를 벗어나게 하려는 시도를 갖고 있었음을 밝히고자 한다.

이러한 작품 비평 작업은 작품을 바라보는 시각을 인종적 관점이나 젠더의 관점 혹은 성욕성에 기초하여 또 다른 이분법적 사고의 구조로서 작품을 이해하는 단층적인 해석 방법에서 벗어나게 하기 위한 하나의 제언이다. 그리고 작품 내에서 유희하는 담론 사이의 관계를 통해 생성된 다양한 의미화 작업 가운데 텍스트 읽기의 즐거움을 발견하고자 한다. Hwang의 작품 중에서 *FOB*와 *M. Butterfly*는 담론의 경계를 넘나드는 유희적 관계를 다채로운 소재와 기법을 사용해 창조한 대표적인 작품이다. 2장에서는 *FOB*에서 발견된 지배 이데올로기의 허구적 정형성의 문제점을 인종차별주의와 성차별주의 그리고 제국주의 이데올로기와의 연관 관계를 통해서 살펴보고자 한다. 또한 지배 이데올로기의 영향으로 단성적인 사고를 해 온 주인공과 함께 독자의 정형적 사고의 문제점을 인식하는 것을 돕기 위해 Hwang이 사용한 소재와 기법에 대해서 연구해 보고자 한다. 그리고 3장에서는 *M. Butterfly*에 나타난 인종 혹은 젠더 그리고 성욕성의 문제가 제국주의적 환상과 담론의 유희과정을 통해서 실제적 삶의 조건과 이상화된 환상의 차이를 살펴보고 세상을 바라보는 이분법적 구조의 해체를 하는 과정을 보여주고자 한다. 그리고 개인의 몸에 투사된 허구적 이데올로기의 작용에서 자유로울 수 있는 비판적 시각의 필요성과 함께 복장전환(travestism)으로 탈정형을 시도하고자 한다.

Hwang의 작품은 아시아계 미국인의 전통을 그대로 따르는 민족주의의 입장을 취하지 않고 전통의 정형성을 거부하고 완전히 서구의 시각에 동화되어 버린 동화주의의 입장을 취하지도 않는다. 그는 정치화를 위해 인종이라는 하나의 요소를 또 다른 거대 서사로 제시하는 대신 그 외의 다양한 요소의 자유로운 유희적 관계를 통해 다른 수직적 서열화를 거부하고 개인의 선택이라는 개별성을 위해 다양성을 강조한다. 그래서 Hwang은 요소 간의 경계를 모호하게 함으로써 아시아계 미국인 작가로서 침묵이 강요된 소수 집단을 대변해야 하는 작가로서의 사명을 다한다. Hwang의 작품은 다양한 이질적 요소가 혼재하면서도 나름의 원리와 질서를 만드는 과정에 있다. Hwang의 *FOB*와 *M. Butterfly*가 완벽한 현실의 모방을 추구하는 기존의 재현 방식이 아닌 완결되지 않은 창조적 모방을 표방하는 열린 텍스트로서 갖는 의의를 갖는다. 그리고 인종, 성, 국가, 계급, 성욕성 등을 정형성에 의해서 이미지를 왜곡하고 그것을 본질로 제시하는 성차별주의, 인종차별주의, 제국주의, 이성애주의 등의 지배 이데올로기를 해체하는 과정을 보여줌으로써 정체성이라는 것은 불연속적이며 유동적인 다양한 요소가 상호 작용하고 융합되는 과정의 문제임을 밝히고자 한다. 그리고 이러한 문제의 인식이 선행되어야 비로소 의미창조의 유희의 즐거움을 느끼며 탈정형을 성취할 수 있다.

FOB

II. *FOB*

A: 다수 정체성

Hwang의 *FOB*는 개인의 정체성은 유동적인 것이므로 정체성을 구성하는 다양한 인자 중의 어느 한 요소도 배제하지 않고 모두 인정해야 하는 필요성을 주장한다. 개인의 정체성을 다양한 요소에 의해서 구성되었다고 주장하는 것은 개인의 물질적인 측면을 간과하는 것인 반면에 개인의 물질성에 초점을 두면 물질성에 부여되는 왜곡된 의미와 해석에 의해서 개인의 정체성을 바르게 바라볼 수 없다. 그래서 Hwang은 정체성의 본질적인 측면과 정체성을 구성하는 요소 간의 유희적 관계로 개인의 정체성을 제시한다. 그리고 두 가지 측면을 동시에 수용하는 것이 곧 Hwang이 주장하는 유동적 정체성과 일맥상통한다. Hwang의 작품은 성, 젠더, 인종이라는 물질성으로 개인의 정체성을 고정시키기보다는 시간의 흐름 속에서 다양한 의미를 산출하는 변화하며 진화되는 유동적 주체(subjectivity)의 관점으로 해석된다.

개인의 정체성은 정형성으로 구성된 단순히 본질적인 요소로 인식시키는 지배 담론에 따라 응시(gaze) 대상이 아닌 기표간의 상호 작용에 의한 바라봄(look)의 대상으로 인식해야 한다. 바라보는 주체와 바라보는 객체라는 이분법에 의해서 응시하는 주체는 스스로를 중심에 두고 바라보는 대상을 주변화시켜 상호시선의 교환을 거부하여 특권적 지위를 유지한다. 응시를 통해서 정체성을 바라보는 인종주의와 성차별주의는 서구 제국주의와 결합하여 만들어낸 정형성으로 아시아계 미국인으로 하여금 이중 삼중의 고통을 받게 한다. 결국 지배 이데올로기는 소수를 전 지구적 자본주의가 만들어내는 새로운 제국주의적 상황과 연관시켜 억압함으로써 보다 복잡하고 미묘한 종속 관계를 맺게 한다. 지속적인 종속 관계는 개인의 사고와 행동에 영향을 주어 자신의 종속 상태를 자연스러운 것으로 받아들이고 행동하게 한다. 동시에 이데올로기는 불합리한 관계의 내재화를 유지하기 위해서 이데올로기가 제시하는 정형성과 일치하지 않는 것에 열등한 가치를 부여하여 철저하게 배타적 태도를 취한다. 배타성은 정체성 확립을 통한 주류 사회로의 동화를 꿈꾸는 사람에게는 두려움이고 그것을 극복하기 위해서는 자신의 정체성의 일부를 부정해야 하는 어려운 상황에 직면하게 된다.

개인의 정체성은 부정할 수 없는 생물학적 특성에 의한 타자와의 차이로 존재한다. 차이는 개인과 개인을 구분하고 분류한다. Hwang은 *FOB*에서 차별의 근거가 생물학적 차이로 문제가 되는 것이 아니라는 점을 분명히 한다. Hwang은 개인의 정체성을 위해서 존재하는 차이의 개념을 부정하는 것이 아니라 그 차이를 근거로 발생하는 의미화에 의문을 제기한다. 차이는 말 그대로 생물학적인 차이로 기표에 불과하다. 개인의 몸에 새겨진 생물학적인 차이는 아무리 개인이 부정한다 하더라도 변경될 수 없다. 남성과 여성, 백인과 유색인, 이성애자와 동성애자의 차이는 존재하지만 그 경계를 명확히 할 수 있는 절대적인 기준으로 제시되는 기표로서의 역할에는 의문이 생기는 개념이다.

이데올로기는 차이의 목록인 정형성을 만들고 그 정형성에 편견적인 기준으로 왜곡된 의미를 부여하여 의미를 고정한다. 차이의 자유로운 유희로서 정체성에 관한 다양한 의미가 만들어지도록 하는 대신 이데올로기는 이렇게 의미가 고정된 정형성을 서열화하고 긍정적인 것과 부정적인 것으로 분류하는 담론을 만들어낸다. 그리고 남성, 백인, 이성애자에게는 긍정적인 의미를 부여하여 우월한 것으로 간주하고 여성, 유색인, 동성애자에게는 부정적인 의미를 부여하여 열등한 것이라는 의미를 유포한다.

이러한 유포가 가능한 것은 지배 이데올로기가 갖고 있는 강력한 영향력 때문이다. 독자는 이데올로기가 재현하는 정형성을 진실로 받아들인다. 하지만 사실 이데올로기는 "개인이 그들의 실제 존재 조건과 연관된 상상적 관계의 재현"(Althusser 241)이기 때문에 모든 곳에서 작용하는 초 역사성을 갖고 있어 사실을 반영하지 못한다. 실제 현실에 기반을 두지 못한 상상적 관계를 개인이 진실로 받아들이도록 하기 위해서 이데올로기는 개인에게 직접적으로 강압적인 물리적 영향력을 끼치는 군대, 정부, 교회 등의 "억압적 국가 장치"(Repressive State Apparatus)에 의해서 직접적으로 행동을 규제한다. 동시에 교육, 문화, 예술과 같은 "이데올로기적 국가 장치"(Ideological State Apparatus)는 이데올로기의 작용을 숨긴 채 개인에게 스스로 자유로운 주체(subject)로서 행동한다는 환상을 심어주어 이데올로기에의 종속을 자연스러운 것으로 인식하고 기꺼이 수용하게 한다. 드라마에서 재현되는 사실도 결국에는 완벽한 진리를 모방하는 과정이 아니라 현실의 일부를 지배 이데올로기가 선별하여 제시하는 불완전한 모방이 될 수 있다. 그럼에도 독자는 이러한 불완전한 모방을 진리로 인식하고 행동하기 때문에 실제 현실에서 벌어지는 불합리한 상황에 대한 올바른 이해가 불가능하다.

편견적 시각을 내재화한 독자는 지배 이데올로기를 유포하는 정형성을 통해서 개인의 정체성을 고정적인 것으로 판단한다. 고정된 정형성을 근거로 독자는 주류 문학과 주변 문학을 분리하는 하나의 기준을 설정함으로써 특정 이데올로기를 유포한다. 이러한 정형성에 대한 본질주의 관점과 과잉 단순화의 문제는 독자가 그것이 이데올로기가 만들어낸 허상의 이미지라는 것을 인지하지 못하고 진실이며 자연스러운 것으로 인식하는 내재화의 과정을 통해서 사회의 불평등한 관계가 영구화될 수 있는 위험성을 갖고 있다. 따라서 독자가 정체성을 보편적인 정형성이 제시하는 기준에 따라서 분류하고 차이를 만들어 절대적 진리로 주장하며 차별의 근거로 이용하는 이데올로기의 작용에서 벗어나려는 시각이 필요하다.

*FOB*에서 Hwang은 아시아계 미국인의 정체성에 대해 인종차별주의의 내재화에 대한 문제 제기로 시작한다. 그리고 인종차별주의와 연관된 성차별주의가 전 지구적 경제체제에서 제국주의 이데올로기와 결합함으로써 복합적으로 개인의 정체성에 미치는 영향에 대한 관심을 보인다. Hwang은 자신의 정체성을 바라보는 본질주의 접근 방법과 상대주의적 방법의 극단성에 대한 경고를 한다. 정체성을 본질로서 접근해서는 개인이 갖고 있는 젠더, 인종, 성욕성의 요소의 의미를 고정된 것으로 바라보기 때문에 서구의 이분법적 사고의 틀에서 벗어날 수 없다. 반면 정체성을 상대주의적으로 접근하면 위의 요소가 사회적으로 구성된 의미로 이질적 요소의 모음으로 인식하기 때문에 개인의 선택에 의해서 선별적인 정체성의 규정이 가능하다고 생각하게 된다.

그러니 극단적인 집근 방법은 정체성을 바라보는 데에 문제점을 갖고 있다. 정체성의 구성요소를 본질로 이해하면 주체와 타자의 차이가 고정된 것이고 주체와 타자는 대항적 개념으로 동질성을 공유할 수 없는 배타적 관계라고만 바라보게 된다. 현대의 정체성 정치학(Identity Politics)을 주장하는 일부 여성주의 공동체, 인종 공동체, 그리고 퀴어(queer) 공동체의 문제점은 바로 정치화 수행을 위해서 개인의 다양한 차이를 주변화하는 대신 젠더, 인종, 성욕성 혹은 계급이라는 단일한 요소에 다른 차이를 하위 범주화하여 서구 이분법적 사고 체계를 그대로 답습하여 분리주의와 역차별을 초래했다는 점이다. 이러한 과정은 또 다른 지배 이데올로기를 유포하고 기존의 주류 담론과 주변 담론 사이의 권력의 이동만 이루어졌을 뿐

불평등한 관계는 여전히 존속하게 된다.

*FOB*에서 작품의 초반부에 보이는 Steve의 민족 자긍심은 바로 이러한 정체성에 대한 본질주의 입장으로 이해할 수 있다. 중국에서 막 미국으로 유학 온 Steve는 아버지의 식당에서 일을 하는 Grace를 만났을 때 중국의 전통 음식인 빙(bing)을 메뉴도 보지 않고 주문을 한다. Steve는 미국의 차이나타운에 중국의 전통 음식이 없을 수 있다는 것을 조금도 의심하지 않는다. Grace는 메뉴를 보라고 요구하고 Steve는 그것을 이해하지 못한 채 계속해서 빙을 요구한다. 그리고 Steve는 자랑스럽게 자신을 중국의 전통 신인 Gwan Gung으로 소개한다. 그의 민족적 자부심은 본토에서와 마찬가지로 미국에서 Gwan Gung이 위대하며 모든 미국인이 그를 숭상할 것으로 판단한다. 새로운 문화에 대한 이해 없이 자신의 민족적 정체성을 규정짓는 것은 죽은 신으로서 누구도 관심을 갖고 있지 않은 Gwan Gung 이라는 이데올로기에 집착함으로써 민족 중심적 문화 차이를 인정하지 않고 타자와의 대화의 가능성을 상실하고 독단적 사고에 머물게 한다.

반면에 정체성이 사회적으로 그리고 타자에 의해서 구성된 것이기 때문에 개인이 자신의 선택에 의해서 부정할 수 있는 요소가 있다고 바라보는 상대주의적 입장은 주류 사회로의 동화를 위해서 자신의 정체성의 일부를 부정하는 행위로 이해된다. 정체성에 대한 이러한 접근은 다양한 개인의 차이를 유발하며 모든 정체성을 수용하는 듯 보인다. 하지만 자신의 정체성을 부정하는 이러한 행위의 기저에는 지배 이데올로기의 영향을 쉽게 받을 수 있는 가능성이 있다. 지배 이데올로기가 팽배한 세상에서 주체적 사고를 할 수 없는 개인은 주류 사회에 동화되기 위해서 지배 이데올로기를 내재화하여 다양성이라는 미명하에 스스로를 잘못 규정하고 타자와의 소통 자체를 불가능하게 할 우려를 갖고 있다.

*FOB*에서 Dale은 바로 인종차별주의 이데올로기의 내재화로 인종적 자아를 부인하고 스스로의 정체성을 문화적으로 자신의 정체성을 분류하는 오류를 범한다. Dale은 모범적 소수자(model minority)로 분류되기 위해서

미국의 주류사회에 동화되는 것이 필수 조건이다. 그래서 Dale은 중국계라는 자신의 피부색에 근거한 인종적 자아를 버리는 것을 택한다. 그는 자신이 미국 문화적 정체성의 기준으로 볼 때 완벽한 미국인의 정형성에 일치한다고 주장한다. Dale의 주장의 근거는 완벽한 영어를 구사하고 미국 문화에 익숙하다는 외적인 조건 때문에 스스로를 성공했다고 평가한다. 그래서 자신의 인종적 정체성을 상기시키는 Steve나 자신의 부모님과 같은 FOB(Fresh Off the Boat)와 자신의 차이를 절대화한다. 차이로 발생하는 불확실한 정체성을 안정적이고 통합된 정체성으로 인정하기 위해서 Dale은 FOB의 정형성을 일일이 나열하여 서로를 구분 짓는 경계를 분명히 한다. 그리고 자신과 달리 미국 문화적 관습에 익숙하지 못한 FOB를 경멸하는 태도를 취한다.

따라서 Hwang은 정체성에 대한 일방적인 응시적 접근 대신 상호적인 시선의 교환을 통해서 정체성을 접근하여 본질주의와 상대주의 극단성의 문제를 논의한다. Hwang은 치유의 방식으로 "소수자가 함께 모여 잠시 동안 스스로를 분리하고, 그들이 공통의 경험을 가지고 있다는 것을 깨닫는 것"(Hwang, "Interview" *Bearing* 94)을 주장한다. 이것은 소수자가 주류 사회와의 차이를 통해서 공통의 경험을 공유한다는 것을 보여준다. 또한 이것은 소수자가 차이와 공통점의 공존상태를 경험하되 그것이 결코 영구적인 것이 아니라 일시성을 갖고 있다는 점을 지적하는 것이다. 소수자가 갖고 있는 동질성과 이질성은 분리될 수 없는 관계이기 때문에 극단적인 차이만을 강조하거나 혹은 동일성만을 강조하는 정체성에의 접근은 문제가 있음을 지적하는 것이다. 상호성에 입각한 정체성의 접근을 통해서만 Hwang이 주장하는 미국의 경제 구조에서 생존할 수 있기 때문이다. Hwang의 작품은 탈구조주의자에 의해서 제안된 다수성(multiplicity)의 개념에 부합한다. 전반적인 작품에 대한 접근에 있어서 그러한 개별적인 대상이나 사건에 대한 관심보다는 인종과 젠더 그리고 제국주의 등의 영역 간의 관계와 그 관계의 생산물이 만드는 의미를 해석하는 탈구조주의적 입장에서 보다 큰 맥락에서 바라보는 것이 적합하다.

*FOB*에서는 Grace를 통해서 동질성과 이질성을 극복한 다수성에 입각한 정체성의 확립과정은 개별주체 자체보다는 그 주체를 구성하는 요소 간의 관계에서 찾아볼 수 있다. Grace는 미국에 처음 왔을 때 오히려 ABC에 의해서 배타성을 경험하게 된다. 같은 중국계라는 민족적 정체성으로 동질성을 공유한다고 생각했던 ABC로부터의 배타적 소외 상황은 Grace가 미국에서 생존하기 위한 다른 시도를 취하게 한다. Grace는 중국계 혹은 아시아계라는 민족적 정체성을 거부하고 미국인이라는 국가적 정체성을 선별적으로 취해 백인과 동등해지기 위해서 자신의 생물학적인 특징을 지우고자 한다. Grace는 머리를 백인 여자 아이처럼 금발로 염색을 함으로써 백인과 구별되는 중국계임을 보여주는 생물학적 요소를 숨기고자 한다. 그러나 피부색이나 머리카락의 색깔은 단지 백인의 편의에 의해서 자신의 기득권을 지키기 위해서 만들어놓은 표면적으로 확연히 구분되는 하나의 표지에 불과하기 때문에 그녀는 백인에게도 역시 거부당한다.

자신의 정체성 중 어느 하나를 선별적으로 선택함으로써 한쪽에 동화되려는 그녀의 시도의 불가능성은 Grace의 모습에서 잘 드러난다. 그녀는 중국계 미국인이 금발로 염색했을 때의 그 끔찍한 모습에 대해서 회상한다. 백인도 아니고 그렇다고 아시아인도 아닌 그녀의 모습은 누구에게도 완전히 속할 수 없는 외로움을 준다. Grace는 자신의 정체성 중의 어느 하나를 버리게 되면 자신의 불안정한 정체성은 계속해서 스스로를 위협한다는 점을 어느 날 저녁차를 몰고 나가서 운전을 하다가 깨닫는다. 자신의 인종적 정체성과 문화적 정체성을 있는 그대로 인정하고 비로소 Grace는 안정감을 느끼게 된다. 또한 자신의 근원에 대한 새로운 인식을 위해서 미국에 와서 부정하던 중국의 전통에 대한 수업을 대학에서 수강한다.

Hwang은 *FOB*에서 진정한 정체성을 가로막는 다양한 요소와 그 요소 이면에서 작용하는 이데올로기의 속성에 대한 보다 심도 있는 고찰을 주인공 간의 자신의 정체성을 응시하는 단일 시점의 문제점을 부각시킴으로써 정형성의 허구성을 드러낸다. *FOB*에 등장하는 인물은 제1세대 중국계 미국인을 일컫는 FOB와 제2세대 중국계 미국인을 일컫는 ABC의 사이가 일방적인 응시에서 상호 시선의 교환을 통한 상호적 관계로의 변이과정을 거친다. 그리고 독자는 텍스트의 서사를 그대로 따르는 대신 거리를 두고 지적인 판단을 한다. 서로를 바라보는 시선을 의식하는 자유 유희가 가능하기 위해서는 많은 담론이 서로 충돌하고 교차하는 제3의 장소가 필요하다.

제3의 장소와 다수 정체성의 요구는 현대 아시아계 미국문학 연구와 그 맥을 같이한다. 절대적 진리의 허구성에 대한 인식은 다문화주의(multiculturalism)와 탈중심화라는 시대적 요구에 따라 미국 내 소수 인종 문학과 문화에 대한 인식의 폭을 넓혔다. 아시아계 미국문학 역시 새로운 비평적 관점이 요구되었다:

> 아시아계 미국문학은 미국을 주장하는데 아시아와 아시아계 미국인 사이의 간극을 메우는 방향으로 전환이 이루어져 왔다. 인종과 남성성에 중점을 두는 데서부터 민족성, 젠더, 계급, 그리고 성욕성의 다중적 교차점 주위를 순환하는 방향으로 우선적으로 사회적 역사와 공동체적 책임에 관심을 두는 데서 탈근대주의와 다문화주의 가능성과 딜레마를 탐색하는 방향으로 진행되어가고 있다. (Cheung 1)

탈근대화와 다문화주의의 가능성으로의 전이에서 아시아계 미국에서 찾아볼 수 있는 자신의 정체성의 모든 요소를 동화를 위한 선택으로 바라보지 않는 다수 정체성은 한 집단에 동화되기 위해서 가치관을 바꾸고 종속되는 것을 거부하는 것이다. 다만 차이를 인정하고 그 차이의 유희 속에서 동질적 요소 역시 공유할 수 있다는 점을 인식함으로써 참된 정체성을 얻을 수 있다. Hwang이 추구하는 유동적 정체성이란 Lisa Lowe의 다수성과 유사한 개념으로 해석된다. 다수성이란 "사회적 관계 내에 위치한 주체는 자본주의, 가부장제 그리고 인종 관계의 모순에 의해서 다양하게 결정되고, 권력의 몇 가지 다른 축에 의해서 결정되는 방식을 의미"(Lowe 67)한다. 다수성에 입각한 정체성은 내부자와 외부자의 시선에서 동시에 정체성을 바라본다. 또한 문화적 다양성의 주장에 따른 이질화된 문화의 파편화의 문제점과 세계 경제화에 따른 자본의 집중화에 연계한 세계 문화, 세계 권력, 세계 경제의 통합에 따라 미디어를 통한 이데올로기의 통제로 야기된 동질화된 문화의 문제를 다룬다. Hwang은 *FOB*에서 주인공이 서로를 바라보는 시점의 유희 속에서 발견되는 이데올로기의 영향을 실제와 이데올로기가 조장한 부분적 진실 사이의 간극을 독자가 직접 논의하고 의미를 창출할 수 있는 제3의 공간을 제시한다.

*FOB*에서 이러한 제3의 의미창조의 공간으로 디아스포라(diaspora)의 독특한 문화 발전의 필요성을 역설한다. 디아스포라는 개인의 정체성에 대한 불확실성에 일조하는 인종차별 이데올로기가 전 지구적 자본주의의 확장이 제국주의적 사고방식과 결합함으로써 인종적 소수자가 어쩔 수 없이 규준적 정형성으로 범주화되는 것을 넘어서기 위한 하나의 대안적 장소이다. 그리스에서 시작된 디아스포라란 본래는 유태인이나 아프리카인 혹은 팔레스타인의 이주나 식민화로 인한 소수집단 공동체로 "자신의 고국에서 새로운 지역으로의 자발적 혹은 강제적 이동"(Ashcroft, Griffths and Tiffin, *Key* 68)을 통한 전세계의 많은 인종의 일시적 혹은 영구적 이산(dispersion)과 정착을 포함하는 개념이다. Hwang은 미국에 온 아시아인의 디아스포라의 상태를 통해서 그들 자신만의 고유한 문화를 보존, 확장, 개발하는 동시에 토착 문화와 접촉을 통한 수정과 진화의 과정을 보여준다. 차이나타운의 중국계 미국인의 미국에서의 삶을 통해 "본질주의 양식과 하나의 통일된 자연스런 문화의 표준을 제시하는 이데올로기에 질문을 가하고 식민주의자의 담론의 중심과 주변부의 관계를 지지하는 것에 질문"(Ashcroft, Griffths and Tiffin, *Post-Colonial Studies* 70)을 던지는 디아스포라의 문화의 필요성을 알 수 있다. Hwang의 작품에서 다수성에 입각한 정체성에 대한 인식은 디아스포라의 문화의 발전을 통해서 지배 이데올로기를 거부하는 행위로 인식된다,

FOB의 중심 무대가 되는 차이나타운은 미국의 필요에 의해서 중국인 노동자의 이주와 함께 생성된 디아스포라다. 유태인과 그리스인 아르메니아의 이산을 설명하던 개념에서 확장된 디아스포라는 민족 공동체, 해외 공동체, 망명 공동체, 임시 노동자, 난민, 추방인, 이민자 집단이라는 "국가-주에 반대되는 개념"(Eng 208)으로 지리적 혹은 정치적 경계를 흐리고 의미론적 영역으로의 확장을 의미한다. 미국의 차이나타운은 중국적 가치와 미국적 가치가 공존하는 디아스포라의 장소이다. Hwang은 이곳을 거대한 디아스포라의 문화가 발전하기 쉬운 미국을 다양한 문화 공동체가 새로운 문화를 만들어가는 "위대한 실험실"(Hwang, "Interview" *Bearing* 95)로 명명한다. Hwang의 *FOB*에서는 자신의 문화를 유지하는 소수자와 자신의 문화를 잃은 집단과 서로를 미워하는 집단 그리고 무관심한 집단이 비판과 수정을 가하며 문제를 이곳에서 해결해야 한다고 주장한다.

Hwang은 미국 내에서 아시아계 미국인으로써 겪게 되는 동화의 과정을 통해서 디아스포라의 문화 발전 방식을 설명한다. 그는 자신의 경험을 통해서 이러한 절차를 설명한다.

> 미국에서의 나의 위치 정립은 서로 다른 몇 개의 단계를 거쳐 점진적으로 이루어졌다. 초기에 우리는 어린아이처럼 인정받고 귀속되고 싶다는 욕구에 의해서 동기를 부여받는다. 이 같은 동기 부여가 동화단계로 인도하는데 이 단계에서 우리는 백인보다 더 백인 같아지려는 갈망을 갖게 된다. 아시아계 어린이는 미국이 주도적인 한 가지 피부색으로 경계를 지우는 것을 알게 된다. 이 땅의 일부가 되려는 바람에서 그는 똑같이 되고자 노력한다. 물론, 그것은 불가능하다는 어려움이 있다. 의지대로 백인이 될 수 없다는 사실은 극도의 자기혐오를 낳게 된다. 나의 첫 번째 연극인 *FOB*는 주로 이 딜레마를 다루고 있다. (Hwang, "Foreword" *FOB* ⅺ)[1]

---

[1] 필자가 출처를 밝히는 경우를 제외하고 Ⅱ장에서 본서는 D. H. Hwang의 *FOB*를 인용문헌으로 한다.

Hwang은 초기의 동화의 단계에서 자기혐오의 단계를 거쳐서 결국에는 다문화적 조망으로의 전이를 중요시한다. *FOB*에서는 Dale이라는 2세대 아시아계 미국인과 Steve로 대변되는 1세대 아시아계 미국인의 갈등을 동화의 세 가지 단계를 거쳐 새로운 관점에서 바라보는 장을 마련한다. 이러한 과정의 매개체로 Hwang은 1.5세대 아시아계 미국인인 Grace의 경험을 제시한다. 그는 인종의 문제를 단순히 백인과 유색인이라는 인종 간의 이분법적인 문제로 접근하는 대신 인종 내에서의 젠더, 문화, 경제적 상황의 변화라는 다양한 차이를 인정함으로써 동시에 동질성을 찾을 수 있다는 점을 인식시킨다.

*FOB*에서 두드러진 문제점은 내재화된 백인 인종차별주의의 영향에 의한 단선적 사고를 따르는 응시이다. 백인 중심 인종차별주의는 오리엔탈리즘에서 시작되었다. 오리엔탈리즘에 대한 서구의 투자와 연구에 대해서 "동양에 대한 인식 체계로서의 오리엔탈리즘은 서양인의 의식 속에 동양을 여과하여 주입하기 위한 필터"(Said 6)로 설명된다. 오리엔탈리즘은 동양을 있는 그대로 제시하지 않고 여과시키는 과정에서 동양에 대한 특정한 요소만을 강조하여 서구 제국사회는 자신의 영토 확장과 경제적 착취와 사회적 정복과 문화적 지배를 위해서 사용한다. 그래서 동양인의 피부색을 기표로 보지 않고 동양인의 피부색에 야만성과 낙후성, 열등함이라는 의미를 부여한다. 선별적 의미부여는 이질적인 집단인 서양인의 집단의식을 공고히 하고 스스로의 우월성을 입증하는 동시에 동양을 신비화함으로써 위협적인 존재로 묘사하여 정복의 대상으로 만들었던 역사를 반복한다.

인종적 정체성을 부정하고 싶어 하는 Dale은 무대의 첫 장면에서 아시아계 미국인 사이의 관계를 ABC와 FOB로 나누고 그 근거를 정형성의 묶음을 통해서 제시한다. 이것은 미국에서 출생한 중국인과 미국에 갓 건너온 중국인으로 구별하는 것이다. FOB의 특징에 대해서 Dale은 "조심성 없고, 추하고, 느끼한 FOB. 시끄럽고, 어리석고, 안경 쓴 FOB. 호색한. *Of Mice and Men* 에 나오는 Lenny처럼 발이 크고, 티눈 박인 FOB."(6)라고 설명한다. Dale의 묘사는 백인 인종차별주의자에 의해서 묘사되는 동양인의 일반적인 정형성을 모두 모아놓은 것으로 John Steinbeck의 *Of Mice and Men*이라는 문학적 정전 속에 등장하는 인물을 동양인의 전형으로 제시함으로써 동양인을 바라보는 서구인의 전통적인 시각을 FOB에게 그대로 투사한다. Dale은 FOB 사이에도 차이가 발생할 수 있다는 가능성을 배제함으로써 FOB의 특성을 본질화하고 범주화하여 열등하며 경멸적인 존재로 그린다.

그리고 ABC와의 관계를 대조적인 관계로 설정하여 ABC를 우월한 존재로 FOB는 열등한 존재로 분류한다. Dale은 FOB가 "미국에서 태어난 모든 중국인과 중국 여성의 적이야. ABC 여성은 금요일에 FOB 남자와 웨스트 우드에서 사람에게 모습을 드러내기보다는 차라리 얼굴을 태워버리려고 할 거예요."(6)라고 특성을 부여하여 FOB와 ABC의 차이를 백인 인종차별주의자의 일방적 시각을 답습하듯 고정적이며 변경할 수 없는 진실로 주장하며 자신의 불확실한 정체성을 공고히 하고자 한다. 백인 남성과 같이 주류에 동화되기 위해서 Dale은 인종적 정체성에 따라 백인과 구분되는 것을 피하는 대신 미국적 문화를 공유했다는 것을 내세워 그들과의 동일 정체성을 강조한다.

그러니 드라마의 처음 도입부에서 Dale이 교수처럼 강의를 하는 이 장면은 과연 Dale이 믿을 만한 화자인가에 대해서 의문을 갖게 한다. Dale의 강연은 일방적인 정보제시이기 때문에 사실여부에 관계없이 관객에게 진실로 믿을 것을 강요하는 형식이다. Dale은 제2세대 중국인으로서 자신의 민족적 정체성을 거부하고 아시아에 대한 서구의 시각을 내재화함으로써 서구의 동양인에 대한 정형화의 사고에 동화된 인물이다. 미국에서 태어나 교육을 받은 Dale은 문화적 기준으로 자신을 주류 백인 남성에 동일시한다. FOB에 대한 그의 설명은 백인 주류 사회가 아시아계 미국인에 대해 갖고 있는 정형성을 그대로 제시하고 있다. 그는 문명화된 ABC는 FOB와는 다르다고 분류함으로써 자신이 진정한 미국인이라는 점을 확인

하고 싶은 것이다:

> 이제, 나는 보다 좋아졌어. (*Dale 에게 단일 조명*) 나는 이제 외출할 수 있어. 많이. 나는 어쨌든 할 수 있어. 가끔은 나는 누구에게도 데이트 신청하지 않아서 외출하지 않아. 그러나 데이트 신청을 할 수는 있어. (*휴지*) 나는 이제 훨씬 좋아졌어. 나는 이제 친구가 있지. 그것도 많이. 그들은 포르쉐를 운전해. 음. 한 명은 그렇지. 그는 내가 그곳에 서서, L.A.의 불빛을 내려다볼 수 있는 할리우드 언덕 위에 집을 갖고 있어. 나는 아직 가본 적은 없어. 그러나 나는 쉽게 갈 수 있어. 내가 요청하기만 하면 돼. (32)

Dale은 결국 자신의 인종적 자아를 포기하는 대신 미국이라는 문화적 자아에만 동일시하여 동화주의자의 전형적은 모습을 보인다.

Dale의 주장은 아시아계 미국인으로서 그가 겪어온 내재적 차별의 진실을 보여준다. Dale이 미국에 동화되었음을 자랑하는 모습은 모순에 차 있다. 그가 강조하는 비참했던 과거와 현재의 상황의 차이는 허구로 보인다. 외출을 할 수 있지만 데이트 신청하지 않고 많은 친구가 있다는 주장은 구형의 싸구려 자동차를 운전하는 그가 포르쉐를 타고 할리우드의 저택에서 사는 친구와 어울릴 기회는 그다지 없다는 점을 추론할 수 있다. 그는 할 수 있다고 주장하면서도 자신의 의지로 친구와 어울리지 않는다는 자신의 선택의 가능성만을 강조함으로써 실제로 할 수 있는지를 검증할 수는 없는 것이므로 실제로 그의 변화를 확인할 수는 없다.

Dale은 자신의 피부색이라든가 그의 출생 배경이 자신을 부인할 수 없는 열등한 아시아인으로 만든다는 점을 이미 잘 알고 있기 때문에 FOB를 설명하는 데 피부색보다는 미국 문화에 비해서 열등한 문화적 배경을 가지고 있다는 점을 특별히 강조하여 제시함으로써 자신을 열등한 아시아인의 범주에서 제외시키려고 한다. 특정 요소만을 강조하여 차이를 만들고 구분 짓는 방식은 서양이 동양과의 차별성을 강조하기 위해서 사용해 온 전략과 유사하다. 경계가 불분명한 자아를 범주화하기 위해서는 사소한 차이를 특징화하고 나머지 요소를 축소시킴으로써 가능하다. 정형성은 "전체 집단의 사람에게 부정확하게 특정 특성을 부여하고 이러한 특성의 관점에서 사회문제에 대해 설명하고 변명하는 데 사용"(Rothenberg 320)되었다. 이것은 정형성의 개념 자체가 불확실성을 기저로 하기 때문에 서양은 특정한 시기와 특정한 장소에 따라서 정형성을 지속적으로 수정될 수 있다는 가능성을 반영한다.

Dale은 FOB에게 한 가지 요소만을 강조하고 자신의 이득을 위해서 정형성의 적용을 달리하는 인종차별주의자의 전략을 변용하여 문화적 요소만을 강조하는 정형성의 일부를 선별적으로 적용하여 FOB와 자신을 차별화한다. 차별화 전략은 부와 권력과 기회의 불평등한 분배를 위한 근거로 제시됨으로써 차별의 당위성을 주장하는 데 중요한 역할을 한다. Dale은 아시아계 미국인으로서 겪어온 소외와 배타성으로부터 벗어나 진정한 미국적 정체성이라고 백인에 의해서 규정된 표준에 맞추기 위해서 FOB와의 차별화의 대가로 자신의 내재적 자아의 일부를 포기한다. 자신의 내재적 자아로 대변되는 FOB에 대한 그의 적대적인 태도는 자신의 일부를 포기함으로써 겪게 되는 자기 부정(self-denial)의 한 양상이다. 개인을 구성하는 다양한 요소 중 어느 한 기지를 배제하여 개인의 정체성이 "두 넝의 발화, 두 개의 언어 태도, 두 개의 스타일, 두 개의 언어, 두 개의 의미의 가치론적 신념체계를 포함"(Hawthorn 159)하는 보다 더 다양한 요소와 축에 의한 구성임을 인정해야 한다는 점을 인식하지 못한 것이다. 결국 자기혐오 상태에 빠져든 Dale은 자신의 증오심을 자신의 이중적 자아인 FOB에게 투사한다.

Dale의 증오의 대상이며 그가 주장하는 진정한 미국인이라는 정체성을 위협하는 FOB는 Dale의 부모님과 Steve이 처음에는 미국에 갓 온 이민자의 신분이라는 점에서는 같은 범주이지만 서로 다른 역사적 경제적 배경 속에서 미국에 도착했다는 차이점이 있다. 이 차이는 정형성의 문제에 있어서 역사성을 무시할 수 없다는 점이 분명하다. 둘 사이의 차이는 역사의 흐름 속에서 변화된 경제 조건에서 그 원인을 찾아볼 수 있다. Dale의 부모님은 전형적인 미국 이민 1세대로 총체적인 차별과 부당한 대우로 고통받은 세대를 대표한다. 식민시대의 미국이 제국의 힘을 확장하기 위해서 값싼 노동력을 필요로 했던 시기의 미국에 온 아시아계 미국인이다. 반면에 Steve는 전 지구적 자본주의의 확장으로 문화적 정체성에 있어서 많은 변화를 겪은 새로운 세대의 FOB라는 점이 차이의 원인으로 드러난다.

제국주의자는 서부로의 확장을 통한 영토적 식민화를 추구하여 값싼 원료와 잉여 노동력의 확보를 통한 이윤의 극대화를 추구하였다. 생산수단을 소유한 자본가는 해외 무역을 통해서 지속적인 자본과 값싼 원료와 필수품의 저가구매 그리고 잉여 노동력을 통해서 잉여 생산 확보함으로써 이윤의 비율을 높이는 동시에 소비 시장의 해외로의 확장을 통한 경제 규모의 확대를 초래했다. 이러한 새로운 세계질서와 다국적 노동의 분화 내에서 지속되는 변화된 식민적 관계가 발생한다.

Dale의 부모님은 미국의 경제적 필요성 때문에 미국에 왔던 아시아인 이민자 1세대이다. Dale 부모님은 자신이 미국에 건너온 배경을 설명한다. 미국은 "금의 땅, 부의 산, 나이가 들어도 주름 하나 없이 부를 축적할 수 있는 땅"(36)이라는 꿈을 심어주고 노동자를 데려왔다. 하지만 약속했던 미국의 꿈 대신에 제1세대 FOB가 경험하게 된 것은 "이제 이 나라는 중국만큼도 우리를 원하지 않아."(48)라는 말에서 느껴지는 배반감이다. 백인은 값싼 아시아 노동력을 착취하고 난 후 "모든 미국인이 중국인이 본국으로 돌아가기를 바래. 그렇지만 누구도 우리가 돌아가는 비용을 지불할 만큼 간절히 바라지도 않지."(48)라는 백인 제국주의자의 이율배반적인 인종차별정책을 마주하게 된다. 미국의 세계문화의 유포는 세계 경제와 시장의 필수 통로인 동시에 민족, 인종, 종교적 갈등과 관련된 파편화와 문화적 분리를 증가시켰다. 미국의 폭발적인 값싼 노동력 수요를 충당하기 위해서 이 시기에 미국에 온 아시아계 이민자는 국가 경제와 정치 상태 사이의 모순의 분출과 해결을 위한 영역이 되었다. 경제적 필요성과 함께 개인, 공동체, 국가, 문화, 계급, 인종, 젠더 등에 의한 다양성이 고려되었고 이러한 이질성은 미국에 대한 정치적 동질성(homogeneity)의 확보를 위한 정치적 필요성을 만들어냈다. 다양한 배경의 이민자들의 다양성 때문에 야기되는 백인의 동질성의 수호는 위협받았고 미국이라는 국가 내에서의 차이를 적절히 봉합하기 위해서 미국은 경제적으로는 포용정책을 쓰면서도 정치적으로는 이민자에 대한 배타적 태도를 취했다. 이민 1세대가 미국에서 경험해야 했던 경제적 착취는 동시에 정치적 필요에 의해서 미국 내에서 아시아계 미국인의 정형성을 통한 황색 공포(yellow peril)를 조장함으로써 분리와 경계의 대상이 되는 이중적 정형성의 구조를 만든다. 백인의 통합성과 순수성을 강조하기 위해서 아시아인과의 결혼을 금지하기 위한 수단으로 이민법을 만들고 아시아인을 경제적 사회적 타락과 부패를 초래하는 위협적인 존재로 여기고 법적인 모든 권리를 박탈할 이유를 만들어 차별화를 부추긴다. 대중 매체는 우리 자신과 서로에 대한 우리의 사고를 왜곡하는 정형성의 영향력을 합리화하여 아시아계 미국인에게 부정적 정형성을 주입시킨다. 이러한 차별 전략은 아시아인의 열등한 정형성을 고정시킴으로써 경제적 계급에 있어서 하위 노동자에 위치시킨다. 이것은 제국주의자의 경제적 이득에 봉사하는 동시에 아시아인을 비 백인이라는 상상적 허위 범주로 단일화시켜 구분지음으로써 미국 내의 백인의 동질화와 결속을 다진다.

이러한 전략이 가능한 이유는 정형성은 자기 충족적 본성 때문에 타자의 정형성에 맞추어 스스로의 행동을 수정하는 특성 때문에 인종 간의 관계에서도 사람들이 가지고 있는 정형화된 기대치에 부응하려는 힘을 갖기 때문이다. 인종차별주의는 유럽 이주자의 순수한 목적과 달리 아시아인은 물질적 동기와 의심스러운 정치적 동맹에 의해서 미국에 왔다는 의식을 유포한다. 외부의 오리엔탈리즘의 문화와 연관된 사람들인 아시아인은 백인 미국인과 같은 완전한 시민이 될 수 없는 외국에서 온 영원히 "동화할 수 없는 외부인"(Wong 6)이 되어 영구적 손님의 지위에 머물도록 법적 배제와 참정권의 박탈 등의 인종차별적 이민법을 사용한다. 대중 매체는 아시아계 미국인을 재현하는 데 있어서 미국 사회에 중요하지 않고 적절하지 않은 집단이라는 이미지로 제시하여 그들을 소외시키고 인종에 기초한 이방인으로 지위를 축소시킨다. 이렇게 유포된 정형성은 여성, 인종, 노동자를 바라보는 우리의 시각의 방식을 조정하고 규제함으로써 사회 문제를 개인의 병리학적 문제로 축소하고 재정의하도록 만든다.

Dale의 부모로 대변되는 제1세대 FOB는 이러한 적대적 외부세계를 스스로 경험하였기 때문에 자신의 다음세대가 경험하게 될 상처와 차별의 가능성을 줄이기 위해서 미국이라는 새로운 나라에 대한 불신감을 심어주고 그들을 격려하는 "고립주의적 - 민족주의자"(isolationalist-nationalist)가 된다. Dale은 부모님을 이해하기보다는 동화를 거부하는 부모님의 분리주의적 자세를 비난한다.

> 우리 부모는 황인 유령이지. 그들은 우리가 미국에 있는 동안 내내 중국적 전통이라는 감옥에 나를 가두려 했어. (휴지) 그래서 나는 나 자신이 되려고 정말 죽을힘을 다했어. 중국사람, 즉 누런 피부에, 찢어진 눈을 가진 동양인이 되지 않기 위해서 말이야. 다른 사람과 같이 그냥 인간이 되려고 했지. (휴지) (Hwang, FOB 32)

Dale의 비난 속에는 황색 유령으로 설명된 Dale의 부모가 미국사회에서 한 인간으로 그리고 미국인으로 인정받지 못했음이 나타난다. 미국사회에서 미국인으로 인정받고 하나의 인간으로 존중받기 위해서 Dale은 동양인으로서의 자신의 정체성의 일부를 지워야 했다. 그래서 부모를 황색 얼간이 중국인으로 치부하여 자신의 뿌리임을 부정하고 차별화함으로써 Dale은 하나의 진정한 인간으로 분류되기를 희망한다.

사실 이렇게 백인이 중심이 된 인종차별주의가 내보이는 백인과 유색인

이라는 이분법적인 관계로 인해 발생한 분리주의는 소수자 사이의 결속이
라는 결과를 초래했다. 유색인은 자신만의 연대를 구성하여 정치화를 통해
서 자신의 정당한 지위를 위한 투쟁을 한다. 이들의 투쟁은 사회적 정치적
권한이 없는 유색인 노동자에게는 생존을 담보로 한 절박한 투쟁이었다.
백인 중심 인종차별주의가 자본주의와 함께 지금까지 누려왔던 잉여 가치
가 값싸고 유순한 노동자였던 소수민의 파업은 경제적 손실로 이어진다.
소수자는 인종적 소수자라는 이유로 저임금 노동자로 전락할 수밖에 없는
사회 문화적 이데올로기의 문제점과 사회구조적 문제점을 동시에 비판하여
자신의 지위를 변화하려는 노력을 기울인다. *FOB*에서는 Grace와 Dale의
친구인 Frank를 통해서 이러한 투쟁의 한 장면이 보인다. Frank는 철도
노동자로 백인의 부당한 대접에 대한 항의를 한다. Frank는 언제 기차가
지나갈지 모르는 선로 위에 자신의 몸을 눕히고 자신의 생명을 담보로 부
당성을 변화시키려고 한다.

　소수자 간의 결속과 주류 집단에 대한 배타성은 다양성과 통합으로 대
변되어 온 미국의 힘을 약화시키게 되었고 백인 인종차별주의자는 경제적
이득을 지속적으로 취할 수 없게 되자 인종차별 전략을 수정한다. 그래서
백인중심 인종차별주의는 자본의 이득을 위해서 정형성에 대한 이분법적
구조를 조금 변형하여 새로운 억압 담론인 모범적 소수사를 제시한다. 수
많은 소수자가 야기한 갈등 구조를 해결하고 갈등의 원인을 백인 인종차별
주의가 아닌 개인의 능력 차이로 돌리기 위한 것이다. 지배 이데올로기는
다양성의 문제를 모범적인 소수를 통해서 새로운 권력 관계를 만들어내는
전략에 동참한다. 백인과 소수자 사이의 문제를 소수자 내의 문제로 호도
하여 소수자 사이의 결속을 방해하는 전략이다. 모범적 소수는 아시아계
미국인의 성공신화를 내세워 유물론적 관점에서 비롯되는 차이와 미국 내
많은 다른 아시아계 집단의 동시대적 현실을 숨기고 지속되는 소수자의 투
쟁을 간과하게 하는 전략이다. 모범적 소수자 담론 역시 "이데올로기적 구
성" (Palumbo-Liu, *Asian / American* 397)이기 때문에 미국 내 동화의 특

정 모델을 지배자의 입장에서 구성하고 신화화함으로써 소수민의 성공 혹
은 실패를 개인적 능력의 문제로 책임을 회피한다. 그래서 이 역시 이데올
로기의 전략에 의해서 차별적 구조는 그대로 유지한 채 표면상으로 분열된
민족적 주체의 봉합을 하고자 한다. 아시아계 미국인 사이에서 성공적으로
미국 내 동화에 성공한 사례를 제시함으로써 몇몇 아시아계 미국인을 적대
적인 이방인의 지위에서 우호적인 이방인의 지위로 이름 바뀌어 놓았을 뿐
이다.

　결국 모범적 소수자 담론은 능력본위 사회(meritocracy)의 합리적이며
객관적인 판단의 기준으로 보이지만 아시아계 미국인과 백인 미국인의 차
이의 문제를 민족적 소수자 간의 문제로 국한시켜서 아시아계 미국인의 결
속을 약화시키고 파편화한다. 이러한 개념의 모호성은 몇몇 아시아계 민족
혹은 아시아계 미국인이 아시아계 미국인을 대표하게 하는 전략을 구성한
다. 모범적 소수자 담론은 아시아계 미국인의 결속을 불가능하게 하여 억
압을 영속화시키려는 전략이다. 아시아계 미국인 내의 이질성의 확인은 결
국 결속을 불가능하게 하고 그 이질성 내의 또 다른 계급화와 불평등을
초래하게 되어 하부 주체가 되어 영원한 타자로 침묵할 수밖에 없는 정치
화의 문제점을 드러내게 된다. 탈식민화에 따른 파편화는 민주적, 다문화
적, 세계주의적 인식론에 대한 약속처럼 나타나지만 결국 이것은 민족 갈
등, 사회, 계급, 젠더의 지속된 불평등, 그리고 대안의 가능성이 부재하며
응집력이 부족한 모습으로 나타난다.

　백인 중심 이데올로기가 지배하는 사회 상황에서 인종적 소수로서 주류
사회에 동화될 수 없는 Dale에게 모범적 소수자라는 새로운 담론은 Dale
을 정상이라는 범주 속에 자신을 진입시킬 수 있는 희망이다. 그래서 Dale
은 정상적인 백인과 비정상적인 유색인으로 구분 짓는 백인의 이분법적 전
략이 만들어낸 소수 모범자의 부류로 자신을 범주화하여 같은 처지의
FOB와 구분 짓는다. 이러한 Dale과 부모세대와의 갈등은 Dale 자신의 열
등감에서 비롯된다. 백인 인종차별주의의 배타적 분위기는 그의 열등감을

다른 사람에게 투사함으로써 왜곡되고 억압적인 이미지를 내재화하는 과정을 내재적 식민주의라고 할 수 있다. ABC는 그들의 조건을 재정의하고 그들을 다른 억압받는 집단과 비교함으로써 스스로의 정상을 회복하고자 한다. 식민화된 국가나 서구 문화의 영향을 받은 국가는 서구 이데올로기를 보유하고 있고 개인은 그 차별적 이데올로기를 내재화함으로써 차별을 수용하게 되는 아이러니가 발생한다.

백인 인종차별주의적 이데올로기를 내재화하는 정체성의 재정의는 실패할 수밖에 없다. 백인 인종차별주의 이데올로기의 기저에는 그 국가에서의 문화나 사고의 동질성보다는 피부색에 의해 단순화된 이분법 체계를 따르기 때문이다. 인종의 의미는 사회가 기득권을 유지 강화하기 위해서 집단적 행위와 개인의 실제 사이의 통제를 통해서 정의한다. 인종 이데올로기는 선천적인 피부색의 차이가 개인의 지적, 신체적, 예술적 특성을 해석하는 데 차이를 만들고 인종적으로 동일시된 개인과 집단에 대한 특징적 취급을 정당화한다. 사회에 의해서 구성된 인종이라는 범주는 대중의 상상력 속에서 인종적 신화와 정형성의 주입이 노출되지 않도록 이데올로기의 작용이 이루어진다. 그러므로 인종 범주 자체는 선천적인 것이 아니라 형성되는 것이다. 그리고 이데올로기의 편의에 따라서 범주는 변형되고 파괴되고 재형성된다. 인종의 형성은 사회적, 경제적, 정치적 힘이 인종 범주의 내용 중요성을 결정하고 그러한 힘들이 차례로 인종적 의미에 의해서 형성되는 과정을 의미한다.

이러한 이데올로기가 그대로 수용되고 소비되는 사회에서 미국에서 태어나서 교육받았다는 것만으로 인종차별주의로부터 자유로울 수는 없다. Dale은 백인으로부터 동등한 인식과 대우를 보증받지 못하며 그의 피부색으로 인해서 백인에게는 여전히 FOB에 불과하다는 점을 깨닫게 된다. 그는 한 나라의 구성원으로서 외부인이 아닌 그들과 같은 본토인으로 인정받고 싶어 하지만 그의 노력은 그가 백인 인종차별 이데올로기를 포기하지 않는 한 결코 이루어질 수 없는 문제이다. 결국 Dale의 삶은 부모 세대인

FOB의 삶에 수정이 가해진 복사본에 불과하다.

Dale의 문제점은 새로운 세대의 FOB로 구현되는 Steve와의 상호 시선의 교환을 통해서 부각된다. 자신의 ABC와 FOB라는 문화차이에 의한 재정의에도 불구하고 여전히 진정한 미국적 정체성은 불안정하다는 것을 인식하고 있는 Dale에게 있어서 새로운 세대의 FOB의 존재는 그의 정체성을 위협하는 존재이다. Dale의 일방적인 응시는 더이상 자신에게 확신을 심어주지 못한다. Dale은 Steve와의 상호 시선 교환으로 FOB는 동화에 성공했다고 믿고 있는 자신이 여전히 똑같은 이방인이며 자신의 가난했던 과거의 배경과 백인 기준에서 정상적이지 못한 자신의 외양을 상기한다. 미국에서의 출생을 통해 얻게 된 동등한 법적 권리인 시민권에도 불구하고 중국계 미국인의 법적 지위는 동등한 대우를 보장받지 못한다는 것을 알고 있는 Dale은 자신을 비추는 거울과 같은 존재인 FOB와 다르다는 점을 더욱 강조하려고 한다.

동시에 Dale과 Steve의 시선 교환의 유희는 둘 사이의 동질성과 이질성이 함께 존재한다는 것을 서로 인식하게 한다. 새로운 FOB 세대는 초기 이민자인 FOB와 유사한 특성을 공유하지만 동시에 세계의 경제적 상황의 변화로 경제력과 문화적 배경의 차이가 있다. 초기 이민자 FOB가 경제적으로 빈곤했다면 새로운 세대의 FOB는 인종적 뿌리의 동일성으로 미국으로의 동화가 백인 이데올로기에 의해서 거부된다는 공통점이 있다. 그러나 이 둘의 관계는 전 지구주의의 확산으로 기인한 차이 역시 부인할 수 없다. 1980년대 이후에 생산의 초 국가화는 전 지구적 자본주의의 등장과 함께 새로운 국면에 이르게 된다. 미국의 정치와 경제의 지배 이데올로기가 전 지구적 자본주의 체계에 작용하기 시작하였다. 미국은 국제 상황을 통제할 수 있는 정치적으로 응집되고 동질화된 국가적 필요성과 경제적 국제주의를 요구하는 자본주의의 확산의 필요성으로 많은 정치와 경제 사이의 모순관계에 직면한다. 새로운 전 지구적 자본주의의 구조의 기본은 새로운 국제 노동의 분리로서 생산과정이 세계화되거나 혹은 하청화되어 생

산의 초 국가화를 이룬다. 새로운 기술이 생산의 속도와 공간적 확장을 가
져와 생산 이득을 최대화되어 제3세계는 제1세계와 함께 경제적 성장과
부의 축적이 이루어진다.

　이제는 국가나 지역이 전 지구적 자본주의의 중심으로 설명될 수 없게
되었다. 전 지구적 자본주의의 연결 매체는 다국적 기업이며 다국적 기업
에 의한 경제의 장악은 단일 국가의 힘을 제한하고 세계적 경제 질서의
재개편을 가져온다. 초국가적 자본의 유입에 의한 이데올로기는 기존의 제
1세계와 제3세계로 나뉘던 구분을 경계를 모호하게 하고 국가나 사회의
경계를 넘어선 세계와 지역의 상호 침투를 통한 동질화의 분열의 상태를
만들어 사회 내부 그리고 사회 범주 간의 경계가 약화되었다. 종교성, 후
진국, 가난, 국가 의식, 비서구적인 것을 제3세계의 본질이라 규정하던 정
체성의 개념이 초국가적 자본에 의해서 본질적이라기보다는 상대적이라는
점이 밝혀졌다. 다른 지역의 문화가 자본의 영역으로 수용되어 생산과 소
비의 필요조건에 따라서 지역을 나누고 재개편으로 자본의 운용에 보다 민
감한 생산자와 소비자를 만드는 국가 경계를 넘어서 유동적 주체를 재구성
하는 힘을 갖는다.

　새로운 전 지구적 자본주의는 초기 FOB와 구분되는 새로운 세대의
FOB와의 차이를 만든다. 비록 Steve는 FOB이지만 이러한 전 지구적 자
본주의의 영향으로 상당한 부를 소유했다는 입장에서 Dale의 부모세대를
지칭하는 FOB와는 차이가 있기 때문에 새롭게 해석되어야 한다. Dale의
부모님의 세대의 제3세계는 문화적으로는 결코 미국에 동화될 수 없다는
점과 대조적으로 전 지구적 자본주의에 의해서 새로운 경제 대국으로 급부
상하면서 미국 문화의 영향을 받은 홍콩에서 온 Steve가 갖고 있는 문화
적 배경은 미국의 문화와 그다지 차이를 보이지 않을 만큼 유사성을 갖고
있다. Steve는 미국에서 운전기사가 딸린 자동차를 타고 많은 미국에서의
문화적 경험을 자랑한다는 점은 바로 그러한 차이를 대변한다.

　하지만 인종차별주의를 이미 내재화하여 일방적 응시로 세상을 바라보는

Dale은 변화를 인정하지 않는다. 오히려 새로운 FOB의 특징을 값싼 노동력을 착취당하고 대신에 품질이 떨어지는 상품만을 만들어 최소의 부를 축적해 온 것으로 경멸함으로써 자신의 입장을 옹호하려 한다. 그는 값싼 홍콩 상품을 조롱하고 그 값싸고 저질스러운 특징을 홍콩에서 방금 건너온 FOB의 문화와 동일시한다. Dale은 FOB를 홍콩에서 포르노를 거래하고 거리에는 오물이 가득하며 밥그릇 모양의 머리 모양을 갖고 있는 군대 바지 지퍼를 올리지 않고 다니는 사람 등의 악의적으로 왜곡된 이미지를 모아서 설명함으로써 문명화되지 못하고 저질스럽고 야만적이며 지저분한 모습과 연관 짓는다. 이것은 서구가 동양에 대한 우월성을 주장하기 위해서 행했던 과거의 수많은 왜곡된 이미지를 반복적으로 제시하여 자신의 주장의 타당성을 입증하고 지속적으로 지배력을 행사하여 최대한의 경제적 정치적 이윤을 추구하려는 제국주의적 이데올로기를 그대로 차용하고 있다.

그러나 정형성의 근거로 제시된 수많은 이미지는 타당한 근거가 있는 진실이 아니라 제국주의적 지배 이데올로기의 영향이라는 점을 주목해야 한다. Dale이 설명하고 있는 홍콩은 그가 열 살 때 단 한번 홍콩을 방문했던 경험에 근거한다. 일회성 방문으로 그가 느낀 주관적인 이미지는 오랜 시간이 흐른 후에도 수정되거나 변화되지 않고 남아 있기 때문에 그 적절성을 상실한다. 1.5세대인 Grace는 이제 홍콩은 정말로 옷도 잘 입고 교양도 있으며 홍콩이라는 도시는 정말로 세련되었다고 서구인이 FOB에 대해 갖고 있는 편견적 시각의 오류를 지적한다. 그녀는 "지금 오는 사람은 달라－그들은 이미 서구화되어 있어. 그들은 방금 보트에서 내린 사람처럼 행동하지 않아."(38)라고 답한다. Dale은 과거의 FOB와 현재의 FOB 사이의 차이를 인정하지 않으며 그가 백인에게서 차용한 잘못된 동양에 대한 편견은 백인의 편견보다도 더 깊다. 이렇게 내재화된 차별 현상에 동의하는 것을 Hwang은 "만약 당신이 이 나라에서 소수자로 자라났다면 단순히 이 분위기 속에 있는 인종차별주의 때문에 당신의 체계 속에 당신이 들어가야 한다는 남아 있는 부정주의가 있다는 것입니다."(Hwang, "Interview" *Bearing* 94)라고 설명한다.

하지만 Steve로 대변되는 새로운 FOB의 경제적 부에도 불구하고 그가 유색인이라는 점은 백인 인종차별주의자에 의해서 여전히 수용되지 않는다. Steve는 미국에 대해서 자신이 많은 것을 알고 있고 다섯 번째 미국을 방문했지만 여전히 자신이 미국에서 수용되지 않는다는 것에 대한 불만을 토로한다. 그는 이제 미국에 처음의 5배의 재산을 가지고 왔지만 "왜 너는 나를 미국에 못 들어오게 하는 거야."(21)라고 반문한다. 차별의 근원에서 작용하는 많은 요소들 중에서 경제적인 측면보다는 백인 인종차별주의자의 기준에 있어서 피부색은 절대적이라는 점을 드러내는 부분이다.

경제적 윤택함이 사라졌을 때는 잠재되어 있던 인종차별주의는 또다시 표면화된다. Steve의 현재의 지위는 여전히 불안정한 것이며 그가 받고 있는 UCLA에서의 고등교육 역시 언제든 무의미해질 수 있다는 점은 Dale의 부모님의 예에서 알 수 있다. 미국으로의 새로운 아시아계 이민자의 유입은 아시아계 미국인 이민자가 국가, 계급, 젠더, 성욕성, 언어, 종교, 세대가 주류 집단과 구별되는 이질적인 집단이 되게 하였다. 아시아인은 범국가적 경제의 출현 후 미국 내에서 대체 노동력과 자본으로서 봉사한다. 아시아계 미국인은 교육이나 자본 등의 획득을 통해서 중산층이 되고 유색의 다른 집단 혹은 다른 가난한 아시아 이민자와의 세층관계를 형성하도록 유도된다. 엘리트 집단은 하위집단에게 발화의 기회를 주기보다는 그들을 배제하는 계급화를 만들어낸다. 백인 전문가와 비교할 때 전문직에 종사하는 아시아계 미국인은 보다 낮은 임금을 받음으로써 잉여 가치의 극대화를 위한 자본 투자의 한 가지 방식으로 인종화되는 전략을 구사한다. 전 지구적 자본주의의 재구성에서 융통성 있는 대체 노동력으로서 인종화된 이민자 여성, 제3세계, 아시아계 이민자 여성의 노동력의 이용의 증가를 통해 이득을 극대화한다.

자본의 전 지구적 재구성의 특징 중의 하나는 생산의 파편화로 이득을 극대화하기 위한 자본의 필요에 따라서 인종적으로 분열되고 젠더로 성층화된 노동력을 생산하는 것을 돕는 것이다. 전 지구적 자본주의는 생산 양식의 동질화가 아닌 노동, 젠더, 그리고 문화적, 인종적으로 차이를 통해서 작용하기 때문에 계급 주체는 동질화되지 못한다. 미국의 주된 노동력을 형성하는 백인은 산업의 생산 영역에 그리고 단순한 조립의 영역에는 유색인 여성을 고용하여 보다 싸고 유순한 노동력에 대한 경제적 필요에 부응한다. 미국 내의 서비스업과 불안정한 직업에 젠더화되고 인종화되는 과정은 노동력을 착취하여 이득을 얻기 위함이다. 전 지구적 자본주의는 "생산 양식의 동질화가 아닌 노동의 작용과 젠더로 특징 지워지는 양식 그리고 문화적 인종적으로 차이를 통해서 작용하기 때문에 계급의 주체는 동질화되지 못한다."(Lowe 172)는 약점을 반영하는 것이다. 아시아계 미국인은 미국 내에서 중요한 저임금 잉여 노동력을 구성하여 몸을 혹사하는 어려운 일, 집안일, 섬유 산업, 하청, 가내 수공업을 맡는 것으로 구분된다. 미국 정치적 영역에서는 추상적 시민이지만 물질적, 젠더, 인종적 차이 때문에 그들은 소외되고 국가의 본질화된 부르주아 구성은 하층 집단을 배제하는 계급이 된다.

미국 내에서의 인종차별주의와 전 지구적 자본주의의 결합은 노동시장에서 젠더 차이에 의한 복잡한 계층적 위계질서를 만들어낸다. 이는 아시아계 미국인을 미국의 꿈이라는 허상을 통해서 지배 집단의 이득에 봉사하게 하는 다중적 억압구조에 대한 정치화 전략으로 사용된다. 남성과 여성의 차별을 조장하는 가부장적 이데올로기는 "사회적, 정치적, 경제적 제도를 통해 여성을 억압하는 남성 권력"(Humm 200)인 가부장제를 통해서 남성이 사적 혹은 공적으로 권력 구조에 접근할 수 있는 힘을 제공한다. 젠더 차이는 경제적 차별에 직접적인 영향력을 행사한다. 젠더 정체성은 표면적으로는 생물학적인 성에 의한 구분보다는 오히려 가부장적 이데올로기로 사회적으로 구성된 개념인 젠더를 통해 남성과 여성의 힘의 불균형과 경제적 계급화와 노동의 불평등한 분화를 당연시하게 한다. 성차별주의는 백인 여성에게는 집안이라는 사적인 공간의 일을 제공하고 백인 남성에게는 공적인 일을 부여한다. 그런데 유색인 남성 노동자는 젠더 구조적 차별에 인종이라는 요인이 이 중의 억압 요인으로 작용하여 백인 남성에 비해서 상대적 열등한 사람으로 분류된 백인 여성조차도 하고 싶어 하지 않는 일을 할 수밖에 없도록 하위 계급화된다.

젠더에 있어서는 백인 여성에 비해서 우월하지만 인종의 문제에 있어서는 열등한 유색인 남성은 생존을 위해서 기꺼이 저임금 노동자로써의 역할을 수용하게 된다. 극의 마지막에서 Steve는 음식을 먹기 위해서 "백인 여성이 가장 싫어하는 일은 무엇이지?"(49)라는 질문을 던진다. 생존과 직결되는 음식을 얻으려 하는 것은 생존을 위한 것이고 생존을 위해서라면 젠더 이데올로기에 의해서 백인 남성과의 관계에서 백인 여성의 일로 할당된 빨래나 다림질 등을 기꺼이 하겠다고 제안한다. 인종차이에 따라서 노동을 분화하기 이전에 이미 미국 사회는 남녀의 젠더에 따른 사적인 영역과 공적인 영역의 일의 구분이 있었다. 여성은 집안에서 무임금의 가사 노동을 하고 설사 공적인 영역에서 직업을 얻었다 하더라도 가사일의 연장선에서 밖에 일할 수 없는 상황이다. Steve의 의견은 생존을 위해서 백인 중산층 여성이 꺼려하고 심지어 백인 빈민층 여성조차도 하고 싶어 하지 않는 최하층의 노동이라도 기꺼이 하겠다는 의지를 보인다. 인종차별주의와 성차별주의는 자본주의와 복잡히게 연관되어 아시아 남성을 경제적으로는 백인 여성의 하위 계급이 되어 그들의 일을 떠맡도록 한다.

또한 아시아계 미국인 사이에 여전히 존재하는 이러한 성차별적 이데올로기는 백인 여성과 아시아계 남성과의 관계에서 확장되어 아시아계 남성과 아시아계 여성이라는 젠더 차이에 의해서 미국 자본주의 사회에서 서로 다른 모습으로 억압당하게 한다. 이러한 억압 상황은 FOB에서 Dale의 부모님을 통해서 나타난다. 작품에서 Dale의 부모님이 경제적 지위 변화와 함께 겪게 되는 가부장적 이데올로기와 인종차별주의의 연관성을 보여주고 그것에 의한 계급의 차이 형성과 억압과 착취를 당하는 모습을 제시한다. Dale의 아버지는 부유한 할아버지 덕으로 미국에서 여유로운 삶을 누리며 교육을 받는다. Hwang은 Dale의 할아버지의 파산으로 경제력을 상실하였을 때 더욱 부각되는 인종차별의 실체를 보여줌으로써 경제력과 인종차별주의 사이의 관계를 밝힌다. Dale의 아버지는 가부장적 이데올로기 하에서는 특권을 누리고 있었기 때문에 "누군가의 명령을 받는 데 익숙하지 않았어."(28)라는 Dale의 말처럼 비록 교육받은 남자이지만 아시아인이기에 직장을 얻을 수 없었고 어렵게 얻은 직업마다 해고되어 일 년에 15번이나 직장을 옮겨야 했다. Dale의 아버지가 받았던 미국의 교육은 그가 직업을 얻는 데 어떤 도움도 주지 못했고 결국 Dale의 아버지는 출입문 안내인으로 전락한다. 기회균등을 보장하는 능력 본위의 사회인 미국에서 Dale 아버지의 교육적 자산은 그가 직업을 얻는 데 어떤 변수로도 작용하지 못했으며 출입문 안내인과 같은 하층 노동자로 전락했다는 점은 인종차별주의의 명백한 예이다.

Dale의 아버지가 인종차별로 저임금 노동자로 전락한 것과 대조적으로 Dale의 어머니는 젠더와 인종에 의한 이중의 차별을 마주하게 된다. Dale의 어머니는 인종차별주의와 가부장적 이데올로기에 의한 억압에 성적인 착취까지 당하게 된다. 중국의 가부장적 이데올로기는 Dale의 아버지와 대조적으로 어머니를 아무것도 소유한 것이 없는 무산 계층에 할당한다. 경제력이 없는 여성으로서 Dale의 어머니는 "모든 사람으로부터 명령을 받는 데 익숙했었어."(28)라고 설명되듯 이미 가부장적 이데올로기에 의해서 억압을 받고 있었다. 아버지가 경제력을 상실하게 되자 어쩔 수 없이 어머니는 미국에서 직업을 얻었지만 사장으로부터 성적인 착취를 당한다. Dale의 어머니는 직장을 그만두고 싶었지만 "굶느냐, 일하느냐"(29)의 생존의 기로에서 어쩔 수 없이 억압과 착취의 상황을 참을 수밖에 없게 된다.

개인의 차이는 기표의 차이에 불과한 것이지만 지배 이데올로기는 그 차이에 따라서 자신의 논리로 우열을 나누기 때문에 개인을 억압하는 현실에서 정체성의 문제를 다수성의 입장에서 바라볼 필요가 있다. Hwang이 제시하는 유동적 정체성은 다양한 영역 사이의 유희를 통한 새로운 의미창조라는 생산성의 측면에서 유사한 특성이 있다. 다수성에는 이질성(heterogeneity)의 개념과 혼성성(hybridity)의 개념이 동시에 고려된다. 이질성은 "제한된 범주 내의 다른 관계와 차이의 존재를 의미하는 것"(Lowe 67)으로 *FOB*에서는 미국이라는 범주 내에서 FOB 간의 서로 다른 경제적 조건, 계급 배경, 세대 간의 관계, 젠더의 차이에 대한 인식을 의미한다. Dale과 Grace 그리고 Steve는 미국이라는 범주 속에서 젠더의 차이, 경제적 조건의 차이로서 그 이질성을 갖고 있다. 그리고 혼성성은 "불평등하고 비통합적인 권력의 관계에 의해서 만들어진 문화적 대상과 관례의 형성"(Lowe 67)으로 *FOB*에서의 Steve를 통해서 부각된다. Steve는 Dale과 대화를 할 때 어설픈 영어를 사용하여 일반적인 FOB가 갖고 있는 언어의 피진(pidgin)현상을 그대로 보여준다. Dale은 완벽한 영어를 구사하는 대신 제한적인 Steve의 영어를 흉내내며 조롱한다. Steve가 홍콩에서 배워 온 영어는 생존을 위해서는 어쩔 수 없이 생존을 위해서 배워야 한다. 문화적으로 Steve는 미국식 문화에 익숙하며 어느 정도 간단한 의사소통은 가능하지만 그의 혼성적 언어가 ABC로 대변되는 Dale과 구별되는 가장 대표적인 특징으로 강조된다.

차이를 인정하는 이질성과 혼성성의 개념이 함께 고려된 다수적 정체성은 불평등한 힘과 지배의 관계 내에서 차이와 동질성을 동시에 바라보는 생존의 매체로 억압 상황에 대한 끊임없는 문제 제기를 할 수 있는 근거가 된다. 전 지구적 자본주의의 유입은 문화의 흐름에 동질화와 이질화가 공존하는 제3의 영역을 제공하였다. 세계화를 통해서 정치적 문화적 동질성이 강조되고 확장되는 만큼 이러한 추세에 대한 저항 역시 전 지구적으로 확산되어 개별 지역과 전 지구적 수준에서 이러한 문제가 동시에 고려된다는 긍정적인 측면이 있다. 아시아계 미국인의 정체성도 새로운 제3의 공간에서의 논의가 필요하다. 아시아계 미국인간의 전략적인 연대로 내부의 이질성을 인정하면서도 공통의 소수자나 하위 계급으로 발화의 가능성을 만든다. 이러한 가능성으로 제시된 개념이 다수성이다. 다수성에 입각한 문화적 정체성은 항상 모순되고 양가적 공간 내에 출현하는 문화적 차이의 문화적 다양성과 이질성을 극복하도록 돕는다.

*FOB*에서는 1.5세대인 Grace가 다양한 상호 시선의 교환을 통한 다수 정체성 이해로 조화와 통합의 축이 된다. Grace는 Steve가 현재 경험하고 있는 FOB로서 소외의 고통을 이미 겪었다. ABC와의 동화에도 백인과의 동화에서 실패한 Grace는 그들의 차별의 결과로 소외감을 느끼고 그 순간 자신의 정체성 중의 어느 한 가지 요소를 포기한 채 동화되려는 그녀의 노력으로는 진정한 정체성을 얻을 수 없으며 결코 행복할 수 없다는 점을 깨닫는다. 미국에서의 삶은 그녀가 백인의 문화에서 얻어진 새로운 자아와 그녀가 ABC와 공유하는 민족적 정체성 중 어느 하나를 버리고 한쪽 자아로 흡수되는 것이 아니라 그녀가 공유하고 있는 문화적 정체성과 인종적 정체성 모두를 수용하는 다수성을 인식하게 된다.

다수 정체성의 개념은 융합과 문화의 상호성을 강조한다. 모든 문화적 상태와 체계의 담론은 양가적이며 모순된다. 문화는 본질적으로 결코 단일하지 않고 주체와 타자에 대한 관계에서 단순히 이원적이지 않다. 전 지구적 문화는 문화적 다양성의 이국성이나 다문화주의에 기초한 문화의 계층적 순수성에 대한 대항담론이다. 다수 정체성을 통해서 분석과 경험의 중심 대상이 계속해서 변화하고 투영되고 파편화되고 융합되는 갈등적 문화의 상호 작용을 가능하게 한다. 다수 정체성은 이질성과 개념적 유동성에도 불구하고 정치적 과제에 있어서 응집된 힘을 발휘할 수 있는 이중적 개념이다. 제국주의와 정치와 문화적 체계에 대한 저항의 양식으로서 다수 정체성은 같은 기준으로 측정할 수 없는 요소에 새로운 공간을 제시한다.

다수 정체성은 정체성의 우연성(contingency)을 인정하는 개념으로 간주되어야 한다. 정체성은 "스스로 결정하기보다는 그들 외부에서 그들을 정의하는 대화에서 스스로가 발견"(Spickard 257)되기 때문에 모든 정체성은 개별적이며 타자에 의해서 구성되는 것이고 무수한 타자와 연관되어 있다. 정체성은 본질 개념이 아니라 구성 개념이기 때문에 어떤 요소는 상대적으로 영구적이며 본질적인 요소도 있고 또 어떤 요소는 개인의 선택에 의한 일시적이며 가변적인 것이어서 다양한 관계의 합산이다. 다양하며 다층적인 축의 가변적 관계를 인정하기 위해서 우연적 정체성의 개념을 논할 수 있는 제3의 영역이 중요시된다.

아시아계 미국인으로서 정체성의 개념 역시 어느 한 축을 버리고 다른 하나의 축에 스스로를 동화시켜서는 안 되고 개인의 주체를 스스로 정의하는 공간이 바로 이 다수 정체성에서 가능하다. 백인 미국인에 의해서 부과되는 담론에 반해서 스스로를 정의하는 동시에 아시아계 미국인 엘리트에 의해서 부과되는 하부지배 담론에 반해서 스스로를 정의해야 한다. 역사를 통해서 하위주체는 자신의 실제 삶이나 상황 또는 희망에 대해서 발화하지 못하고 그들의 총체적 정체성이 아닌 일부의 축에 의해서 부분적 아시아인 혹은 부분적 미국인으로 신비화되고 억압받음으로써 자신의 정체성에 대한 죄의식을 느껴왔다. 개인은 응시가 아닌 상호 시선의 교차하는 유희를 통해 자기 긍정(self-affirmation)을 하고 스스로의 정체성을 선택함으로써 죄의식을 느끼지 않고 여러 축의 가치, 언어, 상징체계 등의 혼합을 매개로 새로운 제3의 문화를 형성하는 다중 정체성을 인정해야 한다.

우연적 정체성은 외부인도 내부자도 아닌 상태에서 자신의 차별성을 인정하면서도 동질성을 긍정할 수 있는 상태가 된다. 동일한 사람도 타자도 아닌 "계속해서 표류하는 명확하지 않은 경계"(Minh-ha 374)를 갖는 것으로 이해해야 한다. 자신을 긍정하기 위해서 끊임없이 타자성을 의식하면서 자신과 타자성을 동시에 논의하는 것을 의미한다. 이러한 "중간지대"(in-between)에서 양가성을 긍정할 수 있는 문화적 상호성을 긍정하는 정체성을 의미한다. 또한 문화적 다수 정체성의 인정은 모든 사람의 정체성이 뒤섞여 있기 때문에 인종이나, 젠더, 계급, 국가, 민족 등의 한 가지 요소에 의해서 동일시되는 것의 허위성을 이해할 수 있게 한다.

*FOB*에서 다수 정체성을 인정하지 않고 일방적 응시로 세상을 바라보는 Dale은 무대 위해서 의미 없는 독백을 하는 반면 다수 정체성을 인정하고 서로를 상호적 시각으로 바라보는 Steve와 Grace의 결합은 대조적이다.

Dale은 여전히 자신의 인종적 자아를 인정하지 못하고 드라마 초반부의 자신의 주장을 반복한다. 반면에 Steve는 중국의 남성 전사인 Gwan Gung 으로 Grace는 중국의 여전사인 Fa Mu Lan이라는 스스로의 인종적 자아 를 수용하고 미국에서 살아남기 위해서는 그 문화를 함께 수용하는 유동적 주체로 한 정체성이 다른 정체성을 대체하고 치환하는 연쇄적인 정체성의 유희를 진행한다. 이 과정 속에서 주인공은 미국에서 그들이 겪게 되는 인 종차별과 전 지구적 자본주의가 만들어내는 허위적 진실과 그로 인한 불평 등을 자각하고 불평등한 상황을 변화시켜 나아가야 한다는 점을 보여준다.

Hwang은 FOB에서 미국 내의 아시아계 미국인의 정형성이 변경할 수 없는 절대적이라는 것을 허위로 인식하고 그 개념을 해체한다. 인종차별적 이데올로기에 의해서 아시아계 미국인의 정체성을 다수 정체성의 입장에서 바라보고 갈등을 해결하는 방법으로 타자에 의해 정의된 정체성이나 스스 로 선별한 정체성이 아닌 자기긍정을 통해서 자아를 구성하는 많은 요소가 혼재하여 새로운 의미를 창출하는 중간 지대에서의 정체성의 논의를 요구 한다. Hwang의 작품은 정형성을 제시함으로써 이데올로기의 영향과 상관 없는 자연스러운 사실이라고 믿는 사고를 상호 관점 간의 유희를 통해서 해체한다. 그리고 Hwang은 이데올로기의 억압적 요소로 구성된 정체성 뒤 에 숨겨진 담론이 만들어낸 정형성에서 다수 정체성과 유희 전략이 수용하 여 자기 이해와 자기 확신으로 이끌 수 있다는 점을 보여준다.

B: 디아스포라에서의 아시아계 미국인 정체성

Hwang은 FOB에서 담론이 만들어낸 정형성을 본질화하려는 사고의 틀 을 해체하였다. 그리고 전통적인 사실주의적 재현양식이 지배 이데올로기가 만들어낸 정형성을 그대로 무대 위에서 재현함으로써 그 정형성의 인위성을 숨기고 독자에게 익숙하게 만드는 문제점을 자본주의와 인종차별주의 그리고 성차별주의 간의 상관관계를 통해 부각시킨다. 재현을 목표로 하는 드라마의 특성상 이러한 지배문화에 봉사하는 이데올로기를 해체하기 위해서는 독자와 텍스트 그리고 텍스트와 텍스트 사이의 유희를 강조하고 있음에 주목해야 한다. 중국 설화와 중국계 미국인이 그 설화를 바탕으로 쓴 소설 그리고 Hwang이 새롭게 자신 작품 속의 각각의 주인공을 통해서 구현해내는 의미의 차이와 그 의미를 해석하는 텍스트와 관객의 관계를 살펴보고자 한다.

 *FOB*는 한 개인을 정형성에 따라 분류하려는 지배 이데올로기의 문제점을 세 부류를 통해서 제시한다. 작품상의 분류에 따르면 ABC로 분류되는 제2세대 아시아계 미국인인 Dale과 FOB로 분류되는 제1세대 아시아계 미국인인 Steve 그리고 1.5세대로 두 세대 간의 간극을 줄이려고 노력하는 Grace로 나뉜다. 작품이 전개됨에 따라서 독자는 이러한 분류조차도 왜곡된 정형성에 기초한 것이며 이러한 정형성의 기저에서 작용하는 지배 이데올로기의 허위성을 인식할 때 비로소 차이를 넘어선 탈정형의 관계를 형성할 수 있다는 점을 인식한다.

 *FOB*는 Hwang이 현대 소수 주변부 문학작품이 갖고 있던 차이에 대한 극단적인 본질주의와 상대주의적인 각각의 입장의 문제점에 대한 대안적이며 전략적인 해결책을 실험한 첫 번째 작품이다. 해체 이론이 본격적으로 논의된 포스트 모던 시대에서 차이의 문제는 주변 문학의 중요한 논의의 대상이다. 소수 주변부 문학작품 사이의 차이의 문제는 크게 두 가지로 분류되는데, 첫째는 주류와 주변부의 차이를 강조하는 부류로 정체성 정치학을 통해 자신만의 본질적 특성을 찾는 분리주의적 특성을 취한다. 두 번째는 복잡하고 다양한 요소에 의한 차이에 대해 상대주의적 입장을 통해서 기존의 모든 질서를 해체하고 나열하는 입장을 취함으로써 양 극단 사이의 논쟁은 지속적으로 이루어져 왔다.

그러나 두 가지 주류 사이의 논쟁이 구체적 대안을 제시하지 못한 것에 비해 Hwang은 작품을 통해서 이러한 차이의 문제를 두 주장을 절충할 수 있는 새로운 협상의 장에서 실험하였다. 다양한 요소 간의 상호 영향에 의한 다수 정체성을 강조하여 아시아적 전통을 신비화하고 하나의 규범으로 표준화하고 차이의 문제를 인종이라는 단일범주 속에 포섭하려는 본질주의를 제거하고 다양한 관계의 가능성을 제시하였다. 동시에 많은 요소의 공존 가능성을 나열하는 상대주의로 인해서 독자적 특성을 잃어 세계화 혹은 세계인이라는 이름으로 또 다른 제국주의의 이득에 봉사하는 보편화에 이르는 문제점에 대해서도 경계하였다. 작품의 재현은 이데올로기의 허위성을 드러내고 강제적 주입과 재생산의 영향을 해체한다. 관객과 작품 사이의 기존의 계층적 이분법적 관계에 차이의 문제를 제기함으로써 역동적인 유희적 관계를 통해 젠더, 인종, 성욕성, 계급 등의 결정 인자 사이의 다양한 관계의 존재 가능성을 제시한다. 그의 작품의 열린 결말은 비판적이며 능동적인 관객에게 다양한 해석의 가능성을 제시한다. 이러한 새로운 해석의 가능성은 무대 위에 재현되는 개인 각각의 사적인 경험을 대상화하고 일반화하여 진리를 도출해내는 거대서사를 해체함으로써 담론을 상호간의 관계적 측면에서 이해하도록 한다.

이 작품은 Hwang이 스탠포드 대학 재학시절에 쓴 작품으로 1979년 대학 기숙사에서 공연되었으며 유진 오닐 전국 희곡 회의에 출품되었고 이를 계기로 Joseph Papp에 의해서 오프브로드웨이의 대중 극장에서 1980년 6월 공연됨으로써 1981년 최고의 오프브로드웨이 작품으로 Hwang에게 오비상을 안겨준 작품이다. *FOB*는 미국 내의 이민자의 미국 주류문화 안으로의 동화와 자국 문화의 보존 사이의 갈등의 문제를 그린 작품이다. 백인 지배 이데올로기 내부의 아시아계 미국인의 정체성의 문제를 아시아 문화와 백인 지배 이데올로기 문화 그리고 아시아 문화 간에 존재하는 동화와 갈등의 문제로 풀어냈다.

1970년대 이전의 아시아계 미국인의 정체성에 대한 묘사가 식민주의자인 백인 지배 이데올로기와 억압당하는 아시아인의 이분된 인종차별주의에 근간을 두는 갈등의 구조였다면 Hwang은 단순한 이항 대립 구조에 기초한 이질성과 갈등의 문제뿐만이 아닌 보다 다층적이며 다면적 구조에서 갈등과 동화의 문제를 심도 있게 다루었다. 백인 인종차별주의는 단순히 백인과 유색인을 구분 짓는 전략에 수정을 가하여 백인의 특권적 지위를 극대화하기 위해서 유색인 사이의 분열을 조장하는 새로운 담론적 전략으로 소수자 사이의 분열을 조장하고 있다. 이전의 아시아계 미국인은 단순히 피부색에 기초하여 그 정체성을 규정짓고 갈등을 부각시켰다는 시각은 현대의 이데올로기의 영향에 대한 변화된 상황을 설명하지 못하기 때문에 Hwang은 정체성을 구성하는 계급, 경제, 개인의 심리 상태 등의 다양한 요인 사이의 갈등과 갈등의 극복 그리고 통합을 강조하였다.

Hwang은 *FOB*의 서두에서 정체성 확립의 단계를 자신의 경험에 기초해서 논의하고 있다. Hwang은 정체성을 규정짓기보다는 정체성의 변이과정에 관심을 둔다. Hwang은 정체성 변이의 과정을 몇 가지 단계로 구분하기보다는 "나는 몇몇 다른 관계를 통해서 진화해 왔고 내 앞에는 더 많은 상태가 있었을 것이라 상상한다."(Hwang, "Introduction" xi)고 주장한다. 그가 부각시킨 시기는 크게 "동화의 양상"에서 "국수적 민족주의 양상" 그리고 "다문화적 조망"의 과정으로 나누고 있다.

동화의 단계에서 아시아계 미국인은 처음에는 백인 사회에 동화되기 위하여 "백인보다 더 백인"(Hwang, "Introduction" xi)이고 싶어 하여 백인의 외모와 태도를 모방하고 백인이 그들을 수용해 주기를 기대한다. 백인 우월주의 지배 이데올로기를 그대로 수용함으로써 아시아적인 요소를 열등한 것으로 간주하고 자신의 아시아적 자아를 부인하려고 애를 쓴다. 아시아계 미국인이 동화를 위해 택하는 방법은 부의 축적과 교육이다. 자본주의의 영향으로 물질적 성공을 백인 사회에서의 수용의 기준으로 생각하게 되며 동시에 미국식 교육을 통해 백인의 영어를 사용하고 그들의 문화를 적극적으로 수용하는 대신 자신의 아시아적 자아를 부정함으로써 자기모멸과 자기혐오를 느끼게 된다. 이들의 동화된 첫 번째 자아는 "자신의 아시아적 정체성을 부인하고 백인의 판단을 내면화하며 열등한 아시아적 속성을 구현하는 인물을 적대시하는 심리적이며 물리적 폭력이 있으며 개인의 수용에 관한 근본적 개념에 의문을 제기하도록 강요되는"(Wong 109) 과정을 경험한다.

인종적 소수는 정체성의 혼란과 주류 사회에 동화될 수 없는 좌절을 겪고 나면 다음으로 국수주의적 민족주의의 과정을 겪는다. Hwang은 국수주의적 민족주의 단계는 "보다 큰 사회에서 인종차별주의에 의해서 상처받은 자존심을 확장하여 자신이 속한 집단의 구성원과 상호 작용을 통하여 통일체가 되는 데 도움이 된다."(xii)는 점에서 긍정적 측면을 인정한다. 그러나 아시아적 정체성과 아시아의 문화적 전통을 강조하며 아시아적 가치를 주장하기 위해서 인종에만 관심을 둔다면 백인 주류 문화의 아시아계 미국인 혹은 다른 소수민족을 단순히 인종에 의해서만 규정짓는 것을 강화하게 된다. 이러한 정치화의 문제점은 영원한 이방인으로서의 외부자적 지위가 고착화될 수밖에 없다. 인종적 정치화는 1950년대 여성주의, 흑인 운동, 게이 운동 등이 걸었던 정체성 정치학의 자기 패배적 길을 되풀이할 수밖에 없다는 점 역시 간과할 수 없다. Maxine Hong Kingston은 FOB 서문에서 Hwang의 작품을 읽고 진정한 고유의 전통의 고수보다는 새로운 전통 만들기에 관심을 두어야 하는 현시점을 "중국에서 누군가가 가져온 이상한 전통의 수의에 매달리는 것을 그만둘 때가 온 것이 아닐까?"(Kingston, "Foreword" ix)라며 Hwang의 작품을 배타적인 민족주의 작품에 대한 일종의 경고문으로 해석한다. 정체성 정치학의 분리주의는 아시아계 미국인을 영원한 망명자 혹은 소수로 만들고 자신의 정체성을 축소시키는 결과를 초래한다.

Hwang은 다문화적 조망의 과정에서 정치적이고 민족적이며 사회적 집단이 공존할 수 있는 길을 찾아 "미래를 위한 미국의 꿈을 잡는 것을 계속"(Hwang, "Introduction" xv)하겠다고 밝힌다. 다문화적 조망이라는 관점에서 바라보는 문학은 맹목적인 동화나 단일한 요소에 의한 차이와 이질성의 강조보다는 "미래를 위한 새로운 양식"(Hwang, "Introduction" xiv)이라는 보다 생산적인 측면을 강조한다. 정체성을 통한 자신의 위치의 정립은 단 몇 단계를 거쳐서 종결되는 것이 아니라 점진적으로 이루어지며 영구적인 진화의 과정을 거쳐 성숙되어 간다는 점을 주목해야 한다.

Hwang의 대부분의 연극이 그러하듯 *FOB*는 관객의 역할과 참여가 중요하기 때문에 관객의 이해를 돕고 관객의 충격을 덜기 위해서 서구식 실험극의 기법과 동양의 경극 기법의 병치를 통한 다양한 실험을 한다. 사실주의의 정의는 그 형식이나 내용적 측면에서 매우 다양하게 이루어져 왔지만 일반적으로 "독자에게 작품의 인물이 실제로 존재할지 모른다는 생각을 불러일으키는 사회와 삶을 재현하고 그러한 것이 잘 일어날 수 있다는 효과를 주는 것"(Abrams 260)으로 기본적으로 현실을 실제 있는 그대로 재현해낸다는 공통된 전제를 한다. Hwang은 특정한 민족 집단만의 일종의 의식으로서의 실험극이 아닌 보편적인 모든 독자가 공감하고 그들의 참여를 이끄는 정치화를 수행하기 위해서 다양한 서사 방식의 병치를 통한 의미의 확산이라는 유희 전략을 사용한다.

사실주의 드라마는 무대와 독자 사이의 의사소통이 감정이입을 바탕으로 이루어신다. 관색은 무대 위의 주인공과 스스로를 농일시함으로써 도쥐상태에서 현실을 잊은 채 환영에 사로잡히게 됨으로써 무대 위에서 일어나는 특정 상황에 대해서 주인공이 바라보는 정도 이상을 넘어설 수 없다. 독자의 이해와 감정과 인식은 무대 위에서 행동하는 주인공과 동일하다. 사실주의 서사는 "모방적 결과물의 생산이 필수적이지도 않고 독자의 요구된 지적이지 못한 흥미만을 요구하며 부르주아 민족주의와 전체주의의 자연스러운 공범자로"(Ling 20) 독자에게 작용한다. 사실주의 드라마의 재현은 무대와 관객이 완전히 분리되어 관객은 수동적으로 보이는 환영에 감정이입하고 잘못된 상을 그대로 내재화한다. 이런 방식으로 재현되는 사실주의 연극은 작가 혹은 감독에 의해서 관객의 시점이 통제될 수 있다. 현실을 그대로 무대 위에 올린다는 허위의식은 관객이 지배 이데올로기에 의해서 조작된 사회적 현상을 영원하며 자연스러운 것으로 인식하게 되고 그것에 대한 이의를 제기하지 않게 한다.

사실주의는 관객을 이데올로기 내의 종속된 것으로 구성함으로써 지배 이데올로기를 돕는다는 면에서 가장 큰 비판의 대상이 된다. 고전적 사실주의(classical realism)는 "이야기의 진실을 체계화하는 담론의 계층화와 종결로 이끄는 서사"(Belsey 53) 구조를 가지고 있기 때문에 의미를 고정화하며 주체를 안정된 주체로 정의 내림으로써 실제 모든 조건을 억압한다. 환영을 사실로 전달하기 위해서 사실주의는 세부적인 것의 사실성뿐만 아니라 보편적 환경 속의 전형적인 인물을 사실적으로 재생산한다. 재생산 과정은 관객에 대한 효과를 극대화시키기 위해서 개인적이며 사소한 일부의 경험을 보편화해 전체의 전형적인 특성으로 만들어 버린다. 사실주의 작품은 모든 사람이 사실을 믿도록 하기 위해서 보편성의 획득이 필수적이며 보편성을 얻기 위해서 기존의 지배적 사상의 반복적 재현을 통한 정형화된 인물 혹은 상황을 패턴화하는 경향이 있다. 사실주의 서사는 지배 이데올로기의 작용을 철저히 은폐함으로써 재현되는 환상을 사실로 자연스럽게 수용하게 만든다.

아시아계 미국 드라마가 주로 차용하는 사실주의 재현양식은 일부 상업적 성공적인 작품이 미국 내에서의 동화에 성공한 인물을 그려냄으로써 제도적 평등 상황 속에서 미국의 꿈을 성취하지 못한 아시아인을 그들 자신의 책임으로 돌리게 한다. 이것이 문학작품이 서구 지배 담론이 조작한 환상에 봉사하고 있는 단점이다. 모범적 소수자의 담론은 아시아인을 영원한 이방인으로 고정시키는 동시에 다른 민족이나 인종의 정치화의 방해 요소가 된다. 권리의 쟁취를 위한 정치화의 한 수단인 시민권이란 제도에서 보여지듯 아시아적 자아를 희석하고 서구 문화에 동화시키려는 시도는 표면적으로는 서구인이 정의한 정체성을 수용함으로써 동화와 다양성의 인정이라는 미국의 다인종 다문화의 다양성에 관한 미국의 꿈을 실현하는 것으로 보인다. 그러나 여전히 아시아적 전통과 심리적 관계를 끊지 못하는 개인에게는 분리된 자아를 갖게 하고 결국 자기혐오에 이르게 한다. 재현되지 않는 목소리는 존재하지 않는다는 전제 하에 단순히 재현되기 위해서 지배 담론과 타협하고 협상함으로써 서구 지배 담론의 범주 속에 감금시키는 역할을 한다는 면에서 사실주의 재현은 단선적 지배 이데올로기 논쟁을 불러일으키고 지배자와 지배 개념을 모방하도록 강요한다. 무대의 사건은 현실의 복사본이 아니라 특정 의도에 따라 만들어진 하나의 허구라는 점을 관객이 인식하지 못해 현실과 허구의 차이를 구분하지 못하고 무비판적으로 받아들인다. 그러므로 능동적인 관객의 존재가 필요하다.

그러나 새로운 시각에서 작품을 바라볼 수 있는 비평가로서의 능동적 관객의 확보는 쉽지 않다. 왜냐하면 관객과 무대 위의 작품 사이에 존재하는 보이는 것과 보여지는 것 사이의 불평등한 이분법적 구조가 존재하기 때문이다. 관객과 무대 위의 관계는 이미 남성과 여성이라는 이항 대립적 관계로 무대 위의 장면을 바라보도록 통제된 관객은 무의식적으로 지배 이데올로기의 영향을 받고 있기 때문에 사회적으로 체계화된 해석방식으로 연극을 분석한다.

> 성적 불균형에 의해서 질서화된 세계에서 바라보는 쾌락은 능동적 / 남성, 수동성 / 여성으로 분리되어 왔다. 단호한 남성의 시선은 그에 따라 이름 지워진 여성의 모습에 환상을 투사한다. 그들의 전통적인 노출증적인 역할에서 여성은 자동으로 바라보도록 전시된다. 보여지기 위한 것이라는 것을 내포하도록 말해지기 위해서 강한 시각적 성적 충격을 위해 코드화된 외양으로 여성은 시선을 잡고 연기하고 남성의 욕망을 나타낸다. (Mulvey 19)

무대 위의 여성과 관객으로서의 여성은 모두 시각의 대상화가 되는 것이지 주체가 되지 못하며 남성은 무대 위의 남자 주인공과 동일시함으로써 무대 위의 희생양인 여성에 대해서 그리고 관객으로서 재현에 대한 우월감을 느끼게 되어 쾌감을 느낄 수 있지만 여성 관객은 불쾌감을 느끼게 된다. 모든 재현은 남성의 시선을 기준으로 이루어졌기 때문에 여성의 목소리를 전할 수 없는 약점이 있다. 그리고 이 관례는 "역사적으로 북미문화에서 관객은 백인, 중산층, 이성애, 남성으로 추정되었다."(Dolan 1)는 점에서 오랜 기간 동안 반복적인 과정으로 고착화되었다. 남성과 여성에 의한 시선의 주체와 객체의 문제와 함께 인종 간의 시선의 문제는 "백인 관객의 전형과 무대 위에서 요즘 종종 환기되는 억압적 시선의 실제의 모델로 대상화된 동양인뿐만 아니라 얼마나 다양한 방식으로 아시아계 미국인 관객이 위치될 수 있는가를 보여주는"(Lee 35)가에 대한 보다 포괄적인 논의가 이루어져야 한다.

　　Hwang이 *FOB*에서 강조하고 있는 역할 중 가장 두드러지는 것은 관객의 응시의 문제이다. 지금까지 미국의 연극이 백인 중산층 남성 관객을 대상으로 제작됨으로써 보는 사람과 보여지는 사람 사이의 불평등한 관계를 반복해 왔다. 무대와 객석을 구분 짓고 무대는 보여지는 것으로 그리고 객석은 보는 것이라는 역할의 할당은 결국 남성과 여성, 백인과 유색인, 이성애자와 동성애자라는 이분법을 통해서 능동적 역할과 수동적 역할을 구분하는 것이었다. Hwang은 무대와 객석의 이분법적 관계 대신에 관객을 구성하는 인종, 계급, 젠더, 세대에 따라서 작품과 관객의 관계는 유동적으로 변화하며 다양한 해석의 가능성이 있기 때문에 인종의 문제와 여성의 문제 그리고 세대의 문제가 분리된 개별 사항이 아니라 서로가 서로에게 영향을 주고 충돌한다는 관점을 보여준다. 그리고 이 관점은 인종적, 성적 계급적인 이중, 삼중의 억압에 의해 얽혀 있는 관계가 응시를 거부하거나 좌절당한다는 점을 제시한다. Hwang의 작품은 "그의 드라마의 관객이 연극적 환영의 발견, 해체, 재확립의 복합성으로 이끄는 동시에, 전통적 문화와 젠더의 가정에 도전하고 맞서게 한다."(Skloot 59-66)고 평가받는다. 이렇게 해서 문화가 단일하거나 동질적이지 않으며 복합적으로 끊임없이 여러 위치를 이동한다는 사실을 일관되게 강조한다.

  그래서 재현양식을 통제하고 있는 이데올로기의 지배문화의 재생산 과정을 인식하고 변화시켜야 할 새로운 양식이 요구된다. 새로운 양식을 통해서 성차, 인종의 차이, 성욕성의 차이, 경제적 계급의 차이가 임의적이며 유동적인 관계로서 우리가 진실로 알고 있으며 자연스러운 것으로 인식하고 있는 현실에 대해서 새로운 시각의 접근이 시도된다. Hwang은 이분법적 대립항의 위계가 허위라는 것을 밝히고 개인의 정체성에 대한 전통적인 시각적 재현과 재현에 관계된 사회 문화적 힘의 관계를 자신의 작품에서 적나라하게 드러내 궁극적으로는 기존의 재현양식과 그에 관계된 힘의 역학 관계를 해체한다. 드라마 속에서 내부적으로 개별성과 다양성의 혼재를 인정하고 그 이질성의 혼돈을 견디어내는 동시에 외부적으로 개념적 고정과 배제 그리고 폐쇄에 저항하는 유연한 전략적 연합을 요구한다. 경계를 명시하고 주체와 타자를 명명함으로써 이분화시키고 서열화시키기보다는 불분명하지만 유연하고 유동적인 유희를 통해 주체와 타자의 구분이 없이 수평적 관계를 유지하고자 하는 시도가 이루어졌다. 그리고 작품의 다원화되고 적절한 재현의 문제를 해결하기 위해서는 일방적으로 작가만의 몫이라기보다는 이제는 제작자, 배우, 그리고 비평가의 통제와 영향력까지도 고려하여 "예술을 이해하기 위해 보다 예민한 감수성을 갖고 보다 많은 함축적 의미에 대한 접근이 필요하다."(Lee 5)는 것을 인식해야 한다. 이러한 인식에서 관객에게 보다 자유롭고 자율적인 해석의 공간을 제공하기 위한 새로운 양식의 제시가 중요시된다.

  Hwang은 *FOB*에서 사실주의 서사의 문제점을 창조적으로 사용하여 의미화의 과정을 사회적 지시대상과의 모순된 관계로 전경화하여 정치적 효과를 담은 예술을 창조한다. 사실주의는 "잠재적으로 열리고 닫혀 있으며 의미와 의미화의 우연성의 맥락의 사용과 폭넓은 문화적 이념적 결정"(Ling 23)에 기여할 수 있다는 면에서 창조적 사용이 중요시된다. 무대 위의 해설자로서 Dale이 FOB의 특성에 대해 설명하는 것과 무대에서 보여지는 Steve의 FOB로서의 정형 간의 차연을 텍스트 내에서 유희를 통해

지속적으로 부각시킴으로써 관객은 의미화의 과정에 능동적으로 참여한다. Hwang은 창조적 사실주의 양식을 이용함으로써 관객이 사회적 경향에 대한 이해와 드라마가 갖는 명료한 관점을 얻어 사회 상황을 신비화하는 힘에 대해 저항하는 응집력을 갖추고 현재의 조건을 변형하고 사회적 모순을 노출시키려는 역동적인 원동력을 제시한다.

Hwang은 독자가 텍스트를 주체로서 생각하고 비평가의 의견을 따르거나 혹은 제작자의 의도를 찾아보려는 시도를 반복해 온 종전의 수동적 위치를 거부해야 한다는 점을 강조한다. 브로드웨이에서 초연이 연극의 성공을 어느 정도 보장해 주며 저명한 비평가의 호평이 연극의 성공에 미치는 영향이 지대하다는 것을 Hwang이 밝힌 바 있다. 독자는 이러한 수동적인 입장보다는 관람의 주체인 동시에 의미를 부여하는 사람으로서 연극을 창조적이며 책임감 있게 관람하여 상품화된 제도권의 연극적 의미를 와해시키는 의미 있는 정치적 행위에 동참한다. 관객의 역할은 무대 위에서 제시되어 온 연극적 관례를 파괴하고 그 소비 문화적 측면을 비판적으로 저항해야 한다.

무엇보다도 Hwang은 관객이 무대 위의 주인공과 자신을 동일시해서 완전히 감정이입 상태로 이데올로기에 종속되는 문제점을 지적한다. Hwang은 작품을 바라보는 시각에 대해서 "제국주의의 문제, 인종의 문제. 젠더의 문제로 나누어 놓는 것과 이 문제를 보다 보편적인 개념에서 접근하지 않는 것이 문제이다."(Hwang, "Interview" *Bearing* 187)라고 주장하며 이 요소를 분리하여 작품을 바라보는 것의 위험성과 문학적 마음가짐의 중요성을 밝힌다. 분리가 불가능한 요소의 구성인 관객과 주인공은 어느 부분에서는 공유되는 부분이 있지만 또 다른 부분에서는 공유할 수 없는 요소가 있다는 점을 함께 생각해야 한다. 그는 "이러한 문학적 마음가짐은 적절하지 않고 삶에서 실제적으로 진실이 아니라는 점"(Hwang, "Interview" *Bearing* 187)은 주인공과 공유되는 일부만이 동일시의 과정을 거치지 전부와 동일시할 수 없다는 점을 지적한다.

　그래서 *FOB*는 지배문화의 지배 이데올로기를 표현하는 사실주의 재현 양식 대신 관객과 배우 텍스트와 텍스트 사이의 유희로 새로운 형식의 연극 기법을 접목함으로써 관객에게 호기심과 불편함을 느끼게 만드는 연극 양식을 이용한다. 서양의 연극 관례를 따르지 않는 연극적 기법과 전통적인 사실주의 서사의 조합은 다양한 인종과 계층, 젠더, 성욕성 등을 갖고 있는 혼합된 관객에게 연극을 이해하는 것에 불편함을 경험하게 한다. 연극적 관례가 상호 작용상의 불안정성을 갖고 있는 것은 사실이지만 불편함을 감수하더라도 연극의 주체로서 관객이 의미를 생산하는 자리를 찾아야 함을 Hwang의 작품은 전달한다. 이질적이며 다양한 관객은 무대 위의 주인공에 대한 감정이입이 완전히 이루어지지 않기 때문에 사실주의 서사양식과 같은 보편적이며 동일한 반응 대신 관객의 개별적인 다양한 반응이 발생한다. 이 작업은 개별배경이 서로 다른 관객이 개인적으로 직면한 수많은 경계선을 수정함으로써 끊임없이 변모하는 유동적인 차이에 기초한 다양성의 관람 미학을 확립한다. 부르주아 사회의 이데올로기와 권력은 강요보다는 설득의 문제이기 때문에 다층적 관계 간의 끊임없는 교류를 통해 재정립됨으로써 다양한 사회적 세력 사이의 지속적이며 변동적인 타협의 과정으로 의미의 생산자, 텍스트, 관객이 상호 작용을 한다.

　Hwang은 사실주의의 모순을 해체하는 방법으로 실험극의 전통을 차용한다. 작품 속에서 "서로 다른 서사 전략의 조합은 두 양식의 독립성 침투가 이용 가능한 미학적 현상일 뿐만 아니라 필수 문화 전략"(Ling 22)으로 이해된다. 극의 기법에서 *FOB*는 서구와 동양의 극적 기법을 함께 사용한다. 이들은 기존의 서사 구조와 달리 은닉된 지배 이데올로기의 허위성을 가시화하고 특정 사상과의 관계를 명백히 하기 위해서 Brecht의 서사연극의 방식을 접목한다. Hwang은 자신의 문학에 선배 극작가의 작품의 영향력을 부인하지는 않지만 자신만의 독특한 드라마 양식의 구현이라는 작가로서의 소명 역시 중요시한다.

> Brechitian / Stoppard / Shavian 이데올로기적 모델에 나는 영향을 많이
> 받았다. 나는 이러한 모델에서 많은 것을 배웠다. 그리고 나는 흥미로운 양
> 식과 병치와 이데올로기적 논의를 통합하였지만, 여전히 나는 필수적으로 인
> 간성의 섬세함에서 훌륭한 이해를 얻었다고 느낀다. (Hwang, "Interview"
> *About Face* 215)

Hwang의 언급은 인간성에 대한 탐구 양식인 사실주의의 미국 전통을
이어가고 있음을 분명히 한다. 동시에 Brecht의 서사 구조 소외 효과의 이
론화는 사회적 실재의 기초로써 유물론적 관계를 밝히고 무의식적인 관습
적 인식과 이론으로 결정된 신념을 전면에 내세운다. 서로 다른 두 가지
극 형식의 창조적 접목은 전복적인 텍스트의 다중관점, 순환성, 모순에 대
한 의미의 협상의 가능성을 열어 놓는다.

작품의 기능적 측면을 중요시하는 Brecht의 서사극은 인간소외라는 일
상적인 현실을 당연한 것으로 받아들이지 않고 낯설게 만들어 보여줌으로
써 현실 변화의 당위성을 보여준다. 작품에 반영되기 위해서 "현실은 그
완벽성에도 불구하고 인위적 제시의 요소에 의해서 변경되어야 한다. 이것
은 사실주의에 대한 우리의 기저이다. 우리는 인간관계의 본성을 바꾸기를
바란다."(Brecht 231)는 서사극의 기저는 사실주의 연극에 익숙한 독자의
기존 관념을 해체하며 독자로 하여금 무대 사건에서 빠져 나와 이를 비판
적인 안목에서 바라보도록 유도한다. 또한 서사극은 독자가 스스로 무대
위에 묘사된 사건이나 묘사 자체에 대해서 이의를 제기할 수 있는 비판적
자세를 가질 수 있도록 인간의 사회적 공동 행동을 낯설게 그려냄으로써
그러한 상황이 누군가에게 지배당할 수 있다는 점을 드러내 보여준다. 사
실주의 연극 양식이 단순히 세계를 재현함으로써 세계를 이해하게 하였던
단계에서 벗어나 세계를 변화시키는 데 기여한다. 서사극에서는 관객이 친
숙하다고 생각했던 소재와 사건을 생소한 것으로 느끼게 함으로서 사건의
원인과 결과에 대한 생각을 해보게 된다.

*FOB*는 전체 극의 형식에 있어서 Brecht의 처음도 결말도 없는 에피소
드적 장면으로 작품이 구성되어 관객의 감정이입을 끊임없이 중단한다.
Hwang은 개별적으로 독립된 이야기를 삽입부로 넣어 서언(prologue)과 종
결부(coda)를 통해서 관객이 지금부터 관람하게 되는 것이 연극의 공연이
라는 사실을 강조하는 이중 구조를 취한다. 그리스시대의 작품에서 셰익스
피어 연극에 이르기까지 즐겨 사용되던 이 서언은 사실주의와 자연주의 시
대에 들어서 사용되지 않았지만 오히려 이러한 사용이 관객을 낯설게 하여
무대 위의 상황이 사실이 될 수 없으며 단지 극적 사실이라는 점을 강조
한다. 서언은 관객의 권리와 의무를 상기시켜 주며 종결부는 서언과 연관
되는 형식적인 특성과 함께 관객에게 무대상의 예술세계에서 찾을 수 없는
해결책을 현실에서 찾을 것을 요구한다. 관객에 대한 종결부의 실천적 요
구는 동시에 제시된 사건의 연극적인 특성을 강조하여 관객이 실제의 사건
을 본다는 환상에 빠지지 않도록 하는 기법으로 사용되었다.

극중극의 형식을 취한 극의 플롯은 사실주의 기법에 의해서 진행되는
표층 구조와 함께 반사실주의적 기법을 통한 심층구조는 기표 뒤에 가려진
이데올로기의 허구성을 인식하게 한다. 극의 서언 부분에서 Dale은 관객보
다 우월한 지위를 차지하고 마치 강연자처럼 관객을 향해서 FOB의 용어
를 설명한다. 관객과 주인공이 분리되어 두 개의 나른 세계가 아니라 수인
공이 관객을 향한 직접적인 진술이나 해설을 통해서 관객의 감정이입을 막
는다. Dale의 강연 모습은 마치 그리스 연극의 코러스를 연상시킨다. 그리
스 연극의 코러스는 주로 사회의 지도자나 연장자가 무대 위에 등장하여
관객에게 극의 진행을 설명해 주거나 관객이 작품을 이해하기 쉽도록 작품
을 바라보는 관점을 통제하는 역할을 하였다. 코러스는 결국 사회의 중요
한 가치관과 도덕을 강조하거나 드라마 작가의 시각을 반영하는 것이다.

그러나 *FOB*의 Dale은 코러스로서의 역할을 하고는 있지만 독자는 그가
제시하는 가치가 과연 신뢰할 만한 것인가에 대해서 의문을 갖는다. Dale
의 역할은 독자보다 우월한 입장에서 진실을 전하는 것이 아니라 그가 취

하는 태도를 통해서 사회 비판적인 인물을 그려내고 사건을 전개해 나가는
데 사회적 권력과의 관계에 대한 의문을 제기함으로써 관객에게 토론의 장
을 열어준다. 주인공은 관객에게 자신의 출신 배경의 시각에서 여러 가지
상황을 정당화시키거나 비난한다. 극의 제시 장면과 종결 부분에서 무대
위에 홀로 남겨진 Dale을 목격하며 관객은 전문적 사실처럼 들리던 강연
이 허구였음을 인식하게 된다. *FOB*라는 "연극의 제목은 적대적인 Dale이
FOB를 편견을 갖고 연극을 열고 마치는 동안 그의 인물이 재현하는 모든
문화적 고충과 Steve에게로 관객의 관심을 끌게 한다."(Cooperman 164)는
면에서 결국 첫 장면에서 마지막 장면까지 마찬가지로 같은 강연을 하고
있는 Dale의 모습은 일관된 주제에서 다양한 의미 생산이라는 시작도 종
결도 없는 열린 결말을 추구한다는 점을 이해할 수 있다.

　이어지는 다양한 극중극의 공연 장면은 작품의 이야기 진행과 유기적인
결합이 아닌 단순한 삽입을 통해서 이야기를 지속적으로 중단시킴으로써
관객의 감정이입을 방해한다. 집단 이야기(group story)를 연기하는 장면에
서 세 마리의 악어에게 다리를 잃은 곰의 이야기는 경극의 의식(ritual)을
통해서 보여주는 장면을 이용한 장면인데 현재의 이야기 진행과 상관없는
과거 화법을 사용하여 인물의 대사나 행동을 생소하게 한다. 또한, Grace
가 Kingston의 책 *Woman Worrier*의 Fa Mu Lan의 역할을 하고 Steve가
Frank Chin의 연극 *Gee, Pop*에서 작가, 전사, 매춘부의 신인 Gwan Gung
의 역할을 하는 부분은 중국 전통 오페라인 경극의 형식을 취하는데 경극
이 사실성보다는 동작의 상징성을 통해서 의미를 전달하기 때문에 개인의
감정을 언어보다는 동작을 통해서 표출하려는 의도를 찾을 수 있다.

　두 가지 극 형식의 병치를 통한 에피소드적 구성이 무대에서 확연히 드
러남으로써 관객이 지적 거리감을 유지하게 한다. 1막의 첫 장면에서 세부
적 무대 묘사가 두드러지는 전형적인 서구식 사실주의 기법이 사용되고 있
는 캘리포니아 토런스의 중국 식당의 묘사 지문에서 드러난다.

테이블보가 있는 한 개의 테이블 다양한 의자와 공급품. 문 하나는 뒤 출구인 밖으로 향하고 다른 문은 부엌을 향한다. 조명은 테이블 앞에 앉아 있는Grace 를 비춘다. 음악이 작은 라디오에서 흘러나온다. 테이블 위에는 작고 일부가 벗겨진 상자가 있고 버려진 스카치테이프 묶음이 있다. (8)

반면에 Fa Mu Lan과 Gwan Gung의 칼싸움 장면에서는 특별한 무대 지문 없이 관객의 상상력에만 의존한다. 경극은 무대에 특별한 소품 없이 시간과 공간의 제약을 받지 않고 시공의 한계를 벗어나 소수의 도구를 충분히 활용하여 무대범위를 무한대로 넓히고 느낌으로 나타내는 상징적 방법으로 처리한다. 무대 위의 "큰 벽과 두 개의 테이블이 있는 무대는 전쟁 장면에서 그들이 중국 오페라의 동작을 사용했을 때 배우가 자유스럽게 움직이는 것을 허락"(Kurahashi 155)하기 때문에 장소는 전적으로 배우의 연기로 제시되며 자유자재로 관객의 상상과 연결된다. 무대 동작은 극히 추상적이지만 의미 있는 표현 양식을 통해 관객으로 하여금 무대의 상황을 이해하게 하고 극의 중심으로 이끌어간다. 무대는 어떤 의미에서는 장치나 소품이 없기 때문에 더욱 효과적으로 제시될 수 있다.

Hwang은 서구식 연극에 익숙한 관객에게 낯선 동양의 연극적 기법인 경극의 모든 기법을 적절히 변형하여 사용한다. 경극은 대부분의 이야기의 전달을 관례화된 동작과 노래를 통해서 전달하는데 Hwang은 이를 변형하는 시도를 했다. Hwang의 극은 상징적 동작과 함께 대화를 통해서 진행시키는 서구의 연극적 기대치를 만족시킨다. 실제로 플롯 구성에 의해 *FOB*는 관례적으로 잘 만들어진 연극이다. 그러나 다른 무대가 요구되는 것은 "Grace와 Steve가 그들 각각의 허구적 / 신화적 대안을 구체화할 때"(Cooperman 164)이다. 옷과 분장의 색깔, 인물의 성격과 성품은 물론 이야기의 전개까지도 상상할 수 있는 경극의 화려한 색감의 관례를 사용하지 않고 주인공은 서양식 복장을 입고 연극을 진행한다. Hwang은 "아시아와 서양 연극의 혼합을 만들려고"(Hwang, "Interview" "Evolving" 156)

했기 때문에 서구식 문화와 동양의 문화를 동시에 무대 위에 제시하되 동양의 연극적 관례에 익숙하지 않은 관객이 서구의 연극적 장치로 안정감을 갖게 한다. 그리고 *"두 개의 단지를 부딪쳐 인물 변화를 알리는"*(42) 것과 같이 경극의 소품을 활용하여 전통적인 무대 장치와 연기 방식에 익숙한 관객에게 환영의 효과에 대한 포기를 요구한다. 전통적 상징의 관례에 따르는 자연스러운 상황과 작품의 해석이 아닌 관객이 상징의 의미를 추론해야만 하는 상상력을 끊임없이 불러일으킨다. 대부분의 아시아계 미국 드라마가 갖고 있는 아시아적인 것, 전설, 동화, 노래, 음악 등의 삽입을 통해 새로운 가치의 창출에 성공했으며 서구 관객의 호응을 얻어 문화적 혹은 형식적 난해성으로 인해 아시아계 미국인 관객만을 대상으로 했던 아시아계 미국 연극의 관객에 대한 한계를 극복하였다. 동시에 공동체의 관심이라는 명목하에 개별성의 부재로 오는 작품 자체의 정치성의 부재와 미학적 검증의 실패로 인한 재현 자체의 불가능성을 해결하였다.

　Hwang의 무대는 다양한 주체가 각자 자신의 입지를 분명히 하면서 동시에 도전하는 곳이며 개인 내에 존재하는 다양한 정체성을 확인하고 타협하고 대치하는 장소이다. 이것은 정체성을 해체하기 위하여 지배 이데올로기에 도전하면서도 정체성에 대한 정치적 탐구를 포기하지 않는 것이다. 제국주의적 지배문화에 저항하면서도 사회적으로 소외된 타자의 정체성을 형성하는 것이다. 또한 수동적 소비자이며 능동적인 의미 생산자로서의 관객의 역할을 다양한 갈등과 긴장의 중간 지대에서 타협점을 도출해내었다. 관객은 기존의 연극적 텍스트의 관례가 불러일으키는 대중적 즐거움과 텍스트의 고정된 위치나 지배 담론에서 벗어나 텍스트 안의 다양한 정체성의 변이의 즐거움을 동시에 경험한다. 그리고 그 의미는 관객의 다양한 사회적 배경인 인종, 계급, 젠더, 역사적 배경 등에 따라서 다르게 생산된다.

　Hwang은 서구 백인 지배 이데올로기 속의 아시아계 미국문학 전통의 존재를 타당화하기 위해서 신화를 차용한다. 신화를 통한 "역사적 플래시백(flash back)을 통해 맥락된 연극은 아시아계 미국인에게 자기 수용과 자기 통합에 대한 투쟁이 진행되는 것을 제안"(Wong 106)한다는 의의가 있다. 그의 신화사용은 중국 본래의 신화의 내용과는 차이가 있다. 그는 중국 전통의 신화를 그대로 풀어내 차용하기보다는 아시아계 미국 작가의 작품에서 아시아계 미국 작가의 시각을 통해서 재구성되었던 인물을 다시 등장시킨다. 원형적인 중국의 가치인 효 사상을 기저로 하고 있는 Fa Mu Lan의 신화라든가 의협심과 충성심 넘치는 Gwan Gung을 신성시하여 진정한 아시아 문학이라는 정전으로서의 거대서사로 만들지 않는다. 대신 두 사람의 인간적인 나약함과 고통을 통해서 그 신화적 절대성과 보편성을 해체하고 새로운 틀을 재구성하기 위해서 신화를 차용한다.

　*FOB*에 등장하는 Fa Mu Lan과 Gwan Gung는 전통적인 중국인이 알고 있는 모습에서 변형된 새로운 모습으로 등장하여 텍스트와 텍스트 외의 다른 텍스트와의 유희를 시도한다. Hwang의 작품은 "현저하게 Fa Mu Lan과 Gwan Gung의 전통적 신화의 아시아적 변형이라기보다는 특별히 아시아계 미국적 변형"(Lee 180)을 통해서 아시아계 미국인이 겪고 있는 억압의 역사에 대한 새로운 이야기를 하기 때문이다. Hwang은 아시아계 미국 작가의 대표자인 Kingston의 소설 속의 Fa Mu Lan과 Chin의 연극 속의 Gwan Gung이라는 두 명의 중국의 전통 신화적 인물을 자신의 작품에 동시에 등장시킴으로써 텍스트 간의 유희를 시도한다. Hwang은 이 두 전통의 인물이 각각 Kingston과 Chin의 작품 속에서 다르게 재현되었다는 점에 착안한다. Kingston의 동화적인 관점에서 재현된 Fa Mu Lan과 Chin의 분리주의 관점에서 재현된 Gwan Gung이 Hwang의 작품에 동시에 등장하여 "캘리포니아 토런스에서 두 사람을 한곳에 두는 시험을 하는 것이 재미있다고 생각했다. 동시에 이 새로운 경쟁에 의해서 알 수 있는 양식을 만들려 시도하는 데 관심이 있다."(Hwang, "Interview" "Evolving" 155)고 밝힌다. 이것은 Hwang의 관점이 두 사람의 관점과 차별되어 새로운 의미를 생성하기 위해서 텍스트 간의 유희를 시도하는 것이다. 중국의 설화와, 각각의 아시아계 미국 작가에 의해서 재현된 인물과 그리고 다시 Hwang에 의해서

유희되는 인물 간의 관계에서 새로움을 얻을 수 있다고 생각했음을 알 수 있다. Hwang은 불확실한 미국 내의 아시아계 미국인의 가치를 신화적 대안을 통해서 연극에서 공동체로서 환기시킨다.

Hwang의 새로운 시도는 정체성에 대한 그의 실험의 일부로 정형성에 대한 논란을 불러일으킨다. 올바르게 발화되지 못하거나 왜곡되어 재현되어 온 아시아적 가치의 문제를 논의하던 정체성 정치학의 입장에서 Hwang의 시도는 잘못된 정형성의 주입이기 때문이다. 정체성 정치학이란 서로의 정체성을 구별하고 억압함으로써 특권적 지위를 영속시키려는 지배 이데올로기의 담론에서 벗어나기 위해서 발화할 수 없었던 소수 담론의 정치화를 의미한다. 소수 담론은 주변부에서 타자로써의 지위가 할당되어 주체를 위한 투사의 대상이었던 타자이었다. 그들은 1970년대에 들어서며 자신의 주체로서의 지위를 찾기 위한 발화를 시작하였다. 페미니스트 운동, 퀴어 운동, 흑인 운동, 제3세계 운동 등 상대적 주변인은 지배 이데올로기로 잠식된 담론의 중심 체계를 해체하고 그 부재의 공간에서 발화하기 위한 정치적 힘을 위해서 정체성 정치학을 시도한다. 지배 이데올로기에 의해서 호명받은 지위가 아닌 스스로의 지위를 찾으려는 노력이었다. 정체성 정치학이란 "개인의 정체성의 개념에 관한 개인의 정치학에 기초하는 활동 —여성, 게이, 흑인 등과 같은 정체성"(Andermahr, Lovell and Wolkowitz 103)으로 주변화되어 자신의 목소리를 내지 못하던 소수자가 정치화를 위해서 그리고 말하는 주체로서의 전략적 결속을 위해서 분리주의를 취하는 배타적인 모습까지도 보인다.

그러나 정체성 정치학은 개인의 정치학을 발화하기 전에 스스로의 정체성을 규정하는데 이것은 정치적 조직을 위한 기초로서 이미 존재하는 개인의 정체성에 호소하는 본질주의적 특성을 지닌다. 정체성 정치학의 영향으로 여성은 젠더를 가지고 동성애자는 성욕성을 기준으로 그리고 흑인 또는 소수민족은 인종적 특성을 기준으로 제3세계의 사람은 경제적 정치적 기준으로 범주화한다. 아시아계 미국인 역시 주변화되고 소외되고 단절된 목소리를 내기 위해 아시아계 미국인이라는 정체성을 주장하게 되었다. 이전까지는 중국계 미국인, 일본계 미국인, 한국계 미국인 등의 각 민족성을 기초로 개별적으로 명명되던 것을 아시아인으로서 미국에서 겪어왔고 그들이 겪고 있는 공통의 경험을 공유하기 위한 하나의 정체성으로 아시아계 미국인으로 규정한다. 아시아계 미국인은 미국사회에서 중요하지 않고 적절하지 않은 집단으로 분류되어 소외되고 단선적이며 인종적 타자로 그들을 축소시키는 주류 문화의 관습에 도전한다. 이처럼 민족 결속력은 정치화를 위한 단일한 범주에 대한 잠정적 필요로 만들어진다. 이전의 왜곡되고 재현되지 못했던 타자의 모습이 드라마의 영역에서도 나타나기 시작했고 많은 극작가, 프로듀서, 배우, 감독, 스텝 등의 수많은 영역에서 침묵을 깨고 새로운 주체로서의 지위를 얻으려는 시도를 한다. 이 시기의 작품은 자신만의 독특한 문화의 기존 지배문화에 대한 차별적 우월성을 강조하고 특징화시켰다. 급진적 페미니스트 연극, 퀴어 연극, 흑인 연극 등 스스로의 주체를 스스로 다시 정립하고 구성하려는 시도는 왜곡된 자신의 정체성을 바로잡으려는 것이다.

그러나 정체성 정치학은 기존의 정형성을 무대에 재현함으로써 지배 이데올로기의 반복, 유지, 유포, 강화에 기여하고 있다는 비판의 근거가 된다. 실제로 이전의 많은 상업 작품에서 소수자, 여성, 동성애자 등의 상대적 타자는 자기비하와 백인 남성 이성애 관객을 인식하여 그들의 시선을 만족시키는 정형성을 제시한다. 아시아계 미국인은 Charlie Chan 같은 코미디 배우나 Fu Man Chu 등을 통해서 아시아인은 "권력에 굶주린 군주, 무능한 이교도, 육감적인 시종 드는 여인, 우스꽝스럽고 충성스러운 하인, 공자에 대해서 말하는 땅딸보의 거세된 탐정"(Kim 3) 등의 부정적 이미지를 통해 지배 세력과 주변 세력의 차이를 강조하고 체계화하여 지배세력의 물질적 정신적 도덕적 우월성을 주장한다. 정형성은 "개인 또는 집단 혹은 대상에 대한 미리 인지된 사상"(Humm 277)으로 설명될 수 있다. 이것은 기득 세력에 바람직한 특징을 부여하고 가치화하여 현재의 계급 상태를 유지함으로써 그들의 특권과 착취를 정당화하고 주변인을 통제하면서 주변화하는 일종의 도구이다. 정형성은 권력과 역사적 관계의 생산물이다. 가부장적 이데올로기는 여성을 열등하게 식민주의는 제3세계 사람을 야만인으로 이성애 이데올로기는 동성애자를 정신 이상으로 인종차별주의는 백인이 아닌 사람을 경계의 대상으로 자본주의는 가난한 사람을 게으른 사람으로 매도하여 왜곡된 의미를 부여함으로써 부당한 자신의 특권을 유지하고 정당화시켰다.

대중도 왜곡된 재현을 통해서 정형화된 것을 사실로 받아들여 자신의 억압적 상황을 자연스러운 것으로 인정하게 된다. 정형성의 인정은 "재현 체계 내에서 개인이나 지역 사회가 자신을 어떻게 정의하느냐 어떻게 보여지는가에 타자가 영향을 미친다."(Lee 89)는 점에서 중요하다. 정형성은 논쟁의 여지없는 상식으로 인정된다. 그리고 백인, 남성, 이성애자 등의 단일한 결정 인자로 그 우월성을 지속적으로 긍정함으로써 문학적 의식을 제공한다. 정형성의 결정은 의식의 결정이나 개인의 선택보다는 이데올로기적 세뇌로 문화의 억압의 잘못된 내재화의 형태로 해석한다. 결국 왜곡된 정형성의 재현은 결국 왜곡된 역사를 만들어낸다는 점에서 중요한 문제이다.

아시아계 문학 발달 초기부터 두드러져 온 아시아계 미국 드라마는 자신의 서구 문학과의 고유성과 차별성을 강조한다. 아시아라는 지역성에 기준을 둔 아시아계 미국 드라마는 아시아계 미국인 작가와 배우 그리고 등장인물이 아시아적 소재와 주제를 피력하였으며 관객의 대부분도 아시아계 미국인이다. 다양한 내부적 차이의 문제는 접어두고 정치화를 내세워 단일한 정체성을 부여하는 그들 고유의 통합성을 추구한다. 아시아적 전통을 강조한 민족주의로 공동체의 정치적 성취를 우선으로 하기 때문에 개인의 차이를 간과하고 아시아계 미국인 공동체의 보편성을 강조한다.

공동체의 정치화의 강조 때문에 대부분의 드라마 작품은 텍스트의 미학보다는 관객에 의해서 "집단에 대한 사회학적 인류학적 주장"(Kim xv)에만 초점을 두고 해석된다. 정체성 정치학을 위한 통합된 범주의 기준으로 피부색에 기초한 인종이라는 단일한 기준만을 선택함으로써 그 외의 젠더 차, 경제적 계급차, 세대와 문화의 차이 등의 다양한 요소가 간과되고 배제되면서 동시에 하위 범주화된다. 주체와 타자와의 차별적 특성의 부각으로 인해서 이항 대립적이고 독선적이며 단선적인 구조주의적 틀의 강조는 한 개인의 사상과 행동을 절대적 진리 혹은 초월적 기의에 의해서 종속시킨다. 단일한 정체성 내의 다양성의 가능성을 차단함으로써 또 다른 억압적이며 계층적인 구조를 만들어내었으며 일관되며 통일된 정체성으로 개인을 전체화하는 본질주의 입장을 취한다.

왜곡된 타자로서의 모습을 변화시켜 긍정적인 주체의 위치를 차지하려는 시도는 많은 문제점을 내포한다. 드라마 작품은 오히려 정형화된 아시아계 미국인에 대해서 갖고 있는 서구인의 기존 이데올로기를 유포시키고 정당화하며 그들의 환상을 구체화시키는 역할을 하여 영원히 미국문학에 동화될 수 없는 이국풍의 색다른 문학이 된다. 현존하는 사회적, 문화적, 역사적 이데올로기의 재생산을 통해서 고착화시키며 현재의 수직적 상하 관계를 답습함으로써 서구 백인 남성의 시선을 위한 상품으로 전락하고 만다. 대표적인 이데올로기로서의 "오리엔탈리즘 속에 나타나는 동양은 서양의 학문, 서양인의 의식, 나아가 근대에 와서 서양의 제국 지배 영역 속에 동양을 집어넣는 일련의 총체적인 힘의 조합에 의해 들이 삽힌 표상의 체계"(Said 202-3)라는 지적을 받는다. 이러한 맥락에서 볼 때 이전의 독점 자본주의를 통한 식민정책에서 거대 자본을 통한 다국적 자본주의로의 전이를 통해서 아시아인은 구매자인 동시에 신선한 상품의 위치로 단순히 위치의 전환이 이루어졌다.

아시아적 신화, 전설 등의 차용을 통해 아시아적 가치를 강조하던 아시아계 미국문학작품은 주체가 아닌 상품화의 대상으로 전락함으로써 정치화를 이루지 못하며 작품을 압도하는 사상의 강조로 미학적 성취 면에서도 주목받지 못하고 분리주의에 빠져 영원한 타자 통합될 수 없는 망명자로 머물게 된다. 결국 문학작품은 소수문학이라는 집단을 통한 정치화를 성취하는 대신 주변문학에 머물 수밖에 없었다. 주변부에서 벗어나기 위해서 "어쩔 수 없는 정치적 필요와 경제적 관심 그리고 문화적 태도로 인해서 아시아계 미국인을 인종차별화된 소수집단으로 형성하였다."(Eng 209)는 점을 고려하지 않을 수 없다. 진정한 아시아계 작품이라는 기준에서의 정전의 설정은 중국계와 일본계 작품만을 선정함으로써 아시아계 미국문학 내의 다양성을 간과했다는 비판을 받는다. 또한 아시아적 영웅주의를 다룬 작품만을 진정한 아시아계 미국문학으로 인정하고 그렇지 않은 작품은 가짜 아시아계 미국문학으로 배제하고 신랄하게 비판함으로써 아시아적 가치를 영웅주의에 입각한 가부장적 이데올로기의 강조하는 결과를 낳고 젠더의 요소를 하위 범주화한다는 비판을 받는다. 비록 긍정적이며 전통적인 아시아적 가치를 강조한다 해도 민족주의에 기초하여 배타적이며 분리주의 작품은 침묵하는 하위 범주화된 주변적이며 부차적인 위치를 벗어나지 못하게 된다.

한 가지 요소를 자신의 정체성으로 규정하는 것은 결국 개인 사이에 존재하는 차이의 문제를 간과하고 전체화함으로써 한 가지 요소를 다른 요소에 상위 개념화하여 요소 사이의 계층화를 통해서 또 다른 차별을 유발하는 문제를 만든다. Chin이 주장하는 진정한 중국의 정신의 상징이자 초기 이민자 정신의 상징으로 지혜롭고 강력한 Gwan Gung이라는 영웅주의의 재현을 기준으로 하는 진실한 작품은 오히려 정체성을 인종에 초점을 두고 아시아인 중에서도 중국적이라는 국가적이고 민족의 범주 속에서 문화적 특성만으로 결정짓는 편협성과 독단적 특성을 지닌다. 또한 폭넓은 시각에서 차이의 문제를 접근하지 못하고 신비화된 모국을 기반으로 한 활동은 아시아계 미국인의 정의에 있어서도 차이의 문제를 구체적으로 다루지 않고 중국, 일본, 한국, 인도 등을 아시아계 미국인으로 잘못 규정짓게 된다. 그래서 아시아계 미국인은 "남성, 이성애, 노동자, 미국 태생의 영어 사용인"(Eng 209)으로 한정 지어 본질화시켜 버렸다. 인종이라는 한 가지 범주 내에 또 여전히 남아 있는 민족, 젠더, 성욕성, 계급 등의 차이의 요소조차도 제대로 담아내지 못하고 오히려 한 가지 요소를 부각하고 자신의 엘리트적 지위를 이용하여 하위주체를 대신하여 발화함으로써 그들의 구체적 경험을 모두 사실적으로 재현해내지 못하고 인종이라는 보편적인 요소로만 일반화한다. 일반화 과정으로 "주체나 의식의 구성과 가정은 학습과 문명화의 진보와 인식론적 폭력이 뒤섞인 제국주의 주체 구성의 작업에 밀착할 것이다. 하위주체는 여성은 영원히 침묵할 것이다."(Spivak 295)라는 지성인 집단의 인식론적 폭력에 의해서 하위주체의 구체적 경험의 발화는 불가능해졌다.

Hwang은 인종이라는 한 가지 문제에 집착하여 정체성을 한정적으로 축소시키기보다는 다양한 요소로 차이와 공통점을 노출시키기 위해서 변형된 신화적 모티브를 사용한다. Gwan Gung과 Fa Mu Lan에 관한 신화적 모티브는 작품 전체를 통해서 중요한 등장인물의 내적인 자아로서 상징적 의미를 갖는다. 1막이 시작되면서 등장한 Steve는 스스로를 Gwan Gung이라는 신화적 인물을 통해서 자신의 정체성을 대변하고자 한다. Steve는 교육을 받기 위해 미국에 최근에 도착한 중국인을 대표한다. 그는 중국 문화가 미국에서 무시되거나 사소하게 취급된다는 것을 알지 못한다. 중국문화의 자존심과 힘을 집약하는 중국의 신화적인 신인 Gwan Gung의 상징적 화신이며 친양하는 신봉자로서 Steve는 신의 위내성에 내해 Grace와 Dale에게 이야기한다. Steve가 "나는 전사이자 작가이자 예술가의 신 Gwan Gung이다."(10)라고 선언하며 스스로를 과시하자 Grace는 미국인에게 Gwan Gung은 관심의 대상이 아니며 그가 죽었다 하더라도 아무도 그리워하지 않는 존재임을 상기시킨다. Steve는 미국에서 삶에 대한 헌신의 개념이 부족하고 학대와 차별의 세월을 경험했던 중국계 미국인의 문화와 역사에 대해서 이해가 부족하다. Steve는 Gwan Gung이 즐기기 위해서 마을 사람을 살상하기로 결정했을 때의 에피소드를 이야기하며 스스로의 민족적 자아에 대해 자랑스러워한다. 감히 이름도 함부로 부를 수 없는 신적인 존재로서 거칠 것이 없던 Gwan Gung의 자기 탐닉적인 잔인성은 "그의 칼이 그의 맹목적인 분노로 오래되고 민감한 원자폭탄에 닿을 때까지."(11) 계속되어 불행한 결과를 낳게 될 때 비로소 정지된다. 결국 Gwan Gung의 무분별한 살상은 중국적인 가치에만 사로잡혀 자신과 다른 가치관을 갖고 있는 사람에 대해 무자비한 비판을 하고 있는 분리주의의 폐해를 그대로 반영한다.

그러나 Steve가 Gwan Gung을 자신의 대변자로서 내세우며 느꼈던 경제적 민족적 특권의식과 자부심은 Grace의 거절에 의해 좌절된다. Steve는 Grace에 의해 그의 환상을 점검하게 된다. Steve는 1막 첫 장면에서 2막 마지막 장면까지 중국의 전통 음식인 빙(bing)을 요구한다. Steve는 음식을 주문할 때 빙이 있는지 없는지 묻는다. 음식이라는 것은 생물학적으로 인간 생존에 가장 결정적인 것이기 때문에 사회적으로 적응하기 위해서 필수적이다. 빙은 중국인의 정체성을 의미하는 음식으로 미국에서 찾아야 하는 중국인 정체성과 같다. 중국인으로서의 자부심을 갖고 Steve는 계급적 특권 의식으로 메뉴도 읽지 않고 Grace에게 중국의 전통 음식인 빙을 요구하며 식당에 들어선다. 그러나 Grace는 "만약 고객이 중국인이면 당신은 그들에게 포크를 주어서 모욕할 수 있고 만약 고객이 미국계 백인이라면 당신은 그들에게 포크를 주지 않아서 그들을 굶게 할 수 있어요."(9)라며 문화의 차이를 인식할 것을 요구하며 빙을 주지 않는다. 자신의 질문에 대답하는 대신 그에게 메뉴를 읽을 것을 요구하는 Grace에게 Steve는 "나는 당신이 내 질문에 즉각적 대답을 요청해요."(9)라고 명령하는데 서로 다른 담론 간의 충돌은 구어체 관습의 중국적인 특성과 문어체 위주의 서구 관습 사이에서 기인한다. 이것은 새로운 세계의 새로운 질서인 메뉴는 보지도 않고 중국의 전통 음식인 빙을 주문하는 Steve의 편협한 국수주의적인 이데올로기의 문제점을 드러내고 해체하는 것이다. Steve에게 빙은 새로운 세계에서의 그의 아시아적 근원에 대한 자부심으로 자신의 정체성 정의를 통한 그의 "생존을 위한 동화의 행위로 상징화"(Wong 77)에 필수적이다. 그러나 1막에서 Grace는 "혼자 힘으로 찾아요."(17)라며 빙을 주는 것을 거부한다. 자신의 아시아적 정체성은 누군가에 의해서 주어지는 것이 아니라 스스로 찾아야 하는 것을 의미한다.

정체성은 주체가 그냥 원해서 얻어지는 것이 아니라 고통과 인내의 과정을 통해서 얻어진다. Grace의 이야기는 무자비한 파괴에 관한 Steve의 환상에 반대한다. Steve가 스스로가 Gwan Gung임을 주장하며 미국의 모든 사람들이 Gwan Gung의 지혜를 배워야 한다는 자부심을 보이는 그에게 "당신은 오래 전에 죽었고, 누구도 당신이 죽었다는 것을 인식조차도 못해요."(13)라며 Grace는 Steve의 환상을 부인한다. 대신에 그녀는 Fa Mu Lan이 "Gwan Gung을 패배시킨 여성"(11)이라고 결국에 알려지게 되었다고 새로운 영웅을 통해 대안을 제시한다. 그녀는 Steve에게 "당신은 단지 머리만 전투에 나가지. 왜냐하면 단지 당신의 머리만 Gwan Gung이기 때문"(11)이라며 현실과 직접 맞부딪치지 않고 미국에서의 이민자로서의 현실을 간과하고 오직 중국의 전통의 영광으로 모든 상황을 해결하려는 국수주의의 문제점이 지적된다. Steve는 그의 소비력에 기초한 자신의 이전의 특권적 지위는 미국에서 살아가는 데 더이상 충분하지 않다는 것의 인식을 상징적으로 드러낸다. 그가 미국으로 이민 왔기 때문에 그는 아시아계 미국인이 무엇을 의미하는지에 대해 협상하는 것을 배워야 한다.

Grace는 문화와 민족적 정체성과 협상하려 투쟁하기 위하여 자신의 운명을 스스로 개척한 Fa Mu Lan을 통해서 자신의 입장을 표현한다. Fa Mu Lan은 아버지 대신 전쟁터에 나간 중국의 여성인데 Grace는 Fa Mu Lan을 여신으로 신비화하는 대신 승리를 확신하고 끝까지 기다려 승리한 진정한 여전사로 설명한다. 그러나 Fa Mu Lan이 자신의 마을에 돌아왔을 때 목격한 모습은 가족의 시체가 여기저기에 널려 있는 모습이었다. Fa Mu Lan은 Gwan Gung과 같은 신이 아니라 아버지를 대신한 여자로 "기다리는 법을 훈련받고 있다."(14)며 조각난 과거의 영광을 회복할 기회를 기다린다. Grace가 미국에서 발견한 것은 Fa Mu Lan이 과거에 발견했던 것과 마찬가지로 같은 중국계 미국인이면서도 상대방은 인정하지 않고 오히려 동족에 의해서 상처 입은 사람들의 모습이었다.

Fa Mu Lan이 거울에 문신이 새겨진 자신의 모습을 비추어보고 손으로 그 문신을 쓰다듬으며 전에는 아팠던 그 상처가 이제는 단단하게 아물었다고 이야기하는 장면은 인내의 시간 후 자신의 모습을 그대로 인정하는 당당한 Fa Mu Lan의 모습이며 그녀의 중국문화에 대한 관심은 전설적인 여성 전사 Fa Mu Lan에 대한 그녀의 찬양에서 자연스럽게 명백해진다. 자신의 동족의 시신이 파편처럼 아무렇게나 뒹굴고 있는 것을 발견한 Fa Mu Lan과 마찬가지로 Grace 역시 미국에서 소수로 고통과 상처를 받고 있는 아시아계 미국인의 모습을 발견하였으며 그들의 고통은 그녀 몸의 문신처럼 시간이 갈수록 아물어가며 극복해 나가는 모습이다.

Grace는 여성 전사가 미국에서 존경받지 못한다는 것을 알게 된 후 Fa Mu Lan에 대한 그녀의 열정을 숨긴다. 그녀의 문화적 전통의 긍정적이며 능동적인 에너지를 숨기고 많은 중국계 미국인이 주류 미국 삶의 양식과 문화로의 동화가 필요하다고 느낀다. 그녀는 자신이 10살 때 처음 미국에 와서 FOB로서 겪어야 했던 고통의 시간을 이야기한다. 그녀는 미국에서 태어나 그녀와 함께 자란 부유하고 유창한 영어를 구사하며 그녀를 멀리하였던 ABC의 무관심과 따돌림을 회상한다. 그들은 자신끼리 어울리고 FOB가 이야기하는 방식을 조롱하고 얼마나 많은 옷이 있는지를 비교한다. FOB가 느끼는 외로움이나 언어적 어려움을 이해하고 돕기보다는 오히려 그들을 비웃고 소외시킴으로써 인종적 차이가 아닌 또 다른 차별화를 만들어낸다. 미국 내 자치지역으로 게토화된 차이나타운에서 같은 인종 사이의 경제, 언어, 생활환경의 차이에 의해서 소외를 겪으며 살아가야 하는 중국인의 동화의 어려움이 그려진다. Grace는 완전한 미국인으로서 동화되는 것의 어려움과 불균형의 문제점 역시 지적한다. Grace는 백인 동료와의 친분을 통해서 자신의 외로움을 해결해 보고자 한다. Grace는 그들과 동화되기 위하여 머리를 염색하고 해변에 나가서 어울려 놀아보지만 어색하고 형편없는 모습이다. 백인과의 연합에 의해 자신의 외로움을 해결하지도 못했다.

FOB에 대한 ABC의 경멸과 갈등은 Steve와 Dale의 관계에서 찾아볼

수 있다. 작품의 서언에서 칠판 앞에서 Dale은 FOB의 정체성을 규정지으며 강한 적대감을 표현한다:

> F-O-B. 이 땅에 막 도착한 신참 이민자. 여러분은 어떤 말이 FOB의 특성을 드러낸다고 생각하십니까? 조심성 없고 추하고 느끼한 FOB. 시끄럽고 어리석고 안경 쓴 FOB. 호색한. *Of Mice and Human*에 나오는 Lenny처럼 발이 크고 티눈 박인 FOB. 바로 그래, 문학적으로 언급하자면, 만조의 바지, 더 정확하게 표현하자면 홍수에 대비한 아주 짧은 바지이죠. 자기 누이와 결혼을 반대하고 싶은 사람. 당신이 누이라면 결혼하고 싶지 않은 사람. (6)

Dale의 FOB에 대한 특징의 나열은 Dale이 백인 미국인의 지배 이데올로기를 그대로 수용함으로써 그들의 정체성을 스스로 발화하는 것이지 실제 FOB의 특징과는 일치하지 않는다. Dale의 독백은 19세기 백인 제국주의자의 중국 이민자에 대한 정형성과 일치하기 때문이다. 샌프란시스코에 몰려드는 중국인의 추방을 요구하고 경고하며 "중국인은 이교도이며 도덕적으로 열등하고 야만적이고 어린아이 같다. 그들을 욕정적으로 묘사"(Takaki 101)한 특성과 유사하다.

왜곡된 아시아계 미국인에 대한 정체성의 규정은 기득권층의 이데올로기를 아시아인의 입을 통해서 반복함으로써 확증을 통한 정형성을 규정짓는다는 비판을 받는다. 즉 "어느 정도까지는 일반적인 아시아계 미국 관객은 아시아계 미국 연극에서 보이는 지배적 문화 재현의 전략에 종속되어 있다."(Moy, *Marginal* 127)는 점을 지적한다. 정형성은 "개인의 실제 혹은 구성된 범주에 귀속되는 동일함을 증명할 수 있고 선택할 수 있는 특성의 제시에 의한 유형으로서 개인을 묘사하는 텍스트적 시각적 재현"(Davidson 849)으로 Dale은 FOB가 몰려다니는 대학, 중국 디스코 클럽, 아시아 여학생 클럽, 동양 교회, 쇼핑 몰, 팝 콘서트를 열거하며 그들의 고정되고 변화하지 않는 공통 정체성을 제시한다. 자신의 부모도 Grace도 한때 FOB이었다는 점을 무시하고 Dale은 인종적 정형성을 믿는다. Dale은 “FOB는 당신이 가는 거의 어느 곳에서든 다수로 발견되지만 그들이 특별히 떼로 무리 지어 다니는 곳이 있지요.”(6-7)라며 개별성보다는 집단으로 범주화하고 황색 공포감을 불러일으킨다.

그러나 이 한 장면에서 제시된 정형성은 지금까지 지배문화 내에서 재현되어 온 왜곡된 상을 연극 초반에 언급하고 연극이 진행되며 그 허구적 상과 실제 인물 사이의 차이를 보여준다는 면에서 오히려 정형성의 해체에 기여한다. 집단의 본질적 본성과 실제에 대한 집단적 환상을 공통 담론을 통해서 재현함으로써 개인을 범주로 통제하려는 욕망은 Steve의 FOB로서의 역할극을 통해 정형성의 임의적이며 유동적인 경계를 넘나들며 지속적으로 변화시키고 심지어 자기 모순적인 모습으로 재정의를 함으로써 해체된다. 이 극에서 FOB인 Steve는 Grace와 함께 있을 때에는 완벽한 영어를 쓰며 자부심 강한 태도를 취한다. 하지만 Dale과의 대화에서는 토막 영어라든가 중국식 억양이 있는 불완전한 영어를 구사함으로써 Dale의 정형성과 일치된 모습을 연기하여 Dale의 조롱을 받는다. 원래의 Steve의 본모습과 그의 역할극 사이의 괴리와 모순은 연극이 진행됨에 따라 Dale과 관객 모두가 목격함으로써 기존의 고정된 정형성의 허위성이 해체된다.

Steve는 이 드라마에서 본래의 Steve, FOB로서의 Steve, 그리고 Gwan Gung으로서의 Steve의 세 가지의 다른 모습으로 변신하며 등장한다. FOB로서의 Steve의 모습은 Dale에게 자신이 인식하지 못했던 자기 경멸과, 혼란, 분노의 감정을 노출시키는 의식적 임무를 취한다. Steve는 Dale이 평생을 피하려 했던 인종적 환영의 재현이다. Dale은 “Steve가 일생을 피하기 위해서 보냈던 모든 동일함을 재현”(Hwang, “Introduction” *FOB* xi)하기 때문에 Steve의 모습에서 자신이 버렸던 인종적 자아의 모습을 발견하고 그를 싫어한다. Dale은 사회가 거부하는 자신의 인종적 자아에 대한 혐오감으로 부모의 가치를 모두 거부한다. 세상에 대해서 모르고 록시 매장에 가서 벤슨 제품을 찾고 스칸디나비아 식당에 가서 프랑스 전채 요리를 시키고 자정에 고속도로에 나가서 저속 기어로 달리는 자신의 부모에 대한 잘못된 판단을 한다. 미국인임을 증명하기 위해서 Dale은 "그의 민족성을 거부"(Kurahashi 155)하고 자신의 민족적 유산은 물론 부모님에 대한 분노를 표현하고 중국인임을 거부한다.

　인종적 자아를 버리고 자신이 규정한 FOB의 특성과 달라졌기 때문에 백인 사회에 동화되어 정체성을 찾았다고 성공을 확신하는 Dale 앞에 나타난 FOB로서의 Steve의 모습은 그의 실패를 인식시켜 주는 대상이다. Steve는 Dale이 주장한 FOB의 정형성에 맞는 정형적인 행동을 오히려 두드러지게 모방하여 연기함으로써 패러디적 기능을 통해서 Steve의 편견을 해체한다. Steve는 Dale 앞에서는 의도적으로 억양이 있는 영어를 사용하며 FOB처럼 미국의 댄스 파티장을 기웃거린다. 특히 인간의 문화적 근원과 필수 요소를 상징하는 음식을 먹는 장면에서 Steve의 연기는 Dale 자신이 부인하는 Dale의 버려진 자아의 일부를 다시 상기시킨다. 1막 2장은 LA 도심의 프랑스 식당에서의 식사를 포기한 Dale과 Steve가 차이나타운의 Grace 아버지의 식당에서 "*Dale은 중국인 스타일로 열심히 그의 입 속에 음식을 퍼 넣으며 음식을 먹고 Steve는 조금씩 음식을 골라먹는다.*"(27)라는 장면으로 시작한다. 이 장면은 지금까지 Dale이 주장해 온 FOB의 게걸스럽게 음식을 먹는 전형적인 모습을 Dale이 보여주고 있으며 FOB의 선형으로 Dale이 주장해 온 것과 달리 Steve는 오히려 서구화된 태도로 음식을 먹고 있는 모습을 보여준다.

　Dale과 Steve가 공유하는 인종적 배경의 공통점은 음식을 먹는 장면에서 잘 드러난다. 1막 2장의 마지막에서 상하이 출신인 Steve는 Dale의 음식에 많은 양의 매운 소스를 뿌린다. Dale은 그 음식을 먹으며 Steve의 음식에 매운 소스를 뿌리기 시작한다. 결국 두 사람은 이 음식을 함께 먹으며 Dale은 자조적으로 "FOB는 무엇이든 먹을 수 있지. 그렇지? 그들은 특별히 그렇게 훈련받지. 그리고 그것이 그들을 더 지저분하게 보이게 했지."(30)라며 이민 초기의 굶주림에 찌들어 생존을 위해서 무엇이든 먹어야 했던 이민자의 모습을 기억한다. 결국 두 사람은 테이블을 마주보고 쌍둥이처럼 음식을 고통스럽게 먹는다. 이것은 Dale이 자신의 또 다른 자아로서 Steve와 대면하여 그의 잃어버렸던 자신의 분신의 일부를 인식하게 되는 계기가 된다.

　FOB에 대한 경멸적 반응을 보이던 Dale이 Steve와 쌍둥이 같은 행동은 Dale로 하여금 스스로 버렸던 자신의 일부로 인식하면서 Dale이 열거하는 FOB에 대한 정형성은 Dale이 본성적으로 갖고 있던 특성과 유사성을 갖고 있기 때문에 스스로에 대한 비판을 끌어낸다. Dale이 버리고자 했던 또 다른 자아의 모습이 마치 Dale이 자신의 모습이 거울에 비추듯 Steve를 통해서 보임으로써 Steve에 대한 경멸이 도리어 자신을 향하는 비난의 화살이 된다. 그동안 확립한 그의 정체성과 성공에 대한 확신이 흔들리게 되고 현실을 인정하지 않고 Steve에 대한 경멸적 태도를 더욱 강화한다. 이 반응은 미국에서 아시아계 미국인으로서 겪어야 했던 억압으로 인해 생겨난 "자기 증오와 자기 타락의 본보기"(Kurahashi 155)이다. Steve는 "나는 이곳의 북쪽, 남쪽, 북동쪽, 남서쪽, 서쪽, 동쪽, 북-북동쪽, 남-남서쪽, 동-동서쪽에 대해서 자세히 이야기할 수 있지-왜 당신은 나를 미국에 못 들어오게 하는 거지?"(21)라는 반문은 앵글로 색슨 미국인과 ABC 모두를 향한 비판이다. 스스로 미국에 대해서 잘 알고 있으며 Steve는 Grace와 있을 때는 아시아 특유의 억양이 없는 완벽한 영어를 사용한다. 지금까지 Dale이 규정해 온 무지한 FOB의 특성과 일치하지 않는 Steve에 대한 비판의 고집은 "억압과 투사의 심리적 기제로서 Dale의 마음속에서 그 어느 때보다 인종적 환영을 불러일으키며 작용"(Wong 107)을 한다. 최근 이민자에 대한 그의 경멸은 인종차별주의를 내재화하였기 때문에 "유색에 의식적이고 피부색으로 계급화된 사회인 미국에서 인종적 소수가 갖는 많은 반응 중의 하나를 표시한다"(Kurahashi 155). 완전한 미국인이 되는 데 성공하였다는 Dale의 자부심이 백인의 인종차별주의까지도 그대로 수용하여 스스로 인식하지 못하는 사이에 자신을 비판한다. Dale의 지배 이데올로기인 인종차별주의의 비판 없는 수용의 문제점을 Dale이 "홍콩에서 대단한 인물이 미국에 납셨네."(26)라는 조롱에 Steve는 "너의 부모님처럼."(26)이라고 응수하며 Dale의 맹목적이며 잘못된 자아의식의 문제점을 비웃는다.

　FOB로서의 Steve가 Dale에게 인종적 배반감을 느끼게 하였다면 원래의 Steve는 Dale이 벗어나려 했던 초기 이민자의 모습과 경제력에 기초한 계급 차이에 의해서 구별된다. Steve는 초기 이민자가 겪었던 생존의 위협, 가난과 무지, 차별과 고통을 겪지 않고 있으며 물질적 풍요를 누리고 언어와 문화 차이로 인한 소외감조차 느끼지 않으면서 유학생활을 하기 때문에 Dale은 저항감을 느낀다. Steve는 부유한 상하이 상인의 아들로 영국의 식민지인 홍콩에서 미국 팝송을 듣고 성장하였고 현재 UCLA에서 유학하고 있다. 미국 대중 영화와 팝송을 즐기는 Steve는 이미 Dale이 극 초반에 규정한 FOB와는 많은 면에서 차이를 보인다. 이미 Dale이 Steve에게 John Travolta와 같이 만들어 주겠다면서 이것을 "내가 너를 정상으로 만들어 줄게."(33)라며 Steve는 미국에서의 비정상이라는 점을 주장한다.

　앵글로 색슨이 아시아계 미국인과 앵글로 색슨 미국인을 구별하듯 오히려 같은 아시아계인 Dale은 변화의 가능성과 다양성의 가능성을 인정하지 못한다. 그러한 다양성을 단순히 경제적인 계급차이를 인정할 뿐 여선히 민족성에 집착하는 Dale의 편협함은 그를 수용하려 하지 않는다. Grace는 "내가 말하려고 한 것은 지금 이곳에 온 사람—많은 사람이 서로 달라—그들은 이미 정말 서구화되었어. 그들은 방금 보트에서 내린 것처럼 행동하지 않아."(38)라고 지적하지만 Dale은 "그들은 모두 FOB야. 부유한 FOB이지."(35)라는 자신의 생각을 고수한다. 이 차별성의 근거는 Dale의 이중적 경제 계급의식에서 비롯된다. Dale은 전용기사가 운전하는 리무진을 타고 데이트하러 가는 Steve에게 그의 부유함이 홍콩에서 기념품 제작을 하는 아버지로부터 온다는 점을 "수천 개의 알루미늄 부처상과 스트립 티즈의 모습이 담긴 펜"(24)이라며 그들이 이룩한 부의 가치를 조롱한다.

리무진을 타고 함께 식당에 가려는 Grace에게는 "너는 사회의식도 없어?"(24)라고 부에 영합하는 그녀의 모습을 비판한다. Dale은 앵글로 색슨 미국인과 마찬가지로 아시아계 미국인을 수용하려 하지 않는 상황을 반복한다.

이민자에게 있어서 미국은 그들의 부의 성취를 보장해 주는 곳이었다. Steve가 설명하는 모든 사람의 보편적인 미국의 꿈 역시 물질적 풍요에 기초한다:

> 백인 환영이 오늘 항구에 왔지. 그들은 우리를 미국에 데려다 줄 것이고 우리는 미국에서 어떤 것도 부족하지 않다고 약속했지. 백인 환영은 거리가 어떻게 다이아몬드로 도로가 깔려 있으며 얼마나 땅이 비옥해서 길에는 금 조각이 널려 있으며 노동자는 그것이 하찮아 그것을 집기 위해 몸을 구부리지도 않는다고 이야기 했단다. 그들은 폭풍도 눈은 없지만 일 년 내내 햇빛과 따뜻함이 있고 사람들이 들판에서 잠을 자도 그를 둘러싼 환경에서 불편함조차 느낄 수 없는 노동자의 천국이라 이야기했지. 금의 땅, 부의 산, 나이가 들어도 주름 하나 없이 부를 축적할 수 있는 땅. 그리고 백인 환영이 왕복 운임을 지불했지. (휴지) 우리가 필요한 것은 노동자 계약서에 서명하는 것뿐이었지. (36)

아름다운 땅 미국이 약속한 물질적 풍요와 안락한 삶은 곧 거짓으로 드러나고 이민자는 언제 추방될지 모르는 위협에 시달린다. 약속의 땅 미국에서 노동자가 발견한 것은 고통스러운 몸 노동과, 싼 임금, 법적 불평등, 차가운 사회적 냉대 등이었다.

극의 초반에 Dale과 Grace의 친구인 철도 노동자 Frank가 언제 기차가 지나갈지 모르는 철도에 누워 시위를 하는 모습이 등장한다. 미국의 발전에 많은 기여를 하고 착취를 당했음에도 이민 초기와 다를 바 없이 그들에게 가해지는 부당함에 결국에는 극단적 행동을 취할 수밖에 없는 미국의 노동 현실을 단적으로 보여준다. 같은 아시아계 미국인으로써 겪고 있는 비참한 현실에 대해서 Dale은 마치 구경꾼처럼 한 걸음 물러서서 관조할 뿐이다. Frank를 걱정하며 "우리도 무언가 해야만 한다고 생각하지 않니?"(20)라고 묻는 Grace에게 Dale은 사회적 문제를 단순히 시시한 농담거리 정도로 무시하며 어떤 적극적인 동조도 하려 하지 않는다. 적극적 동조는 스스로에 대한 위협이기 때문이다. 비록 부유한 이민자라 할지라도 유색인이며 이민자라는 지위는 미국에서의 불안정한 삶은 끊임없는 위협이 된다. Dale은 Steve에게 "넌 다시 본국으로 송환될 수 있어. 너도 알고 있지. 바로 그렇게 된다는 것을. 너는 이곳의 손님일 뿐이니까. 이해하지?"(37)라고 자신의 부모세대가 겪어 온 이민자로써의 공포감을 Steve에게 투사한다.

 Dale은 미국의 꿈인 물질적 성공의 노예로 전락한 중국인 동화주의자의 모습을 비판한다.

> 정말이지(*그는 홍콩 액센트를 흉내내며 어조를 바꾼다.*) 네 아버지는 네가 경영학 석사 학위를 딴 후 귀국해서 값싼 장신구와 구슬로 세계시장을 지배하도록 하기 위해 여기로 보냈다고 생각하겠지. 그렇지만 너는 아버지를 배반할 거야. 미국에 오자마자 보트를 버리고 우리를 좋아한다고 결정하게 될 텐데 너는 미국인이 되겠다고 결정할 거구. 부인하지 마－그런 일은 우리 중에 가장 우수한 사람에게도 일어나고 있어. 그 일이 실제로 벌어지기 전까지는 그런 일이 다가오고 있다는 것조차도 모르고 있지. 그리고 귀국하기 전에 몇 년간만 몬터레이 파크에 살다 가겠다고 집에 편지를 쓰겠지－그리고 영주권을 받고－증권 중개인으로 사업을 키우고, 미국 아이를 몇 명 낳겠지. 그리고 너의 아버지는 무슨 일이 벌어졌는지 알지도 못한 채 운명하게 될 거야. 너에 대한 그의 꿈이 몇 개의 약해빠진 치아와 음란한 그림이 그려진 카드로 줄어든 채로 말이야. (25-6)

Dale은 Steve를 조롱할 때마다 영어에 중국어 억양을 섞어서 말하며 중

국의 문화와 관습을 여전히 고수하는 중국계 이민자와 자신을 구분 짓는
다. 그는 중국계 젊은이를 보다 나은 교육을 받기 위해 미국에 보냄으로써
세계의 경제의 주도권을 손에 넣으려는 중국인을 공격한다. 이들의 미국식
교육은 미국에서의 맹목적 동화의 결과를 초래하여 백인보다 더 백인 같은
사람이 되며 부모 세대의 기대와 자식 간의 차이의 문제가 야기된다.

유물론과 자본주의에 대한 신랄한 Dale의 비판은 그의 아버지의 영향이
다. 싼 상품으로 교역을 하는 가족 사업을 위해 미국에 보내진 Dale의 아버
지는 할아버지를 실망시키며 미국에서의 유물론적 소비주의적 삶의 꿈을 끌
어안는다. 그러나 할아버지가 돈을 다 잃었을 때 Dale의 아버지는 고된 일
을 하도록 강요받는다. 그곳에서 그는 인종차별주의의 모욕에 노출된다.
Dale의 아버지는 주문 하나를 제대로 받지 못해서 일 년에 15번이나 직업
을 바꾸게 된다. 교육을 받았음에도 불구하고 일하느냐 굶느냐의 선택밖에
는 할 수 없게 되어 "단지 밥을 벌기 위해서 일주일에 80시간의 노동"(29)
을 해야 한다. Dale에게 그의 할아버지의 믿음에 대한 아버지의 배신이 따
라다니고 중국 민족성에 대한 그의 개념은 영향을 받는다. Dale은 여전히
미국에 적응하지 못한 채 중국적인 것만을 주장하는 이민 제1세대였던 자
신의 부모를 "그들은 황색 유령이었지. 부모님은 우리가 미국에 있는 때에
도 나를 중국 민족성에 가두려 하셨지."(32)라고 그들을 분리주의자로 치부
한다. Dale의 아버지가 당한 모욕에 대한 심리적 분노는 Steve에게 투사되
며 이제는 자신이 그 억압의 주체로 우월감을 느끼면서 그에게 식탁을 닦도
록 강요한다. 그는 식탁을 닦는 Steve에게 "오, 넌 참 빨리 배우는구나. 영
주권을 얻어야지. 시간이 별로 없어 친구."(35)라고 그를 조롱한다.

Dale은 제1세대 아시아계 이민자의 동화하지 못하는 모습에 대한 반발
로 스스로 미국과 동화되기 위해서 많은 노력을 한다. 그는 "중국인, 황인,
얼간이, 바보가 되지 않으려고 그리고 다른 사람과 마찬가지로 인간으로
대접받기 위해서"(32) 많은 노력을 했다고 주장한다. 스스로를 제1세대 이
민자와 차별화함으로써 동화주의적 태도를 취했고 그것이 성공적이었다고

평한다. 하지만 부당한 노동력 착취에 대항하여 자신의 목숨을 걸고 철도 파업에 참여하는 친구인 Frank에 대한 그의 자조적 모습은 동화주의자의 문제점을 노출시킨다. 위험한 선로 위에 몸을 눕히고 시위를 벌이는 Frank 의 공적이며 정치적인 행동을 얼간이 짓이라 폄하하며 그것을 단순히 Grace에 대한 사랑 때문에 벌인다고 지극히 사적인 개념으로 과소평가하 며 축소시켜 버린다.

그러나 Dale이 지적하는 새로운 이민자의 자본주의 영향에 의한 문제점 은 모순된다. 그가 1세대 이민자와 다른 홍콩 상류층에서 온 새로운 이민 자로서 Steve를 인식하도록 강요받았을 때 처음에 그는 물질적 성공과 자 신이 연관되는 것을 완강히 거부한다. 그리고 Steve의 자본주의를 비난한 다. Grace는 "너는 부유해."(38)라고 이야기하지만 Dale은 자신이 중산층 이고 "내가 태어났을 때, 우리는 가난했어."(38)라는 말로 자신의 부는 스 스로 이룩한 것이기 때문에 Steve와 같은 FOB와 물질적 성공의 차이를 주장한다. 하지만 Dale은 이미 자본주의에 잠식당해 자신의 성공의 기준을 물질적 성취에 두고 값비싼 차와 언덕 위의 집을 성공의 잣대로 이용하는 이중적 경제 개념을 가지고 있다. 그래서 Dale은 스스로의 이미지를 실제 보다 확대시켜 자신의 성공의 의미를 물질적 성공에 두며 끊임없이 다른 사람과 부를 척도로 비교하며 치이를 의식한다. Dale은 그것에 기초하여 대중성과 현저한 소비에 의해 성공을 인식하는 "미국의 꿈의 가장 피상적 인 유물론적 특성에 동의한다."(Wong 107)는 문제점을 깨닫지 못하고 있 다. Steve는 Dale이 물질적 성공의 척도로 생각하는 그 모든 기준을 이미 갖추고 있다는 점에서 Dale의 주장은 타당성이 없다.

Dale은 여전히 앵글로 색슨이 차지하고 있는 미국에서 ABC라는 이방 인에 불과하다. 비록 자신이 중국인임을 극복하려는 그의 투쟁은 추상적으 로는 성공한 듯 보이지만 Steve의 간섭으로 Dale의 정체성은 재검사를 요 구받게 된다. Steve는 미국에서의 중국인의 입장에 대한 독백을 한다:

Dale이 이민자를 미국에 대한 보조자로 굴욕감을 느끼게 하려는 시도는

Steve가 미국 서부에서 살아남기 위해서 이민 온 모든 사람들이 기꺼이 비굴한 노동을 감수하는 중국인이 구현되는 곳에서 강력한 독백으로 이끌어낸다. (Street 15)

Hwang은 Steve와 Dale의 자기 모순성을 통해 FOB와 ABC 사이에 벌어질 수 있는 갈등과 반목의 근원적 원인을 아시아계 미국인의 현실의 기저에 자리잡고 있는 백인 우월주의, 자본주의, 식민주의 등의 다양한 지배 이데올로기에 의해 단일화되고 보편화된 통합성의 강요에 의해서 벌어졌음을 보여준다. 동시에 이 차이와 투쟁 속에서도 공유되는 공통된 미국 내 소수로서 경험하는 동질성을 갖고 있다. 그러나 자국의 문화에 바탕을 둔 상호 이해를 추구하기보다는 자신의 문화와 뿌리를 경멸하고 스스로를 차별화시킴으로써 백인 지배 이데올로기로의 흡수상태를 통합을 통한 미국의 꿈의 성취라는 미국적 신화로서 강요하는 미국에서의 아시아계 미국인이 겪고 있는 분열 자아의 모습을 노출시킨다. 스스로의 정체성의 일부를 인위적으로 부인함으로써 얻어지는 허구적인 통합 자아와 순간적인 동화의 상태는 불안정하며 주관적이고 위태롭기 때문에 자기혐오와, 좌절감, 불안감에 시달리게 된다. 스스로를 정의하는 그 순간에도 그 모순성을 스스로 인식하고 있기 때문이다.

아시아계 미국인은 그들의 정체성이 다층적이며 다중적이기 때문에 어느 곳에도 속하지 못한다. 영원한 망명자와 같이 불안하게 사는 것의 극복과정으로 사실을 외면하고 스스로를 기만하기보다는 인정하고 수용하는 데서 극복될 수 있음을 보여준다. 많은 좌절감을 체험한 후 그녀는 비록 강한 외로움을 그대로 인정함으로써 그 속에서 만족을 추구하고 균형 있는 정체성을 확립하게 되었다. 오랜 기간 외로워하던 Grace는 어느 날 밤 아버지의 차로 비벌리 힐스의 거리를 운전하다 "나는 외로워. 그리고 나는 외로움이 싫어. 나는 혼자라는 것이 싫어."(31)라고 스스로에게 고백함으로써 비로소 그 도시의 일부가 된 듯 느끼고 라디오에서 흘러나오는 모든 이야기를 들을 수 있었고 음악을 즐길 수 있다.

Grace는 Steve와 같은 FOB와 달리 자신의 아시아적 정체성만을 고집하거나 혹은 Dale과 같은 ABC와도 구별되어 자만하거나 스스로를 부끄러워하거나 숨기려 하지 않는다. 오히려 다른 FOB, ABC 그리고 미국인에 대한 관용적 태도를 취한다. 그녀는 학교에서 중국 역사와 문화에 대한 과목을 수강하여 자신의 뿌리를 찾으려 한다. Gwan Gung이 정의와 복수를 상징한다면 Fa Mu Lan은 화해와 용서를 상징한다. 각각은 미국에서 중국인 미국인 이민자의 품위가 떨어지는 비영웅적 역할을 반대하고 Steve와 Grace에게 지난 비극에 직면한 복원력과 힘의 개인적 환상을 허용한다. 동시에 신화는 미국에서 불확실한 가치를 수용하는 집단 전통을 불러일으킨다. 다른 한편 그는 Gwan Gung을 모르거나 외면하는 사람도 이해하며 그럴 수밖에 없게 된 그들의 처지에 따뜻한 연민을 보인다. Dale이 Steve의 홍콩 액센트를 흉내내며 그를 조롱할 때에도 Grace는 Steve와 Dale이 상황을 이해하도록 설명하는 역할을 한다. 1.5세대로서 ABC와 FOB의 세계를 직접 경험하였고 그 사이에서 어느 정도 균형이 잡힌 자신의 공간과 정체성을 확립한 Grace는 Dale과 Steve의 세계인 FOB와 ABC의 세계를 연결하는 징검다리 역을 수행한다. Grace는 Dale의 넥타이를 풀어서 그의 눈을 가린다. 이것은 Dale이 아직 현실을 제대로 인식하고 있지 못하다는 점을 상징적으로 보여주는 행위이다. 그녀는 Dale의 눈을 가린 채로 그와 Steve의 성찰을 돕기로 한다.

두 세계를 연결하기 위해서는 관용과 기다림이 필요하다는 것을 집단 이야기에서 드러낸다. 이 극중극은 아시아계 미국 이민자의 정체성이 지니고 있는 갈등을 우회적으로 표현한 것이다. 림프 암을 앓고 있는 세 마리의 곰 가운데 애기 곰이 자신의 병을 고칠 수 있을지도 모른다는 희망을 지니고 2000마일이나 떨어져 있는 병원을 찾아 길을 떠난다. 그러나 태평양을 헤엄쳐 오는 동안 악어에게 물려 다리를 잃게 된다. 이제 잃은 다리와 암을 치료해야 하는 두 가지 짐을 진 곰이 병원에 도착하여 만나게 된 Gwan Gung은 곰을 동정하거나 치료해 주기는커녕 "내가 미국에 갔을 때 당신은 나의 상처를 치료해 주었냐?"(43)고 반문하면서 곰을 죽이려 한다. 태평양을 건너기 위해서 많은 것을 희생하고 미국에 온 같은 아시아계에게 조차도 관용의 모습을 보이지 않고 오히려 자신이 어려울 때 돕지 않았다는 이유로 그들과 반목하는 아시아계 미국인을 비판하는 이야기이다.

　Dale과 마찬가지로 Steve 역시 현실을 제대로 직시하고 있지 못하는 것은 Dale을 가리고 있던 눈가리개를 Grace가 Gwan Gung 역을 하고 있는 Steve에게 선물하는 의식을 통해서 보여진다. Gwan Gung이 곰을 죽이려 할 때 Fa Mu Lan이 나타나 공격 대신에 곰을 살려주라고 하면서 두 가지 선물을 주겠다는 제안을 한다. 그녀가 곰을 구해 주는 대가로 준 것은 Dale의 눈을 가렸던 실크 넥타이와 거친 천으로 된 식탁보 하나였다. Gwan Gung에게 Fa Mu Lan은 그가 쓰고 있는 식탁보는 Gwan Gung이 휘두른 칼에 살해당한 Fa Mu Lan의 아버지의 말린 가죽이었다고 이야기 한다. Gwan Gung은 자신은 실크 천으로 눈을 가리고 있었기 때문에 그것이 무엇이었는지 몰랐다고 주장한다. Steve는 다시 한번 자신이 Gwan Gung임을 주장하며 자신이 미국에 온 이유는 "백인 유령을 따라서 이 나라에 올 것을 선택한 첫 번째 선조와 싸움"(46)이라고 이야기하며 자신은 그럴 권리가 있으며 미국 역시 자신의 소유임을 주장한다. Steve는 "나는 다른 중국인과 달리 비행기를 타고 돈과 지위를 갖고 왔어요."(47)라며 자신과 1세대의 노동자 계층의 중국인과는 다르기 때문에 미국에서 새로운 대접을 받아야 한다고 주장하지만 결국 그는 다른 이민자와 마찬가지로 "여전히 변한 것은 없어요. 나는 여전히 똑같이 취급받고 있어요."(47)라고 자조한다. 숨기고 있던 고통스러운 현실에서 얻은 상처를 진실한 마음으로 고백하는 이 의식을 통해서 두 사람은 변화된다.

　서로를 차별화하고 적대시하는 아시아계 미국인의 모습에서 Grace는 새로운 제안을 한다. Fa Mu Lan은 Gwan Gung의 적대적 관계에 대해서 "당신은 나의 가족을 죽였어요."(47)라며 같은 동족에 대한 배반 행위임을 규정하고 대신에 "우리는 미국에 있어요. 그리고 우리는 싸워야 할 전투가 있어요."(47)라며 지금까지와 다른 제안을 한다. 이 우화적 극중극은 아시아계 미국인의 정체성에 대한 미래의 비전을 제시한다. Grace가 볼 때 아시아계 미국인은 싸워나가야 할 전쟁이 있다. 전쟁에 이기기 위해서 그들은 Gwan Gung의 무사정신과 힘 그리고 Fa Mu Lan의 지혜로운 타협과 관용이 필요하다는 것을 이 우화는 역설하고 있다. 이것은 또한 아시아계 미국인의 정체성 확립이라는 전쟁에서 살아남기 위해서는 아시아적 자아와 미국적 자아가 조화롭게 공존할 수 있는 길을 모색해야 한다는 것을 의미한다.

Grace의 Fa Mu Lan은 Steve의 Gwan Gung을 상상으로 죽임을 통해서 새로운 자아의 탄생을 도모한다. Gwan Gung과 Fa Mu Lan의 싸움에서 승리는 Fa Mu Lan에게 돌아간다. Grace의 Fa Mu Lan은 "만약 당신이 당신의 죽음의 원인을 모른다면 죽음에서 의미가 있을까요?"(47)라고 자신이 Gwan Gung을 죽이는 상징적 행위의 의미를 설명하고 그를 상상의 칼로 심장을 찌른다. 비록 Gwan Gung은 그의 동족에 대한 잘못으로 죽임을 당했지만 새롭게 태어난다. Steve는 극 초반에 등장한 계급적 특권의식에 사로잡혀 같은 아시아계 미국인의 고충을 이해하지 못하는 FOB의 모습이 아닌 초기 이민자의 고통을 이해하고 함께하는 변화된 모습을 보인다. 굶어죽기 직전의 중국계 이민자는 음식과 일을 백인 여성에게 호소하고 음식을 위해 기꺼이 빨래라도 하고자 하는 굶고 있는 남자의 절망적 모습의 독백을 한다. 생존을 위해서 힘든 노동을 자처하며 인내하고 기다려 온 초기 이민자의 역할을 떠맡는다는 것은 자신을 원하지 않는 미국에서 도망치지 않고 맞서서 견디어내고 이겨나가겠다는 의지를 표명한다.

Grace는 끝 장면에서 미국에 머무를 수도 중국에 돌아갈 수도 없는 상황에서 배고픔을 호소하며 음식을 구걸하는 초기 이민자의 역을 하는 Steve에게 중국의 전통 음식 빙을 만들어 주며 그것을 받는 Steve의 손이 아름답다고 말한다. 이것은 표면적으로는 Grace가 굶주림에 허덕이는 초기 이민자에게 빙을 주는 것을 묘사하고 있지만 이는 곧 극의 초반에서 Steve

가 빙을 원했던 것과 연결된다. 또한 빙을 먹는 행위는 아시아계 미국인이 정체성을 확립하는 과정에서 취해야 할 자세를 상징한다. 스스로 인내를 통해서 찾아낸 정체성인 빙은 그 자체를 쥐고 있는 손도 음식을 먹는 입도 이도 혀도 목구멍도 아름다운 것이다. 스스로 생존해낸 그 의지와 힘이 바로 아름다움 그 자체이다. "우리의 손은 아름답다."(49)는 그들의 이어지는 의식은 Steve의 자존심의 희생으로 얻은 새로운 맹세로 무대 위에서 수행된다.

그와의 신화적 전투를 통해 Grace는 이 흥정에 그가 면제자가 아니라는 점을 가르쳐 준다. 그들은 고된 노동을 경멸했던 노동자와 공통의 연대에 참여한다. Steve는 아시아계 미국인의 인종적 공동체를 위하여 계급장벽을 부수며 집단적으로 일하는 것이 준비되기 위하여 죽음과 모욕을 맛봐야 했다. 이 모습에서 "미국 서부에서의 이민자의 양상과 가라앉은 과거에 대한 문화적 유사성은 Steve와 Grace를 Gwan Gung과 Fa Mu Lan과 함께 결합하는 인연이 된다. Grace의 선언은 Steve를 죽은 신에서 살아 있는 무사로 변화시킨다."(Street 15)는 점은 주목할 만하다. Grace는 "여행하는 신은 없어. 단지 무사만 여행할 뿐이야. (침묵) 나와 춤추러 갈래?"(49)라며 미국에서 아시아계 미국인으로서 생존하기 위해서는 신의 특권과 이상에 의해서가 아니라 관용과 용기를 지닌 무사로서만 생존할 수 있음을 시사하며 결국 Steve와 데이트를 허락한다.

Steve의 강렬한 깨달음과는 대조적으로 Dale은 작품 처음보다는 정형성에 대한 단호한 입장에서 약간의 시각의 변화를 찾아볼 수 있다. Dale은 Gwan Gung과 Fa Mu Lan을 자처하는 Steve와 Grace에게 자신은 Chiang Kai-shek이 되겠다고 말함으로써 처음으로 자신을 아시아인의 이미지로 표현하며 자신의 아시아적 자아를 인정한다. 이는 Dale이 그의 인종적 자아인 Steve와의 갈등을 통해 자신의 또 다른 분신인 아시아적 자아와 화해하고 있음을 드러낸다. 그리고 초기에 철도 노동자 파업에 냉소적이며 그들의 일에 전혀 개입하고자 하지 않던 Dale은 친구인 Frank를 극단적인 투쟁의 장인 철도에서 데려오겠다는 의사를 밝힌다. Dale이 Grace와 Steve가 둘이서만 춤을 추러 가는 것을 기꺼이 받아들이는 것은 그가 ABC와 FOB의 결속을 수용하는 것을 보여준다. 그는 Steve가 그가 만난 어떤 사람보다 영어를 빨리 배웠다고 칭찬하면서 Steve에게 화해의 손짓을 보낸다. Dale과 Steve는 악수를 하면서 "나는 당신이 내가 지금껏 만난 누구보다 영어를 빨리 배우는 것 같아요."(49)라며 그들의 만남이 뜻깊은 만남이었음을 인정한다.

마지막 종결부에서의 Dale의 모습은 서언에서와 유사하지만 자신감이 결여된 모습이다. 밝은 불이 켜지며 강의처럼 시작된 서언과 달리 종결부의 Dale은 홀로 뒷방에 앉아서 칼과 식탁보와 상자를 자세히 살펴본다. 그리고 다시 FOB에 대해서 설명하지만 초반부의 개연성이 결여되어 있음을 이야기하는 Dale도 관객도 함께 인식하고 있다. Steve와 Grace가 밤거리로 함께 퇴장하였을 때 유일하게 무대 위에 남겨진 Dale은 고집스럽게 자신이 이해하지 못한 조상의 문화에 집착한다. Dale은 그가 시작할 때와 마찬가지로 여전히 FOB를 비하하지만 그의 말은 이제 관객에게 전달되고 소통되기보다는 텅 빈 무대 위를 울릴 뿐이다. 그의 독백은 이제 관객에게 공허한 반복으로서 Dale의 실패를 보다 확연하게 드러낸다. 연극 처음의 자신감을 상실한 모습으로 지금 바로는 아니너라도 조금씩 Dale에게노 변화가 올 것을 예견하게 하는 열린 모습이다.

Hwang은 *FOB*를 통해서 사실주의 양식과 반사실주의 양식 그리고 동양의 연극 양식과 서양의 연극 양식을 혼합하여 사용함으로써 자연스럽고 당연한 것으로 인식되어 온 인종 간의 차이 그리고 인종 내에서의 차이를 동시에 바라볼 수 있도록 유희를 통해서 제시한다. 아시아계 미국인은 정체성은 이데올로기의 거대서사를 규정해서 제시하는 것이 아니라 스스로 고통과 인내를 통해서 발견해 나가야 한다는 것을 강조한다. 현실의 고통스러운 상황을 외면하고 인정하지 않기보다는 그 상황에 직접 참여하여 맞서되 복수심이나 폭력에 의해서가 아니라 기다림과 관용에 의해서 함께 찾아가는 과정에서 얻어지는 것이 바로 생존의 힘이다. 존재한다는 것은 그 것만으로도 사회를 변화로 이끄는 커다란 정치화가 될 수 있다. Hwang은 인종차별 주의자가 피부색에 근거한 범주화와 이론화를 통해서 제시한 부 분적인 아시아인 혹은 부분적인 미국인이라는 정체의 허위성을 부각시킴으 로써 지배 이데올로기를 해체하고 개인 내에 그리고 개인 간에 내재되어 있는 젠더, 경제적 계급의 차이, 인종, 다양한 문화 등이 충돌하고 혼합되 는 다수 정체성을 인정하고 새로운 자신만의 정체성과 문화를 스스로 창조 해 나아가야 함을 강조한다.

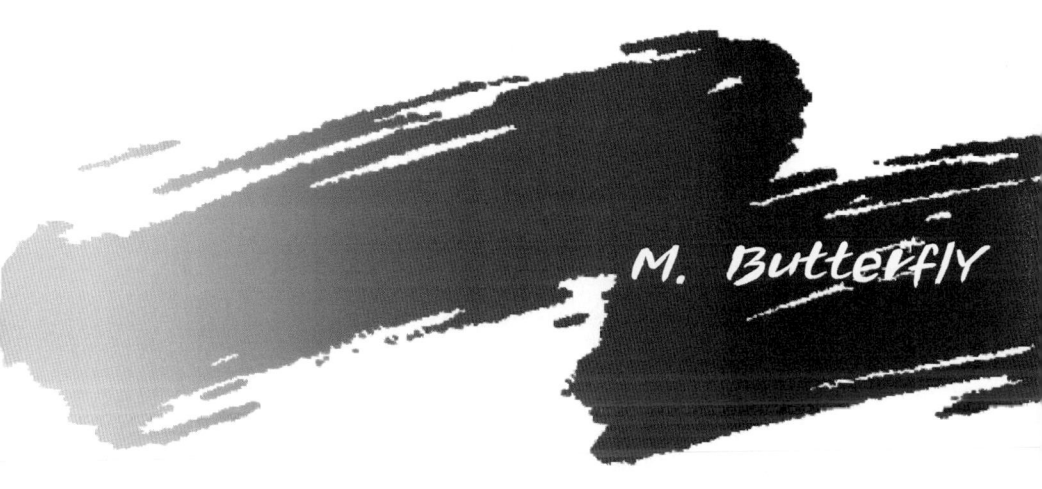

M. Butterfly

III. *M. Butterfly*

A: 몸의 정치학

*M. Butterfly*에서는 주체의 유물적 요소와 주체를 구성하는 담론 사이의 유희로 탈정형이 이루어진다. 주체는 인종차별주의, 가부장제, 이성애 중심주의 등의 사회적 관계 속에서 다양한 권력의 축에 의해서 결정된다. 전통으로 주체 개념은 "의식이 있는 주체"(Hawthorn 346)로서 의미생성의 역할을 하는 통합된 주체를 의미한다. 그러나 탈구조주의에서 유동적 주체는 "이차적이며 구성되고 일시적인"(Hawthorn 347) 개념으로 담론에 의해서 결정된다. *M. Butterfly*에서의 유동적 주체는 탈구조주의에서 주장하는 인공적인 질서에 대항하는 개념으로 사용된다. 그래서 유동적 주체는 특정 역사적 순간에 따라 변화하는 담론 간의 유희로 새로워진다. 담론이란 특정 대상이나 개념에 관한 지식을 생성하여 규칙을 정하고 현실을 명명하는 언어의 집합체로 물질적 조건이 바뀜에 따라서 변화하는 개념이다. *M. Butterfly*에서는 이러한 구성개념만을 강조하는 것은 아니다. Hwang은 유

동적 주체를 구성하는 담론의 기능과 함께 주체의 물질성 역시 함께 고려해서 제시한다. 그래서 유동적 주체를 구성하는 담론과 물질성의 경계에서 비롯되는 유희에 관심을 갖고 있다. Hwang은 *M. Butterfly*에서 담론이 특정한 역사적 순간의 물질적 상황과 연관되면서 권력이 이동하고 변경되는 것으로 제시한다. 계급적 정체성의 상대적 퇴보 때문에 젠더, 성욕성, 인종, 국가, 계급, 이념 등의 경계는 상호 작용하며 다양한 담론의 논쟁과 조정으로 앞으로의 지향점에 대한 숙고의 자세를 취하게 한다.

*M. Butterfly*는 동양과 서양, 남성과 여성에 의한 이분법적인 관점을 지양하고 그 이분법을 구성하고 있는 보이지 않는 이데올로기의 권력 구조를 드러내고 전복함으로써 권력해체를 한다. 그리고 작품 속에서 사회의 서로 다른 담론이 협상을 벌이고 새로운 정체성이 관객과 상호 작용하여 협상과 조정의 과정을 겪으며 대항적 담론을 만들어낸다. 그리고 *M. Butterfly*는 그 대안적 담론을 추상적인 개념이 아닌 인간의 몸을 매개물로 하는 구체적인 담론으로 제안한다. *M. Butterfly*에서 몸은 욕망의 대상이며 동시에 다양한 담론이 유희를 벌이는 장으로서 제안된다. *M. Butterfly*는 이 몸에 각인된 지배 이데올로기적 기호 체계가 제거되는 과정을 통해서 탈정형을 성취한다.

*M. Butterfly*는 인종 문제를 보다 포괄적인 입장에서 작품을 견지하게 한다. Hwang의 초기 작품의 주제는 미국 내 아시아계 미국인의 문제를 다루고 있었다. 그래서 인종 문제를 미국이라는 국가적 한계를 두고 논의하였다. 그리고 아시아계 미국인을 논의하면서도 중국계 미국인이라는 국한된 문제를 다룬다. Hwang의 초기 작품에서는 특정한 사회 상황이 작품 내에 직접적인 영향을 끼치기보다는 초역사적 기준에서 보편적이며 일반적인 아시아계 미국인의 모습을 조명하였다. 그래서 인물의 정체성에 대한 논의에 있어서도 주어진 시대적 상황에서 소수자의 생존이라는 주제에 한정되어 있었다.

Hwang의 사상은 초기 작품을 전개해 나가면서 정체성의 문제라는 것이 단일한 지역이나 시점에 의해서 해결되는 문제가 아니며 특정한 시기의 사회상황과 분리하여 생각할 수 없다는 인식을 드러낸다. 미국이라는 국가적 경계 속에서 논의되는 정체성의 문제는 이데올로기가 사회적 관계의 변화와 함께 그 의미가 다르게 변화한다는 점을 설명하기 어렵다. Hwang은 *M. Butterfly*에 대해서 "내가 여기에서 시도하는 것은 아시아계 미국의 문제로 다루어 왔던 몇몇 문제를 일종의 국제적 장면에 적용하려는 시도"(Hwang, "Interview" *Bearing* 186)라고 설명한다. Hwang의 이러한 인식은 과거 하나의 국민이나 젠더 혹은 인종 또는 계급에 한정되어 고려되었던 담론이 이제는 다른 국민이나 성, 인종, 계급 등의 다양한 요소가 상호 작용한다는 사실에 대한 통찰력을 보여준다.

Hwang은 정체성의 문제는 한 국가의 문제가 아니라 역사성을 가진 전 지구적 관계라는 점을 인식한다. 후기 자본주의의 영향으로 전 지구적 자본주의의 번성은 국가 간의 문화적 교류를 촉진하였으며 유동 인구의 증가는 국가라는 한정된 개념에서 인종의 문제를 논의하는 것을 어렵게 하였다. 국가적 테두리 안에서만 논의되는 것의 문제점을 인식하고 국가적인 경계를 *M. Butterfly*를 통해서 확장하고자 한다. *M. Butterfly*에서는 이전의 미국 내 이민자의 문제와는 달리 중국과 프랑스 그리고 베트남과 미국이라는 제3세계와 선진 국가의 국가적 경계를 혼재시킨다. 동시에 아시아계 미국인을 모두 동질적인 집단으로 바라보고 일본인과 중국인을 구별하지 않고 피부색에 의해서 분류하는 관점의 문제점을 지적한다. 이렇듯 담론의 유희를 통해서 *M. Butterfly*에서는 정상과 비정상 그리고 우월한 것과 열등한 것으로 구분 짓던 모든 방식에 비판을 가하고 패러디하여 극단의 균형을 잡고 새로운 시각을 제안한다.

*M. Butterfly*에서 국가의 경계 개념은 차이를 위해 확연히 구분되는 것이 아니다. 작품 속의 중국과 프랑스는 동과 서라는 명확한 지역적 구분이 가능한 장소로 제시된다. 그럼에도 이 두 지역은 전혀 문화가 이질적인 곳으로 표현되기보다는 동질적 문화와 이질적 문화가 함께 나타나는 장소로

제시된다. 표면적으로 드러나는 두 지역의 문화차이가 거의 없는 듯 보이지만 사람들은 의식적으로 둘 사이의 문화차이 지역적 차이를 만들어낸다. 자신의 시선과 경험을 제한함으로써 사실을 인정하지 않음으로써 자신이 믿어 왔던 신념체계를 무너뜨리지 않고 지키려 한다.

프랑스 외교관인 Gallimard와 그의 백인 동료에게 중국의 문화와 프랑스의 문화는 이질적인 것으로 생각된다. Gallimard나 그의 아내 Helga가 중국에서 경험하는 동양 문화는 서양 문화와의 이질성은 무척 크다. 그들은 이해할 수 없는 중국의 문화를 단순히 차이라는 시각에서 판단한다. 그들에게 경극이나 중국 무술은 예술로서 수용되는 것이 아니라 이국성과 신비로움의 대상일 뿐이다. 또한 그들은 중국에 대한 전체적인 이해보다는 아시아의 대표적 이미지의 일부로서 표면적이며 사소한 사실에 관심을 둔다. 동양에도 오페라가 있냐고 묻는 Helga의 질문은 그녀가 생각하는 야만적인 중국에 예술은 존재하지 않을 것이라는 오리엔탈리즘이라는 신념을 기저로 하는 가정에서 비롯된다.

오리엔탈리즘의 문제는 지리적인 기준에 의해서 동양과 서양을 구분 짓는 본질주의의 특징인 차이의 단일화에서 비롯된다. 오리엔탈리즘은 동양이라는 것을 하나로 범주화함으로써 동양 내에 존재하는 다양한 민족의 차이점을 간과하고 동질화하는 경향을 의미하는 용어이다. 오리엔탈리즘은 "유럽 문화가 일종의 대체물이자 은폐된 자신이기도 한 동양으로부터 스스로를 소외시킴으로써 스스로의 힘과 정체성을 획득"(Said 3)한 상대적 의미로서 만들어낸 개념이다. 또한 오리엔탈리즘은 다종다양한 권력과의 불균형적인 교환 과정 속에서 생산되고 그 과정 속에 존재하는 정치적 문화적 사회적 관계를 전략적으로 융통성이 있는 우월한 위치에 두고 지속적으로 우위를 선점해 온 지배 이데올로기이다. 오리엔탈리즘은 백인과 유색인의 분류와 계급화를 초래하여 스스로를 정의해야 하는 당위성을 침해한다. 허위 정체성에 사회, 정치적, 경제적 상호 작용의 특수성에 의해 의미를 부여한다. 오리엔탈리즘은 과학적 혹은 객관적이라는 논지로 허상을 진리로 주장하고 동양인의 모습을 왜곡하여 재현한다. 기득권층인 서구인은 자신의 상대적 가치로 동양의 이미지를 동양인에게 투사함으로써 실체가 아닌 이미지를 만들어내었기 때문에 "서구인은 행동하는 주체이고 동양인은 수동적인 반응하는 객체이다. 서구인은 동양인의 행동의 모든 측면에서 관객이며 판사이고 배심원"(Said 109)으로 불합리한 관계를 설정한다.

상관적 종속 상황이 지속적으로 이루어질 수 있는 기저에는 서양이 자신의 특권적 위치를 유연하게 변경함으로써 자신의 욕망을 동양에 투사시키기 때문에 가능하다. 사실의 반영뿐만 아니라 "일련의 욕망, 억압, 투자 그리고 투사"(Said 8)의 영향으로 직접적인 정치적 투사보다는 지식, 문화, 경제, 도덕성의 권위를 통한 다양한 권력 담론을 통해서 영향을 준다. 오리엔탈리즘에서 동양을 순종적이고 수동적이어서 후진성과 관능미를 갖고 있는 본질적으로 열등한 모습으로 재현한다. 동시에 오리엔탈리즘은 서양인에게는 동양의 야만성을 강조하여 위협의 대상으로 재현함으로써 정복해야 할 대상으로 만든다. 이러한 관계에 따라 상대적 우위를 점유할 수 있는 관계의 연속을 통한 위치 확보를 가능하게 하는 전략을 사용한다.

그러나 동양과 서양이라는 이분법적 서사구조는 부적절한 가정에서 유래된다. 앞선 서구의 문명이 동양에 일방적인 영향을 주거나 미개한 동양을 계몽시켰다는 허위의식이 서구인의 의식을 조정한다. 하지만 동양과 서양의 문화는 이미 서로 영향을 주고 있다. 한 예로 *M. Butterfly*에서는 마르크스주의를 통해서 문화의 상호성이 잘 드러난다. 마르크스주의는 비록 유럽에서 시작된 이념이지만 문화와 국가와 사회의 필요 그리고 주체에 따라 발전 방식이 다르게 발전되며 서로 영향을 미친다. Karl Marx와 Friedrich Angels에서 시작된 유럽 공산주의 운동이 노동자 계급의 투쟁을 통한 민주적 사회 변혁이었다면 구 러시아에서 벌어진 볼셰비키(Bolsheviki) 혁명은 제국주의에 반대한 무산계급의 혁명적이며 폭력적인 투쟁 방식으로 소수 정예의 혁명가의 주도로 이루어졌다.

마르크스주의는 중국에서의 공산주의인 마오이즘(Maoism)이라는 독특한 양식으로 변형되어 반 서구 민족주의를 부활시켜 역으로 다양한 국가에 영향을 준다. 마오이즘은 노동자와 농민의 계급적 연대를 통한 투쟁방식으로 혁명의 성취 이후로도 계급 간의 모순과 사회주의 노선과 자본주의 노선 간의 모순을 계속적으로 비판과 설득 그리고 사상 개조 등을 통해서 만들어가야 한다는 주장에서 시작된다. 유럽에서 시작된 공산주의와 달리 중국에서는 자국의 특성에 맞는 새로운 형태를 만들어낸다. 마오이즘은 대부분의 막시스트 운동가가 기반을 두었던 도시 노동자 계층인 프롤레타리아를 대상으로 하는 대신 농업 중심의 중국의 실정에 맞춘 농민 중심의 공산주의 운동으로 시작되었다. 마오이즘의 핵심은 지주 계급과 소작농 간의 계급 차이의 타파와 반제국주의를 표방하는 무산계급의 운동이었다. 마오이즘은 민족 자존주의와 결합하여 아시아 각국의 독립운동으로 연계하여 발전한다.

서구인이 생각하였듯 동양은 서구 문화의 단순한 수용이기보다는 마오이즘이라는 독특한 이념을 발전시켰으며 그 영향이 아시아 각국으로 영향을 준 것에 그치지 않고 다시 유럽에 역으로 영향을 주는 결과를 초래하였다는 사실은 동양의 문화가 그들이 생각하는 열등한 문화가 아니라는 점을 분명히 하는 것이다. 도시 프롤레타리아와 농민을 주 세력으로 한 "Mao Tse-tung의 승리는 식민국가의 정치적 운동가와 반식민상태의 정치 운동가 모두에게 영감을 주었다."(Young 182)는 면에서 그 의의를 찾아볼 수 있다. 베트남에서의 공산주의는 Mao Tse-tung의 신민주주의 이론에 영향을 받아 제3세계 민족해방 인민민주주의 혁명 사상에 입각한 일종의 독립운동의 형태로 진행되었다. 서구 문화의 동양적 변용의 모습으로 이해하지 못하고 단순한 서구의 강력한 힘에 굴복한 동양인이라는 시각에서 바라보는 것의 한계를 보여준다.

문화적 상호 연관성은 *M. Butterfly*에서는 Gallimard가 중국에서 프랑스로 본국 송환되어 접하게 되는 프랑스의 현실에서 찾아볼 수 있다. 제3세계 내에서는 반제국주의적 운동의 일환으로 특히 아시아인의 독립운동의 사상적 기저로 작용하였던 마오이즘이 그들의 삶을 지배한다. 중국의 문화대혁명으로 촉발된 마오이즘의 번성은 마르크스주의의 발원지인 유럽에 역으로 영향을 주고 이러한 정치학적 영향으로 프랑스에서는 학생 운동이 벌어지는 상황이 작품에서 재현된다. 중국에서 프랑스로 송환된 외교관인 Gallimard는 자신이 중국을 떠날 때의 모습을 프랑스에 와서도 발견한다는 이야기를 한다:

> 내가 파리로 돌아왔을 때 나를 기다리고 있었던 것이 무엇이었냐 구요? 글쎄 중국에서 먹을 수 있었던 것보다 더 나은 중국 음식과 친구와 친척 그리 많지 않은 회계처리 매우 규칙적인 생활 등이죠. 전 교외에서 교통위반 차량을 추적했고 중국 Mao Tse-tung 주석의 구호를 외쳐대는 분노한 대학생이 파리의 시가를 휩쓸고 있었어요. (Hwang, *M. Butterfly* 73)[2]

서양인의 전유물로 인식된 마르크스주의의 아시아적 변용인 마오이즘을 주장하고 있는 프랑스인의 모습은 문화의 상호성을 잘 보여주는 예이다. 그리고 중국에서보다 더 맛있는 음식을 서구에서 발견했다는 이 익살스러운 이야기는 조리법의 이동과 함께 문화적인 교류로 인해 단순한 지리학적 기준에 의한 국가적 경계의 의미가 약화되고 있다는 점을 의미한다.

현대에 이르러 세계 경제구조의 전 지구적 개편과 정치 문화 등의 활발한 이동은 국가적 경계를 약화시켜 정체성을 단일 요소로 범주화할 수 없는 한계에 직면하였다. 이원 구조적 지배 관계는 지배자와 피지배자를 모두 인종적 근원이라는 본질적 정형성으로 설명함으로써 서구의 지배 욕구를 충족시키는 데 기여한다. 서구 계몽주의 시대로부터 내려오는 이분법적 대립항을 통한 백인과 유색인이라는 범주로서는 설명할 수 없는 다양성의 문제가 발생한다. 인종이라는 개념은 허위의식으로 이데올로기적 필요에

---

2) 필자가 출처를 밝히는 경우를 제외하고 III장에서 본서는 D. H. Hwang의 *M. Butterfly*를 인용문헌으로 한다.

적합하도록 제시되기 때문에 타자로 분류된 유색인은 인종의 환영적 본성을 발견하고 인종과 함께 고려되는 민족성 국적 계급 등의 교차점에 의한 "지속적인 의미화와 변화하는 의미에 대한 관심"(Omi and Winant 200)을 두어야 하는 유동적 특성을 갖고 접근해야 한다.

유동성을 인정하지 않고 오리엔탈리즘의 영향을 받은 서구인의 모습은 *M. Butterfly*에서 Gallimard의 환상의 원인이 되었으며 판단의 문제를 가져와 동양에 대한 근거 없는 임의적 우위성을 주장한다. 이러한 이분법의 반복은 "서양과 동양이라는 양극성은 진보의 이름으로 자아와 타자에 대한 배타적인 제국주의적 이데올로기를 방출"(Bhabha, *The Location* 19)함으로써 서구인의 사고에 영향을 주어 특정한 틀을 형성한다. 외교관이라는 Gallimard의 직책은 자신이 주재하고 있는 국가의 특성을 가장 잘 파악해야만 하는 정치적 위치이다. 그럼에도 불구하고 Gallimard가 인식하는 중국이나 베트남이나 일본은 모두 동질적인 동양일 뿐이다. 오페라 나비부인을 상연하는 파티에서 Gallimard는 나비부인인 Chio Chio-San이라는 일본 기생의 역할을 한 중국 남성 경극 배우에게 "당신은 정말 그럴듯해요. 처음으로요."(17)라며 칭찬한다. 그는 그동안 오페라 나비부인을 "매우 두껍게 분장을 한 거대한 여자가 연기하는 걸 지켜봤어요."(17)라며 분장한 서양인이 연기한 동양인 버터플라이의 모습은 이색했지만 동양인이 연기하는 동양인 나비부인이 그럴듯하게 느껴진다고 한다. 하지만 경극 배우인 중국인이 연기하는 일본인 버터플라이의 모습도 그가 이상으로 생각하는 버터플라이와는 다르다. 결국 그는 일본인과 중국인의 차이를 고려하지 않고 단순히 동양이라는 범주에 동질화하여 오리엔탈리즘의 문제점을 드러낸다.

Hwang은 정치적 이데올로기가 동양과 서양 그리고 서양과 서양, 동양과 동양 내에서 차이가 생기는 동시에 후기 자본주의의 전 지구적 확산으로 인한 동양과 동양 사이에서의 문화와 경제 등의 불균형적이며 불평등적 발전으로 발전한 차이를 제시한다. 동양이라는 지리적 위치에 의한 오리엔탈리즘의 작용은 동양이라는 범주가 동질적인 관계가 아니기 때문에 일종의 오리엔탈리스트에 의한 환상의 개념이다. 제국주의적 이데올로기의 문제는 서양과 동양의 관계에서만 바라보아야 할 것이 아니라 아시아 내에서의 국가와 민족 간의 차이에 따른 다양한 주체로 세워진다. *M. Butterfly*에서 Song은 "일본인이 제2차 세계대전 때 수백 명의 중국인을 의학 실험용으로 썼다는 사실을 혹시 아시나요? 제가 보기에는 당신은 이런 아이러니를 전혀 이해하지 못하시네요."(17)라며 같은 아시아 국가 내에서도 제국주의의 문제가 발생할 수 있다는 점을 지적한다. 중국에서의 Mao Tse-tung의 혁명은 일본 제국주의에 대한 혁명이었으며 미국과 영국의 지원을 받아 온 부르주아와 지주에 대항하는 계급투쟁이었다는 점은 오리엔탈이라는 이분법적 단순 범주화로는 이해할 수 없다는 것이다. 아시아인의 아시아인에 대한 억압, 엘리트의 착취 문제, 성의 상품화 등의 다양한 문제는 단순히 동양과 서양이라는 관점에서 이해할 수 없는 문제다.

오리엔탈리즘을 내재화한 Gallimard의 시각이 제국주의와 연관되어 발생하는 문제점은 그의 외교적 예측능력의 허점과도 관련된다. Gallimard는 프랑스가 자신의 식민지령이었던 인도차이나의 손실의 원인을 "1954년 당시 우리 프랑스는 전쟁에서 이겨 베트남을 차지하겠다는 확고한 의지를 갖지 못했습니다. 우리가 강력한 힘을 보여주지 못하는데 미국이 우리 전쟁을 승리로 이끌려고 애쓸 이유가 있었을까요?"(45)라고 판단한다. 인도차이나는 20세기 일본의 제국주의 확장과 중국 공산당 운동의 영향으로 독립운동을 벌여 2차 대전 이후 독립한 국가이다. 그는 외교관으로서 객관성을 상실하고 오리엔탈리즘에 입각한 견해로 상황을 해석하고 판단한다. 미국의 베트남 공격에 앞서 요구한 정보를 주는 과정에서 Gallimard는 자신이 중국에서 겪은 개인적인 경험에 기초를 두고 베트남의 문제를 판단한다. 엄연히 중국과 베트남은 문화적 차이가 있다는 사실을 고려하지 않은 채 "동양인은 힘과 세력을 보여주면 누구한테든 달라붙게 되어 있죠."(45)라는 제국주의적 이데올로기를 기준으로 단정 짓고 일반화한다. 그래서 공산주의가 동양에서 득세한 이유가 동양인이 그 힘의 세력에 굴복했기 때문이라고 주장한다. 그는 "그들은 우리가 그들에게 줄 수 있는 혜택을 원합니다. 만약 미국이 의지만 보인다면 승리할 것이고 베트남 사람은 서로에게 이득이 되는 연방 체제를 결성을 환영할 겁니다."(46)라고 정책 제안을 하는 오류를 범하게 된다.

Hwang이 경계하고 있는 제국주의적 시각은 경제와 연관되어 동양을 착취의 대상국으로 생각하도록 확장된다. 제국주의는 독점자본주의에 대응하는 정치, 경제, 사회, 문화, 군사 등 다방면에 걸쳐 이루어지는 국가나 민족의 침략주의적 경향을 갖는다. 그들 각각의 제국에서 유럽 권력의 지배 이데올로기를 확신하는 생산의 수단보다 재현의 수단의 통제를 통해서 침략을 가속화한다. 경제적, 정치적, 군사적 지배는 교육과 출판과 같은 강력한 매체를 통해 유럽 사상의 유포가 가능했다. 그러나 유럽의 제3세계에 대한 지배력은 "19세기 후반에 제국주의 지배 이데올로기를 강화한 국가적 경제적 힘보다는 제국주의 담론의 힘이었다. 제국주의는 세계 권력의 변화하는 힘에 적응하고 중심이 변화하고 궁극적으로는 전 지구주의로 발전"(Ashcroft, Griffths and Tiffin 127)하며 그 표면적 특성은 변화하되 억압의 구조는 유지시키는 양식으로 발전한다. 전 지구주의는 국가 간의 경계를 흐림으로써 무역업을 통한 제3세계에 대한 지배력을 강화시킨다. Gallimard의 정부였던 덴마크 여학생 Renee는 "세 아버지는 제3국으로 쓸모없는 물건을 수출해요."(52)라며 물총, 설탕, 훌라후프 같은 물건을 제3국에 팔아서 잉여가치를 착취하는 전형적인 제국주의자의 제3세계에서의 지배력과 통제의 문제점을 보여준다.

Hwang은 작품에서 국가적 제국주의 욕망과 젠더가 깊이 연관되어 있다는 문제를 제기한다. 제3국을 지배하고자 하는 제국주의 욕망은 여성을 지배해야 한다는 젠더 이데올로기의 욕망과 같은 맥락에서 이해된다. 청소년 시기의 성적 좌절감의 경험을 갖고 있는 Gallimard의 제국주의적 욕망은 정복의 표출을 통해서 나타난다. 민족성의 문제에서 젠더의 고려가 함께 수반될 수 있다. 동양과 서양의 관계를 가부장적 이데올로기의 여성과 남성의 이분법에 맞추어 동양을 여성화하고 서양을 남성화시켜 동양을 정복의 대상으로 간주한다는 사실은 Bhabha의 지적처럼 "담론 속에 식민지 주체를 구성하는 일과 담론을 통해 식민지 권력을 행사하는 일은 인종적 성적 차이의 형식을 접합하는 것"(Bhabha, *The Location* 67)을 요구한다. 민족성이나 인종의 문제에서 민족이나 인종의 고유의 특성을 열등함으로 분류함으로써 가해지는 근거 없는 차별이 그대로 젠더의 개념에 적용됨으로써 가부장적 이데올로기와 결합된다. 해부학적인 성차에 기초한 범주와 사회 문화적으로 구성된 젠더인 젠더와의 관계와 문제점을 노출시킨다.

역사의 조건에서 이데올로기의 문제점에 대한 논의를 위한 대안적인 장소로 Hwang이 제안하고 있는 곳은 인간의 몸이다. 몸은 바라보는 장소이며 동시에 보여지는 장소이다. 인간의 몸은 인종, 젠더, 계급 등의 층이 겹쳐져 있으며 시간과 공간과의 관계에 따라 몸을 바라보는 시선과 몸을 구성하는 힘의 축은 달라진다. 몸은 단순히 그곳에 있는 대상이 아니라 담론이 유희를 벌이며 담론의 욕망이 투사되어 구성되는 장소이다. 몸은 물질적인 힘과 상징적인 힘이 교차하는 경계에 인종, 성, 계급, 나이 등의 다중적 코드가 각인되는 구성물이다.

*M. Butterfly*에서 Song의 몸은 담론이 교차하여 제국주의, 젠더, 인종, 성욕성이 서로 결합과 해체를 반복하며 대안 담론을 위한 경합의 장이다. Song의 몸에 투영된 제국주의적 욕망은 인종 이데올로기와 결합되어 Song을 동양으로 만들고 인종 이데올로기와 젠더 이데올로기는 다시 Song을 여성으로 만든다. 이것은 Song의 본질적이며 생물학적인 젠더나 성욕성과 어긋나며 정체성에 대한 의문을 제기하게 한다. 또한 시간과 공간의 변화에 따라서 Song의 몸은 새로운 담론에 의해서 재해석된다. Song의 몸은 다시 탈정형의 도구로 권력의 이동에 따라서 응시의 대상으로서의 몸에서 바라보는 주체로서의 몸으로 변화한다. Song의 변화와 반대 방향으로 진행되는 몸이 바로 Gallimard의 몸이다. 그의 몸은 극의 초반에는 백인 남성 이성애자의 몸으로 식민담론에 의해서 해석되도록 강요되며 Song의 몸

을 응시하던 주체였다. 그러나 시간과 공간의 변화에 따라서 변화하는 권력의 축은 Gallimard의 지배 담론을 중심부와 주변부를 역전하여 유희를 벌인다.

젠더 이데올로기는 제국주의적 욕망과의 결합으로 결국 동양을 재현하는 데 있어서 정복하기 쉬운 대상인 여성으로 묘사한다. Gallimard는 Song의 몸에 자신의 제국주의적 욕망을 투사하여 여성화한다. 지배적인 서양의 남성 앞에서 수동적인 동양의 여성은 침묵할 수밖에 없다는 젠더 이데올로기를 통해 제국주의 욕망을 성취한다. 그리고 제국주의는 남성이 여성의 목소리를 대신하듯 서양이 동양의 목소리를 대신하여 대변해 주어야 한다는 종속의 필연성을 주장한다. 그래서 남성과 여성 그리고 서양과 동양의 관계는 "그녀는 결코 스스로에 대하여 말하지 않는다. 그녀는 자신의 감정 존재 혹은 역사를 결코 재현하지 않는다."(Said 6)라는 불문율을 내재화한다. 상대적으로 지배력을 갖는 부유한 남성의 선점한 서양은 동양을 여성화하고 동양의 입장을 대변하고 재현하여 실체가 아닌 정형화된 동양 여성의 신비화된 모델을 제시한다. 동양은 서양보다 나약할 뿐만 아니라 이국적 타자로 낯설게 신비화되었기 때문에 개척과 탐험의 대상이 되어 서구의 정복의 욕구와 지배욕을 자극한다. Song의 몸은 제국주의적 욕망의 응시에 의해서 동양 여성으로 구성됨으로써 정복을 위한 매력적인 장소가 된다. 동시에 젠더 이데올로기에 의해서 Song의 몸은 출산을 목적으로 하는 억압의 장소로 Gallimard의 성적 무능을 감추고 제국주의의 권위를 세워주기 위한 목적으로 사용된다.

제국주의적 욕망이 차용한 젠더 이데올로기의 허위성을 보여주기 위해서 젠더의 인공성을 부각시켜야 할 필요에 의해서 Hwang은 복장도착을 사용한다. 복장도착은 "텍스트와 문화 등의 모든 범주적 위기를 의미"(Garber 125)하는데 문화적 정치적 목적을 위해 주체의 지위가 사회적으로 구성되었다는 점을 증명하는 대안적인 방법으로 제시된다. 복장 도착은 "의미화의 장소, 문화적 상징성과 가능성의 제3공간 내에서 오는 용어 혹은 제3의

용어"(Garber 125)이다. 복장 도착이라는 매체를 통해서 젠더의 범주를 무
력화시킴으로써 남성과 여성이라는 범주의 인공성을 반영하며 문화에 의해
서 만들어진 이미지를 해체하여 안정된 젠더 정체성의 환상을 중단시키고
이데올로기의 실체를 드러내고 그 환상에 도전함으로써 틀에 갇힌 보편주
의를 전복시키는 전략을 취한다. 젠더 범주의 위기는 또 다른 범주의 위기
를 초래하며 "복장 도착의 모습이 남성과 여성의 이분법을 해체할 때 모
든 민족적 이분법과 권력 관계가 의문시된다."(Garber 130)는 점에서 중요
성을 갖는다. 젠더 애매성의 사용을 통해 "전 지구적 정치학의 변화 내에
이러한 정체성을 구성하여 소위 진정한 정체성이라는 개념을 감추고 밝히
고 질문을 가하게 된다."(Kondo 7)는 점은 본질주의적 정체성 개념에 대
한 의식의 변화에 큰 의의가 있다. 복장 바꾸기는 표면적인 젠더의 교체라
는 의미보다는 그 젠더 이면에 있는 "권력의 역전을 가능하게 하는 결정
적 매개체이기 때문에 권력의 역전은 권력 관계가 관례적으로 젠더화된 방
식을 재생산하는 남성성과 여성성의 의미를 변화시킨다."(Lye 274)는 영향
력을 갖고 있다. 무대 위에서 막과 막 사이에서 이루어진 신중한 Song의
생물학적 젠더의 노출은 의복과 몸동작 등의 문화적 코드인 젠더의 문제점
을 그대로 노출시켰다고 볼 수 있다.

복장 도착은 젠더의 해체를 위한 하나의 전략인데 M. Butterfly에서 특
히 여장 남자(drag)를 통해 효과적으로 표출하고 있다. 남성과 여성을 구
분 짓는 것은 해부학적인 성이 아니라 사회적 규약과 관례에 입각한 의상
과 행동이라는 부수적 문화 산물에 의해서이다. 또한 젠더는 힘의 관계의
변화에 따라서 얼마든지 변화할 수 있는 임의적 개념이다. 여성의 말과 행
동과 복장으로 여성의 정형성을 연기하는 복장 도착은 젠더의 유동성과 비
본질적 특성을 보여주는 좋은 예이다. M. Butterfly에서 여장 남자는 속은
남자인데 겉은 여자인 사람이다. 남성 대 여성이라는 이분법적 관점에서
보자면 문제가 있는 여장 남자가 표현하는 정체성은 허상이다. 여장 남자
는 그녀 또는 그가 연출하는 성적 정체성을 잘못되었다고 말하는 사람이

전제하는 정상적인 성적 정체성의 기준인 겉과 속의 일치에 의문을 제시하면서 남성이 아니면 여성이라는 잣대가 문화적으로 주류가 된 권력의 수단이지 결코 자연적 질서가 아님을 역설적으로 보여준다. 여장 남자는 통합된 여성의 모습을 만들고 이성애적 기준으로 통일성을 유지하기 위해 젠더화된 경험의 측면이 드러내는 차이를 밝힌다는 점에서 젠더 이데올로기의 허위성을 보여주는 좋은 패러디 전략이다.

젠더 패러디를 통해서 성의 허구성을 드러내는 데 모방이라는 전략을 사용한다. 여장 남자는 화장과 머리모양 옷차림과 자태나 동작 하나하나에 이르기까지 철저하게 여자를 모방한다. 모방은 원본을 전제로 한다. 여장 남자가 모방하는 원본인 그 여자는 완벽한 여자 즉 이상이지 실제의 여자가 아니다. 완벽한 이상적 여자는 현실 속 여자의 몸과 뗄 수 없을 뿐 아니라 그 몸을 근거로 한다. 완벽한 여자라는 남장 여자의 원본은 현실 속 여자라는 원본을 모방한 것이다. 이런 의미에서 원본의 원본이라고 할 수 있는 현실 속의 여자는 원하든 원하지 않든지 완벽한 여자를 모방한다. 패러디는 모방의 대상이 되는 원본의 모방이고 이 모방의 원본도 모방이다. 이런 식으로 원본으로 여겨지는 것이 원본 없는 모방에 지나지 않다는 것을 드러낸다. 모방은 진실의 모방이 아니라 단순한 반복에 의한 원본에 대한 조롱을 포함한다. 여장 남자는 "진실한 젠더 정체성에 대한 관념과 젠더의 표현적 모델 모두를 효과적으로 조롱하고 내부와 외부의 심리의 구별을 완전히 전복"(Butler, *Gender Trouble* 174)한다는 면에서 *M. Butterfly*의 Song이 의도적으로 여성을 역할을 하는데 그의 모습이 원본인 여성의 모습보다 더 여성적으로 Gallimard의 눈에 비치는 것은 원본과 모방 사이의 허위적 관계를 패러디하는 것으로 읽을 수 있다.

사실 *M. Butterfly*에서 Song의 몸은 젠더 이데올로기만이 아닌 인종, 성욕성, 제국주의 이데올로기 등의 지배 담론에 대한 대항 담론인 탈정형 담론으로 제시된다. Song이 남장 여자였음을 밝히는 순간 Song의 몸에 투사되었던 제국주의, 계급, 젠더, 성욕성 등의 이성중심주의 지배 담론의 해체의 순간이며 동시에 담론의 유희의 시작점으로 볼 수 있다. Song이라는 개인의 몸속에 가지고 있던 이성과 감성, 남성과 여성, 생산과 소비, 억압과 해방, 응시 주체와 응시 대상의 문제가 복잡하게 얽혀 있었다는 점을 깨닫게 한다. Song이 관객 앞에서 옷을 갈아입는 행위는 바로 발화되지 못하고 주변부에 머물던 담론을 모두 쏟아내며 유희로 시작된 해체적 정치화이다. 이 정치화 작업은 관객에게 Gallimard와 Song 두 사람의 관계에서 누가 주체였으며 누가 객체였는가에 대한 의문을 던지게 한다.

하지만 Hwang의 여장 남자의 전략적 사용은 많은 여성 비평가에 의해서 비난을 받는다. 젠더의 해체와 젠더에 대한 비본질주의적 접근에 대한 그의 시도는 높이 평가하면서도 M. Butterfly에서 Hwang이 재현해낸 여성의 모습의 문제점을 지적한다. Hwang은 Song의 역할을 두고 남성이 여성을 연기하는 것이 바람직하다고 밝혀 왔다. 그럼에도 남성 배우인 Song에 의해서 재현되는 여성은 상당히 여성의 모습을 왜곡하여 제시한다. 전복적 행위라 일컫는 여장 남자의 모방 행위는 텍스트상의 전복에 머물 뿐 현실 체계의 전복과는 무관하여 젠더를 패러디하면서 여장 남자는 현재의 젠더 구조를 실제로 변화시키는 것이 아니라 그것의 임시성과 모방성을 추상적으로 드러낼 뿐이다. 아이러니와 패러디의 전복적 기법을 차용하면서 여장 남자와 같은 주변화된 성을 찬미하고 있는 것에 반감을 표현한다. Gallimard가 이야기하는 완벽한 여성이라는 여성의 모델을 보여줌으로써 모든 동양 여성을 동질화시킴으로써 여성 내의 차이에 대한 고려가 없었다는 점이다. 동시에 Song을 통해서 제시된 동양 여성은 속임수를 쓰는 비열하고 나쁜 또 다른 종류의 정부를 제시함으로써 동양 여성의 부정적 이미지를 반복 재현한 것에 불과하다고 비판한다.

그러나 패러디와 아이러니의 기법은 젠더에 자연적인 요소가 없다는 점을 폭로함으로써 성의 이분법적 경계를 흐리는 창조적 전복을 위한 유희의 작업으로 이해된다. 젠더의 문제에서 재현된 동질화된 본질주의적 여성성의 문제는 M. Butterfly에서 권력 담론을 위한 전략적 범주화의 의미이다.

여성주의자에게 같은 개인 내의 젠더의 역할은 많은 여성이 동일시할 수 있는 일종의 부분 교집합의 형태로 인식해야 한다. 젠더의 문제에 있어서도 전통적 여성의 특징이나 역할이 사라진다기보다는 공유되지 않는 개인의 다른 요소가 젠더와 결합된다고 보는 것이 바람직하다. 순종과 단호함을 갖춘 양성의 특성을 모두 공유하는 "Song Liling이 남성에 의해서 연기되는 사람이라는 사실이 여성주의자에게 문제가 되지 않는다."(Loo 178)는 점은 표면적 특성에 집중하기보다는 전략이 갖고 있는 의의에 더 큰 비중을 둔다. 패러디는 성 질서의 전복을 꾀할 수도 있지만 동시에 성 질서를 고착시키는 자기 배반적 성격이 있다. 남장 여자는 여성이라는 자연을 탈자연화시키면서도 그 여성을 내재화시키고자 하기 때문에 오히려 여성을 더욱 이상화시키는 결과를 초래하기도 한다. 패러디는 실천적 가능성과 더불어 도태의 위험을 함께 제시한다. 성을 담론적 질서로 보고 성적 정체성이란 이 질서가 강요하는 성의 이분법을 내면화한다는 비판을 통해 여성이라는 자연적 정체성의 허상을 직시할 것을 요구한다. 나아가 담론적 질서의 비가시적 폭력에 맞서서 성적 정체성을 다양하게 그리고 지속적으로 유희함으로써 그러한 질서의 전복을 꾀하여야 한다.

사실 작품에서는 패러디를 위해서 실제로 작품에 등장하는 여성은 희화되거나 단순화되어 여성 본연의 특성은 지워지고 여성 내의 차이와 다양성의 문제를 논의하지 않았다는 비판이 제기될 수 있다. *M. Butterfly*에서 등장하는 여성은 Gallimard의 아내 Helga와 정부인 Renee 그리고 환상 속에 등장하는 외설 잡지의 배우와 Song의 상급 연락책인 Chin 동지 정도이다. 서구 여성은 단순히 성적으로 적극적인 여성으로 희화됨으로써 작품에서의 여성의 역할을 축소해 버렸다. 순종적이며 정숙한 동양 여성의 비교 대상으로 성욕에 솔직하고 적극적인 서구 여성의 모습으로서 과잉 단순화하여 제시된다. 게다가 Helga는 이혼을 요구하는 Gallimard에게 자신이 중국에서 우월감을 느꼈던 그 시기를 회상하며 그때를 그리워하는 전형적인 부르주아 백인 여성의 모습으로 그려진다. 또한 Renee 역시 제3국에 무역업을 하는 부유한 아버지를 둔 백인 중산층의 모습 그대로 보여짐으로써 백인 여성 내의 차이보다는 공통적인 특성으로만 그려진다.

그러나 *M. Butterfly*에서 Helga와 Renee의 계급의 차이는 없지만 그들이 갖고 있는 통찰력의 차이를 통해서 같은 백인 중산층 여성 사이의 차이를 이해할 수 있다. Helga는 외교관인 남편을 따라서 중국에 왔지만 그녀는 중국에 대한 관심보다는 중국에서 자신이 누리는 특권에 만족하며 중국을 이해하려는 태도를 보이지 않는다. 중국에 대한 그녀의 인상은 모든 것은 오래된 것이고 냄새나는 역겨운 곳이며 향로의 향냄새로 기억된다. 반면에 Renee의 중국에 대한 인상은 언젠가는 세계를 양도받을 가능성의 장소로 남아 있다. 중국어를 배우고 있다는 점에서 비록 두 사람 모두 어느 정도 중국에 대한 막연히 피상적인 인식을 갖고 있지만 또한 다른 문화나 국가를 수용하는 모습에 있어서 Renee가 보다 적극적으로 이해하고 수용하려는 자세를 취한다.

*M. Buttterfly*는 서양 여성의 정형적 재현과 마찬가지로 동양 여성의 재현에 있어서도 매우 제약적으로 그려지는 비판이 제기될 수도 있다. 작품에 등장하는 유일한 동양 여성인 Chin 동지는 젠더의 논의에서 거의 배제된 상태로 등장한다. 특히 무대 위의 Chin 동지는 전형적인 중국 공산주의 원칙에 충실한 공산당원으로 나타난다. 공산당원의 옷을 입고 등장한 Chin 동지의 모습에 Song은 "현대 중국에서 여자에게 허용되는 게 무엇일까요"(49)라며 그를 조롱한다. 또한 Chin을 "문화혁명과 그 대표자로써 캐리커처"(Lye 275)하여 유일한 동양 여성에게서는 공산주의 이데올로기에 사로잡혀 여성성을 잃은 모습으로 재현시키는 문제점을 수반한다. 비여성적인 Chin 동지에 대한 Hwang의 묘사는 공산주의 혁명의 문제점을 조롱하는 것으로 이해된다. Hwang은 아시아인 역시 서양의 제국주의처럼 중국에서의 공산주의 이데올로기라는 메타서사로 인한 문제점이 있음을 지적한다. 계급투쟁과 반제국주의적 이념이라는 공동의 목표를 표방한 중국 공산당 내에서도 좌파와 우파의 이념 논쟁은 결국 문화혁명을 가져옴으로써 민

중의 좌절과 경제적 피폐를 초래했다. 또한 부르주아 봉건 문화의 타파를 위한 전통적 문화의 파괴와 티베트에서의 외국인에 대한 배타성은 극심한 인종차별주의를 가져오는 결과를 낳는다. 계급 이외의 모든 문제에 대한 마오이스트의 배타성은 결국 또 다른 형태의 억압을 반복하게 된다. Chin 동지는 모든 상황을 공산주의 이데올로기적 관점에서 바라본다. 그는 동성애 공포를 조장하며 Song에게 공산당 원칙에 위배되는 방법으로 정보를 수집하고 있지 않느냐는 의심을 하며 "우리 위대한 인민 공화국에 봉사하고 있는 동안 동무는 동무가 어떤 일을 하게 되건 Mao Tse-tung 주석 동지를 대표한다는 것을 잊지 마시오."(48)라고 이야기한다. Chin 동지의 비여성적인 모습은 전통적 기준의 중국의 여성성과 대조되며 이는 막시스트 페미니스트에게 가해졌던 젠더의 하위 범주화의 문제점을 제시한다. 젠더를 배제한 계급투쟁 본위의 현대 중국 여성의 공산주의 투쟁이 과연 문화적 진실성과 아시아에서의 정치 운동 사이 관계를 어떻게 정립할 것인가에 대한 의문을 제기하는 것이다. 이것은 다양한 요소가 혼재하는 방식의 정체성이 아닌 단일 요소를 우위에 둔 정치화의 문제점을 드러낸다.

 Chin 동지의 경우는 오히려 다양한 계급의 권력 관계와 그 역전에 대해서 보여줄 뿐만 아니라 젠더와 성이 항상 일치하지 않을 수 있다는 또 다른 의미의 경계의 흐림을 보여줌으로써 새로운 논의의 장을 제시한다. 문화혁명이라는 정치적 변화 이전의 Chin 동지의 경우는 Song의 상관으로써 Song의 보고를 받지만 오히려 예술을 이해하지 못하는 편협한 인물로 Song의 비웃음을 산다. 남성과 여성이라는 젠더의 문제에 있어서 Chin 동지의 생물학적 성이 여성임에도 불구하고 여성의 젠더를 잘 연기하지 못한다는 것에 대해서 Chin 동지는 조롱을 당한다. 여성임에도 여성의 연기를 못한다는 것은 Song의 입장에서이지 Chin 동지 자체가 여성이 아니라고는 말할 수 없다. 젠더는 결국 수많은 정형적 이미지를 기득권 세력이 자신의 편의에 따라서 해석하고 모아놓은 부분의 합일뿐이지 본질 혹은 실체가 될 수는 없다. 또한 문화혁명 이후 Chin은 Song을 비판하는 자리에서 "배우

-압제자, 수년간 동무는 인민보다 나은 삶을 영위하면서 인민의 노동을 경멸해 왔소."(70)라며 부르주아 계급의 삶을 누려온 Song을 신랄하게 비판함으로써 역사성과 결부된 힘의 역전이라는 계급 간의 문제를 다루고 있다. Chin은 남자의 마음을 이해하지 못한다는 Song의 말에 "이해하지 못해? 내가 이해하지 못해? 그랬다면 내가 결혼할 수 있을 것 같소. 허? 내가 어떻게 남편감을 구할 수 있었겠소? 5, 6년 전 동무는 그런 종류의 말을 언제나 했었소. 그때 내 기분이 얼마나 나빴는지 알기나 하시오? 하지만 이제 더이상 그런 말을 할 수 없을 거요!"(72)라며 자신의 여성성을 주장한다. 젠더를 사회적 구성물로 간주하고 임의적인 것으로 생각했을 때 젠더와 상관없이 본연의 여성성을 간과한다는 문제가 제기된다. 공산주의라는 정치 경제 이데올로기에 대한 봉사와 계급 우선의 사고로 제복을 입고 있지만 Chin이 그럼에도 여성으로의 삶을 제대로 살아가고 있다는 점은 또 다른 의미에서의 젠더의 경계 허물기로 이해할 수 있다.

동양을 여성으로 재현하여 서양의 제국주의적 욕망을 보여주는 Hwang의 전략은 젠더의 역전 상황을 보여줌으로써 힘의 역전 역시 가능하다. 극의 초반에서 남성적인 서양은 극의 후반부의 남장 여자였던 동양인이 자신의 실체를 보여줌으로써 힘의 관계가 변화한다. 강력하고 전지전능하여 동양을 통제하였다고 믿고 있는 Gallimard가 결국 Song에 의해서 이용당하여 자신의 국가의 정보를 빼내어 주었다는 사실은 이분법적 사고가 절대화하고 있는 우월한 것과 열등한 것의 중심부와 주변부의 경계는 언제든지 변화할 수 있다는 가능성을 제시하는 것이다. 극의 마지막 장면에서 Gallimard가 일본의 게이샤의 복장을 하고 오페라 *Madam Butterfly*의 마지막 장면인 서양인에게 버림받은 Chio-Chio-San의 할복 장면을 모방하는 장면이 나온다. 그때의 Gallimard는 자신이 순종적인 버터플라이라고 믿고 있던 동양인에게 버림받고 오히려 자신이 희생당한 버터플라이였음을 깨닫고 스스로 버터플라이의 역할을 함으로써 권력의 이동을 완성시킨다.

모방 전략으로 반복적으로 이루어지는 젠더는 절대 진리가 아니기 때문에 해체가 가능하며 젠더 이데올로기를 성을 넘어서 성욕성에까지 강요할 수는 없다. 강제적 이성애의 성은 젠더를 통해서 표현되며 젠더는 성욕성을 통제한다. 성을 억압하는 젠더는 자신의 생물학적 성에 맞는 문화적 젠더에 따라서 사고하고 행동할 것을 요구한다. 성욕성의 문제는 젠더와 성의 관계를 더욱 복잡하게 한다. 성욕성은 생물학적인 성과 관계가 없을 수 있는 욕망과 관련되어 있으며 그러한 욕망은 젠더를 통해서 억압당한다. 젠더는 성욕성의 표출에 있어서 적절한 것과 부적절한 것을 나누는 기준을 제시한다. 여성의 복장 속의 인물은 여성의 성욕성을 표출할 수 있으며 남성의 복장 속의 인물은 남성의 성욕성을 표출해야 한다는 이분법적인 젠더 이데올로기를 강요한다. 그래서 성욕성을 통해서 성의 이분법적 체계를 강제로 연기함으로써 표출되는 자아는 그 자체가 다양한 구성물로 이루어져 있기 때문에 이분법적인 젠더와 이분법적인 성의 제도의 불합리성을 그대로 보여주며 성과 성욕성 그리고 젠더의 범주를 재정립하고 모든 성의 원류로서 스스로를 정의하는 정상적 이성애에 대한 의문을 제기하게 한다.

젠더의 문제에 있어서 복장이나 행동은 다양한 문화적 코드로 이데올로기를 반영하여 특히 복장 도착에 대한 논의에 있어서 Song의 복장전환과 Gallimard의 복장전환은 구별되어야 한다. Song의 복장전환이 젠더 해체라는 긍정적 의미에서 이루어 진 것이라면 Gallimard의 복장전환은 그의 강제적 이성애와 관계가 있다. Gallimard의 상징적인 마지막 장에서의 복장의 변이는 "그의 젠더와 관련 있는 것이 아니라 그의 성욕성과 관련 있다."(Lye 273)고 이해된다. Gallimard의 모호한 성욕성은 동성애로 간주될 가능성이 있다. 그의 동성애적 욕망은 자신의 제국주의적 욕망을 넘어서지 못하고 동성애 공포와 반페미니즘적 사회적 규준 속에 안주하기 위해서 복장을 전환한다. 많은 퀴어 이론가는 이 작품에서 Song과 Gallimard의 관계를 동성애 관계로 보고 있으며 강제적 이성애라는 이데올로기적 영향으로 동성애 공포에 의해 Gallimard는 동성애적 관계를 부인하기 위해서 현실을 수용하지 않고 환상을 선택한다는 점을 지적한다.

Gallimard는 여러 번 Song의 젠더를 알 수 있는 기회가 있었지만 그것을 외면하고 자신만의 환상 속에 안주한다. 1막에서 Gallimard가 Song의 연서를 받아들였을 때 "전 저를 친구라고 부르는 그녀의 태도가 마음에 들지 않습니다. 여자가 남자를 친구라고 부를 때 여자는 남자를 내시나 호모라고 부르는 것이나 다름이 없습니다."(35)라고 이야기하는데 이것은 동성애 공포 혹은 남성성 상실에 대한 공포를 드러내는 장면이다. 2막에서는 옷을 벗을 것을 요구받은 Song의 위협에 Gallimard는 "저 깊은 어딘가에 무엇을 발견하게 될지 알았던 모양이었던지 전 그녀의 옷을 벗기지 않았을 것이요."(60)라며 Song의 실체를 이미 알고 있었다는 점을 밝힌다. 3막에서는 자신의 앞에서 옷을 벗으려는 Song에게 Gallimard는 "제발, 그건 불필요한 일이요. 난 당신이 누구인지 알고 있소."(87)라며 스스로 Song이 남자였다는 것을 알고 있었다고 인정한다. 그럼에도 불구하고 Gallimard는 자신의 동성애적 성향을 노출시킴으로써 직면하게 되는 사회적 불이익을 피하기 위해 Song의 남성성에 대한 자신의 인식을 부인하는 것이다. 식민 국가에서 외교관으로서의 능력은 정상으로 규정되는 백인 남성 이성애자로서만 그 상대적 우월성을 보장받을 수 있다. 그러나 그가 동성애자임을 밝히게 되면 지금까지 그가 누려온 권력의 특권을 모두 상실하게 되기 때문이다. Gallimard는 현실을 직시하기보다는 환상 속에 스스로를 가두고 자신이 이성애자임을 주장하기 위해서 Song이 남성임을 밝히고 남성이 아르마니 양복을 입었을 때 스스로 Chio-Chio-San이 입었던 기모노와 가발을 쓰고 화장을 하고 여성의 역할인 버터플라이가 되어 이성애자로 남는 선택을 함으로써 보다 강제적 이성애의 범주 속에 남고자 한다.

동성애적 공포에 대한 Gallimard의 선택은 젠더와 성욕성이 반드시 일치해야 한다는 강제적 이성애에 대한 문제로 인식해야 한다. 젠더는 자신의 몸의 욕망과 상관없이 젠더 연기를 통해서 젠더화된다. 젠더와 성의 체계 속에서 성욕성은 강제적 이성애에 의해서 억압당한다. 성욕성은 근대 사회가 고안한 독자적인 역사적 구성물로서 성적인 욕망과 성적인 정체성 그리고 성적인 실천을 의미하는 다양한 사회 문화적 맥락 내에서 다른 사회적 과정과 연관되어 나타난다. 그래서 성욕성은 "각자 자신의 성적 욕망을 영속적인 담론으로 만들기를 강요하는 단일한 제국주의에서 성 담론을 부추기고 추출하고 정리하고 체계화하는 경제학, 교육학, 의학, 사법의 영역에서의 다양한 기제에 이르기까지 우리 문명이 요구하고 체계화해 온 거대한 말의 집합체"(Foucault 33)로 개별적 성욕성을 일반화하고 분류함으로써 무질서를 위계적 질서의 형태로 만든다. 강제적 이성애란 "이성애를 자연적인 것으로 보는 상식적인 관점을 전복하는 개념"(Andermahr, Lovell, and Wolkowitz 33)으로 이것을 개인의 몸과 행동의 표면 아래에 침투하여 눈에 보이는 항구적인 실체로 만들어 제거하려는 것이다. 남성에 의한 여성의 종속에 기본이 된다고 보는 사회적 문화적 제도 속에서 강제적 이성애는 물리적 폭력과 경제적 강압에서부터 이성애 로맨스의 이상화와 문학 및 역사로부터의 동성애의 말소에 이르는 수단으로 지탱된다.

서구는 제국주의적 맥락에서 동양을 성적으로 코드화해 이국적인 것으로 정하고 식민적 맥락에서 성적 순종성에 대한 남성의 성적 환상을 투사시킴으로써 지배를 강화하기 위해서 성욕성의 개념을 도입한다. 성욕성은 일반적으로는 "Freud의 리비도 개념에 생물학적으로 기초한 내적 욕망 혹은 충농을 의미하거나 개인의 성적 편향 혹은 성적 정체성"(Andermahr, Lovell and Wolkowitz 200)을 의미하지만 단순히 개인의 성적 욕망과 실제 그리고 정체성만을 의미하는 것이 아니라 성적 가능성을 구성한 사회적 협정과 담론을 의미하는 "욕망을 창조하고 조직하고 표현하며 지시하는 사회적 과정"(Humm 262)으로 간주된다. 이성애 중심 성 담론은 여성의 성욕을 남성의 성욕에 대해 부차적인 것으로 간주하여 남성에게만 성적 적극성의 자질을 부여한다. 또한 강제적 이성애는 성욕성을 사회 문화적인 것이 아닌 생물학적으로 선천적인 성욕 모델을 제시하여 생식력과 재생산에 관련된 성욕만을 정상으로 간주하였기 때문에 이성애만이 정상이라는 성 과학(sexology)의 도덕적 규제, 규칙, 신념, 가정 등에 기여한다. Michel Foucault는 성욕이 사회 문화적 의미에 의해 정의되는데 성욕을 결정하고 조절하는 의학, 법률, 종교 그리고 국가와 같은 담론의 역할에 주목한다. 다양한 성적 욕망에 대해 권력은 구체적이며 정확한 절차에 상관적으로 대응하여 "노동력과 가족의 형태를 재생산할 수 있는 유일한 유형의 성적 욕망에 사람의 조절 역할을 부여"(Foucault 47)한다. 남성의 지배력을 공고히 하고 기저에 있는 주요한 메커니즘으로써 강제적 이성애는 주류 사회 질서의 정치적 권력, 경제적 이득, 문화적 지배 이데올로기를 위해 봉사하는 잘못된 구성체를 조장한다.

주류 사회는 이러한 성욕성과 인종주의를 서로 연관 지어 그대로 동양에 적용하고 인종적 민족주의는 동양을 이성애의 코드에 교묘히 위장한다. 흑인에 대한 페니스의 과장이 백인 남성의 비남성성을 강조하고 위협이 되어 백인 여성과 자신의 차별화에 위협을 느끼자 대신에 백인 남성은 동양 남성의 페니스를 부정하고 거세함으로써 "백인 남성과 백인 여성의 이성애의 기초를 공고히 하는 데 기여"(Eng 151)한다. 식민지에서는 동양 남성을 거세를 통해 여성화함으로써 권력에 기꺼이 동의하고 종속하게 하고 식민 질서에서 더 나아가 현대의 전 지구적 문화에서의 이민자를 통해 보편적인 정상으로서의 백인과 이성애를 안전하게 만든다. 동양 남성에게 여성과 동일시하는 이상적 자아를 강요하여 동양 남성의 몸은 파편화되고 물신화하여 실제의 자신과 이상적 자아 사이에서 분열 자아를 이루게 한다. 심지어 동양의 여성의 위치는 제거해 버려 보이지 않는 존재로 만들어 버린다.

더욱이 여성화된 동양은 성욕성에 있어서 여성의 성욕이 부여됨으로써 그 수동성이 강조되어 열등한 위치에 서게 된다. 일반적으로 이성애 구조에서 논의되는 성욕에 있어서 남성은 능동적인 영역에 할당되며 여성은 수동적인 것으로 간주된다. 동양의 여성화는 남성에 의해서 굴종당하는 여성이라는 관계인 이성애 관계의 틀을 그대로 차용함으로써 서양에 대한 동양의 종속 상태를 자연스러운 것으로 인식하게 하는 문제점을 갖고 있다. 그래서 서양 제국주의자는 이성애 구조를 유지하는 것이 동양을 온순한 식민지로 통제하고 관리하는 것을 용이하게 하기 때문에 동양의 여성화는 지속적으로 이루어진다.

성욕성은 젠더를 정당화시키기 때문에 Gallimard의 애매한 성욕성은 지속적으로 억압적 국가기구와 이데올로기적 국가기구로 작용하는 영사인 Toulon과 판사에 의해서 감시되고 재정립된다. Toulon은 식민 질서를 유지하기 위해서는 제국주의적 이데올로기의 반복이 필요하기 때문에 Gallimard가 중국인 정부를 두게 되었다는 사실을 통해서 Gallimard가 백인 남성 이성애자로서 식민지를 착취하도록 암묵적으로 도우며 결국에는 부영사로의 승진을 통해서 Gallimard의 성향을 정상이라고 확인시켜 준다. 또한 사법적 권력의 상징인 판사 역시 그의 재판 과정을 통해서 Song의 진술과는 상관없이 Gallimard가 Song의 남성성을 알고 있었는지를 집요하게 묻는 데 몰랐다는 대답을 유도함으로써 Gallimard를 사회에서 수용 가능한 정상으로 이끈다. Gallimard는 이데올로기적인 동시에 물리적 요소의 강요로 진실을 외면하고 사회에서 용인 가능한 백인 남성 이성애자라는 정체성을 확립함으로써 스스로를 사회적 정상성의 범주에 가두는 억압을 행사한다.

응시의 주체로 알고 있던 Gallimard 역시 제국주의 이데올로기가 투사되어 응시의 대상이었다는 사실은 Gallimard가 스스로 일본 게이샤의 기모노를 입고 화장을 하며 오페라 *Madame Butterfly*에서 동양 여성이 서양 남성에게 버림받고 자행하는 할복을 그대로 모방하는 장면에서 발견하게 된다. Song의 몸에서 벌어지는 담론의 유희로 인해서 Gallimard의 몸이 더 이상 Song의 몸과의 대조를 통해서 존재할 수 없게 되자 Gallimard는 자신의 몸의 빈 공간을 새로운 구성물로 채워 넣는 것이다. Song이 남성이 되어 응시의 주체가 되었다면 반대로 Gallimard는 자신을 여성으로 응시의 대상이 만들어 버림으로써 끝까지 서양 남성중심 이성애의 지배 담론을 고수하고자 하는 어리석은 모습으로 제시된다. Song이 입은 서양 남성의 복장인 아르마니 양복은 Gallimard가 입은 동양 여성의 복장인 기모노와 대조된다. 의상을 몸에 코드화하여 보여주는 대조는 결국 남성과 여성, 동양과 서양, 이성애와 동성애라는 이분법적 구조를 끝까지 유지하고자 하는 Gallimard의 시도이다.

그러나 성욕성이라는 것은 이들의 의도처럼 동성애와 이성애라는 두 가지 범주로 나뉠 수 있는 것이 아니다. 성욕성은 담론이 성립되어 온 근원지가 흩어져 있으며 담론의 형태가 겪어 온 다양화 그리고 그것들이 서로 연결된 조직망의 복잡한 전개에 대해서 고려되어야 한다. 성욕성은 말로 표현될 수 있는 이성애와 말로 표현되지 않는 다양한 방식의 성욕성은 이항 분할로 분류되는 대신 이성애와 다양한 방식의 침묵이 강요된 성욕성에게 어떤 담론이 허용되고 금지되는지에 대해서 인식함으로써 "한 가지 침묵이 아니라 여러 형태의 침묵이 있으며 그것은 담론을 침투하고 떠받치는 전략의 통합된 부분으로"(Foucault 27) 존재한다는 점은 성욕성을 이분법적으로 동양과 서양에 직접적으로 적용할 수 없다는 점을 의미한다.

Gallimard는 서양 남성으로 성욕성에 있어서 적극적인 남성으로 묘사되고 Song은 동양 남성으로 성욕성에 있어서는 수동적인 여성으로 묘사되었다는 점은 성욕성에 있어서도 남성과 여성 그리고 서양과 동양이라는 우열 관계를 적용하는 제국주의적 시각이 존재한다는 문제점이 있다. 무대 위에 재현된 동양 남성을 여성화했다는 문제가 있다. Song으로 대변되는 동양 남성은 3막을 제외하고 1막과 2막에서 계속해서 치마를 입은 모습으로 재현된다. 동양과 서양의 문제에서 인종과 젠더의 문제가 함께 고려되는 이유 중의 하나가 동양을 여성으로 서양을 남성으로 젠더화함으로써 서양의 동양에 대한 우월함을 유지하기 때문이다. 동성애 관계에서 백인의 남성 역할과 동양인의 여성 역할의 전통적 틀을 그대로 유지한다. 이러한 사고는 이성애의 틀에서 남성과 여성의 관계는 동성애에서도 반복된다. 이 작품은 동양 남성을 거세하여 여성화시켰으며 동양의 여성은 아예 무대 위에서 지워버렸다는 점이다. 남근 설화로 거대한 페니스에 대한 환상은 흑인 남성의 몸을 백인 남성의 몸 우위에 서게 하여 백인 남성과 여성 사이의 구조적 차이점을 위협한다. 백인 남성은 여성과의 차이를 찾지 못하게 됨으로써 통합성을 위협받는다. 반면에 아시아계 남성은 서양 제국주의 이데올로기의 영향으로 "아시아 남성의 페니스 부인을 통해서 보다 남성적 지위에 위치한다."(Eng 151)는 점에 주목해야 한다. 인종적 거세로 백인 남성의 우월적 지위를 유지시키는 역할을 한다. 아시아 남성의 여성화는 백인 부부 사이의 이성애를 안정화시키고 안전하게 지켜주며 생산적인 관계로 이끌어내는 능력을 갖고 있다.

그러나 동양 남성의 남성성을 거세함으로써 여성화시켰다는 주장은 결국에는 동성애 관계를 일종의 바텀(bottom)과 탑(top)의 이성애적 틀에 입각한 관계로 인식함으로써 이들의 관계를 이해하려는 문제점에서 비롯된다. 이들의 관계는 일종의 힘의 관계에 따른 유희적이며 전복적인 새로운 관계로 일종의 반복적인 모방을 통한 아이러니와 패러디적인 관계이지 결코 이성애의 남성과 여성의 원류를 재현했다는 시각에서만 볼 수는 없다. 왜냐하면 "모든 연기가 정체성의 효과를 구성하기 위하여 스스로를 반복한다면 모든 반복은 위험과 초과가 규정된 정체성의 붕괴를 위협하는 행위 사이의 간극을 요구"(Butler, "Imitation and Gender Insubordination" 312)하기 때문에 Song의 연기는 이성애를 이상화하지만 동시에 실패함으로써 그 기원으로 알려진 이성애와 이성애의 모방으로 주입되는 동성애의 경계 관계를 유동적으로 전환한다. 유희적 관계를 위한 식민적 모방은 거의 동일하지만 아주 똑같지는 않은 차이의 수제로서 새롭게 인식된 타자와의 관계의 재설정이다. 모방은 끊임없이 차연을 생산함으로써 불확정성으로 남는다. 모방은 그 자체가 부인의 과정인 차이의 표상화로서 나타난다. 그러므로 이 작품 속의 모방은 "한편으로는 계명과 규칙, 규율의 복합적 전략의 기호이며 이때의 전략은 권력을 가시적으로 드러내면서 타자를 전유한다."(Bhabha, *The Location* 86)라는 시각과 맥을 같이한다.

정체성을 구성하는 다양한 요소로 인해서 세상을 바라보는 시각은 독립적인 요소에 의해서 이분법적으로 설명될 수 없다. 또한 이분법적인 시각에 의해서 바라보고 행동하는 것은 많은 편견과 오해로 인해서 바르게 세상을 바라보게 한다. 정체성을 이해하기 위해서는 다수 정체성에 입각한 시각이 중요하다. 복잡하게 얽힌 다양한 요소가 반복적으로 패러디되고 연기되는 과정 속에서 주체는 순간적으로 성취되지만 동시에 차연된다. Hwang은 *M. Butterfly*를 통해서 "유의미한 개념에서 적용할 수 없게 되기 위해 그들을 섞고 혼란스럽게 함으로써 정형성을 폭로하는 시도"(Hwang, "Interview" *Bearing* 188)를 한다. *M. Butterfly*에 등장하는 주인공의 몸에 투사된 담론은 응시하는 주체와 응시당하는 대상 간의 유희를 통해서 역사성에서 결코 자유로울 수 없는 구성적 개념으로서의 몸을 매개체로 한 대안적 담론으로 제시한다. 그래서 주체는 지배 이데올로기에 의해서 분류되고 위계화된 관계의 허위성이라는 점을 관객에게 유희적 관계를 통해서 인식시켜 기표와 기의가 동일시되는 순간 차이를 일으키는 과정 속의 유동적 주체로 해석됨으로써 올바른 정체성에 대한 이해가 가능하다.

B: 전 지구적 맥락에서의 아시아계 미국인

Hwang은 *M. Butterfly*에서 동서의 정치, 문화, 성욕 구조의 복잡성을 이해하는 전통적인 이분법적 사고를 해체한다. 서구가 아시아를 현실 그대로 제시하기보다는 아시아를 이국화하고 신비화함으로써 백인 남성 지배 이데올로기를 촉진하며 아시아의 남성을 포함해서 아시아적인 모든 것을 여성화한다는 점을 비판한다. 동시에 동양인도 종속 상태에서 변화를 위한 다양한 역할을 하고 있지 못하다는 점을 비판한다. Hwang은 *M. Butterfly*에서 새로운 결말을 찾기 위해서 재현이 아닌 유희를 사용한다. 정형성이 재현하는 타자의 불안정한 질서는 오히려 자신의 모방을 조롱의 대상으로 만들며 부분적인 재현으로 정형성을 붕괴시킨다. Hwang은 패러디, 아이러니, 모방 등의 방법을 사용한다. Hwang은 텍스트와 텍스트 사이의 유희를 위해 *M. Butterfly*를 프랑스의 한 스파이에 관한 뉴스 기사와 버터플라이에 관련한 소설을 혼합하여 허구와 사실을 혼성적으로 엮어 작품을 쓴다. 이미 버터플라이에 관한 이야기 자체가 다양한 장르를 넘나들며 텍스트 유희를 하고 있다. 1887년의 Julien Viaud의 *Madam Chrysatheme*을 원전으로 하여 1898년의 John Luther Long의 소설 *Madam Butterfly*로 개작되었고 이 소설은 1900년에 David Belasco에 의해서 무대 연극으로 상연되었으며 1904년 Puccini의 오페라 *Madam Butterfly*와 Hwang의 *M. Butterfly* 이후 뮤지컬 *Miss Saigon* 등의 같은 소재에 대한 새로운 형식 혹은 내용의 텍스트는 계속해서 원작과 다른 의미를 생산해내는 유희의 방식을 취한다. 그리고 관객이 무대에 감정이입되지 않고 무대 위에서 벌어지는 사실 뒤에 보이지 않는 이데올로기의 통제 작용의 실체를 인지함으로써 해석의 유희를 통해 즐거움을 얻고 깨달음을 행동으로 옮기도록 돕는다.

*M. Butterfly*에서는 차이와 동일성을 동시에 고려해야 한다. 차이는 동일성을 가능하게 하고 동일성이 차이를 가능하게 한다. 차이 없이 동일성은 확보될 수 없다는 데에서 문제점이 야기된다. Hwang은 *M. Butterfly*를 통해서 자아와 타자를 구별하는 정체성이라는 범주의 문제점에 대해서 의문을 제기한다. Hwang은 그동안 본질주의에 입각한 거대 서사를 해체하기 위해서 제기된 포스트모더니즘의 영향으로 나양한 소수서사를 수장해 온 정체성 정치학의 문제점을 지적한다. 정체성 정치학은 기존의 지배 이데올로기에 의한 본질주의를 부정하고 사회구조 내의 각 부문의 소수의 다양한 의견을 가시화하는 데 기여한다. 하지만 그것은 각 요소 간의 대립과 경쟁의 문제점을 발생시킨다. 상대주의에 기반을 둔 각각의 이해관계가 서로 다른 젠더, 성욕성, 인종 등의 작은 서사를 결국 대립하게 만든다. 비록 창조적이고 독창적인 개별 유희가 다른 유희에 종속되거나 종합됨으로써 침해되어서는 안 될 완전한 내용을 지닌 것으로서 주장되어야 하지만 갈등과 창조성이라는 문제에 있어서 그것이 어떤 점에서 창조적이고, 또 창조적일 수 있는지 모호한 부분이 많다.

Hwang은 *M. Butterfly*에서 사회적 정체성은 스스로에 의한 정의라기보다는 다른 사람에 의해서 인정되고 인식된 정체성을 의미하며 사회에서 인정된다는 것은 지금까지 역사적으로 지속적으로 이루어진 문화화(enculturation)를 통한 정형성의 강요 때문임을 주장한다. 탈구조주의자의 주장처럼 기표와 기의는 영원히 일치할 수 없는 차연의 관계로 항상 지연되고 미끄러져 나아가 항상 변화하고 유동적이어서 단일한 의미가 될 수 없기 때문에 의미화는 일대일 대응이 아니라 일대 다수의 대응이 된다. 그러므로 탈구조주의자는 일정한 정체성을 규정할 수 없는 변화하는 과정 속의 주체를 강조한다. Hwang은 정체성을 구성하는 다양한 요인을 고려하고 그러한 요인이 서로 교차하는 부분을 가지고 있는 상호 연관된 관계로서 인식하는 정치적 힘을 중요시한다. Hwang은 *M. Butterfly*에서 동일성과 다양성의 영역은 공존하고 있기 때문에 젠더의 관계가 단순히 동일한 가부장제도에 의해서 구성되어 여성이 본질적으로 선한 집단으로 간주되는 것이 아니다. 역사 속에서 서로 다른 순간에 여성은 지리, 인종, 문화, 성욕성, 계급 등의 다양한 요소에 의해서 억압받거나 수용적이거나 전복적이며 피해자인 동시에 주체이고 동맹 관계인 동시에 적이라는 사실을 보여준다.

Hwang은 단일한 본질을 강조하는 독단주의는 대화와 논의를 불가능하게 만들고 다양성을 포괄하려는 상대주의는 논의와 대화 자체를 불필요하고 산만하게 하여 결속을 불가능하게 만든다는 점을 주목한다. 그리고 Hwang은 이 양립할 수밖에 없는 차이와 동일성의 문제를 위계적 대립적 구분 방식을 배제하는 방식으로 각각 서로를 보충하면서 연관되도록 한다. 정체성의 문제에 있어 단일한 범주를 우선순위에 두고 다른 요소를 연관짓기보다는 단일한 범주라는 동일성을 인정하되 차이적 관계를 초월한 순수 자기 동일성의 개념을 부인하는 것이다. 순수한 자기 동일성의 개념이 없다는 것은 "어떤 정체성도 진정한 정체성은 없다. 왜냐하면 모든 정체성은 개별적이며 구성적이고 상관적이기 때문이다."(Connolly 46)라는 점에 입각해서 정체성의 개념은 불변적인 것이라기보다는 차이와의 상호 관계에 의해서 그 경계가 언제든지 허물어질 수 있다는 점이 강조된다.

　Hwang은 *M. Butterfly*에서 허위적 이데올로기의 작용이 미국이라는 하나의 개별 국가적 한계 내에서 벌어지는 것이 아니라 전 지구적인 영향력을 갖고 있다는 사실을 강조한다. 작품 속에서 Hwang은 하나의 주체를 규정하는 다양한 요소는 서로 교차하고 얽혀 있다는 점을 부각하여 다양한 지배 이데올로기로부터 탈중심화하는 새로운 대안을 제안한다. 다양한 연극적 실험과 관객과의 소통으로 실천적 대안을 구축해 나가고자 했다. 마르크스가 하부구조는 생산관계와 생산수단으로 이루어지며 상부구조는 이데올로기, 종교, 법, 정치 문화적 제도로 구성되며 상부구조와 하부구조는 상호 작용을 하며 특히 하부구조는 상부구조를 규정하며 그 관계는 변증법적이라 했듯이 Hwang은 상부구조를 해체하기 위해서는 하부구조의 변화가 필요하며 결국 연극이라는 재현 문학의 변화와 생산 그리고 재생산을 통해서 이데올로기에 맞설 수 있는 대안을 제시하려 하였다.

　*M. Butterfly*는 전통적으로 우리가 진실이라고 알고 있는 문화, 사회, 역사의 담론에 대한 도전이다. 특히 부각되는 부분은 이항대립적 요소인 백인과 유색인, 제1세계와 제3세계, 남성과 여성, 이성애와 동성애 등의 요소가 명백한 대조를 이루고 동시에 이분법적 요소가 힘의 불균형을 통해서 힘의 위계를 이룬다는 점이다. *M. Butterfly*는 우리가 진실로 믿고 있는 현실을 그대로 무대 위에 재현하고 그 현실의 불합리성, 허구성, 그리고 인공성을 드러냄으로써 환상을 깨는 역할을 한다. 그래서 독자로 하여금 그 힘의 불균형적 상황이 고정된 것이 아니라 다양한 요소를 바라보는 다양한 시각을 확립하게 한다. 그리고 사회적 정체성의 경계 자체가 모호하기 때문에 그 요소를 선택하는 주체의 의지에 의해서 얼마든지 힘의 관계가 변화되어 위계적 대립적 구분이 아닌 변화하는 주체의 존재라는 점을 새로운 시각의 확립을 통해서 인식하게 한다. 이러한 요소 간의 유희는 "범주의 위기에 의해서 한 범주에서 다른 범주의 경계의 교차를 허용하고 경계를 침투할 수 있으며 한계적 구별의 실패를 의미"(Garber 125)한다. Hwang

은 *M. Butterfly*를 통해서 동일성을 전제로 한 정체성에 대한 집착보다는 차이를 기초한 다양한 조합에 의한 유동적 정체성의 변화의 가능성을 함께 인식하는 유연한 사고의 틀을 요구한다. 과거 제국주의와 성욕 등의 지배 이데올로기에 의한 과거 역사가 만들어 놓은 본질적 자아에 대한 집착 대신에, 그것을 현재에 어떻게 수용할 것인가에 대한 해석을 요구한다.

*M. Butterfly*는 뉴욕의 브로드웨이에서 777회 상연되었고 다민족 캐스팅의 특징을 지니고 있으며 토니상과 외부 비평가 단체상 존 개스너 상과 드라마 데스크 상 등을 받아 비평적으로나 상업적으로 성공을 거둔 소수문학의 대표적 연극이다. 이 작품은 1986년 프랑스 스파이사건에 기초하는데 Bernard Bouriscot라는 중국에 온 프랑스 외교관이 Shi Peipu라는 여장한 남자 중국 오페라 가수이자 스파이와 18년간 연인 관계를 유지해왔지만 그가 남자였다는 것을 깨닫지 못하고 프랑스의 정보를 유출했다는 혐의로 재판을 받는다는 뉴욕 타임즈의 1986년 뉴스에 기초한다. Bouriscot가 어떻게 Shi의 벗은 몸을 보지 못했고 젠더를 눈치 채지 못했으며 정부의 정보를 Shi에게 넘겨주었는가에 대한 세상의 궁금증에 대해서는 Bouriscot이 Shi를 매우 정숙한 여성이고 사랑을 나눌 때 옷을 벗지 않는 것이 중국의 문화로 생각했기 때문이라는 실화에 근거한다. 이러한 믿을 수 없는 이 사건은 "인종차별주의와 성차별주의가 서로서로 교차하고 제국주의와 식민주의자 환상이 교차한다면 어쩔 수 없는 일"(Garber 127)이라는 점에 착안하여 Hwang은 이 기묘한 기사를 미학적으로 다중화시키고 동서의 정치, 문화, 성욕성의 갈등 관계를 복잡한 해체주의적 분석을 통해서 완성한다.

*M. Butterfly*는 작품에 대한 해석상의 규약에 대한 혼란으로 시점에 따라서 엇갈린 비판을 받아 왔다. 대체적으로 작품의 독창성과 혁신적 측면을 인정하여 아시아에서 유럽과 미국의 정책에 관한 제국주의 역사, 젠더, 성욕성 등에 의한 사회적 구성으로서의 아시아인 정형성의 문제를 단일 요소에 의해서가 아닌 요소 간의 상관적 비판의 수용으로 인정한다. 탈식민주의 비평가는 이 작품이 제국주의 이데올로기를 해체하였다는 긍정적인

면과 함께 교활하며 잔인한 동양인의 정형성을 반복함으로써 비록 위치가 역전되기는 했지만 서구의 전통적인 서사 전개방식인 이분법적 관계를 재형성하였다는 비판을 한다. 또한 여성주의 비평가는 여성과 남성의 경계를 흐림으로써 반본질주의적 특성을 제시하였다는 점에서는 긍정적인 평가를 하지만 제국주의의 논의에 젠더의 문제가 차선이 되었으며 젠더의 문제를 단순 전복함으로써 여성의 이미지를 부정적으로 상태로 만들었다는 주장을 펼친다. 또한 아시아계 미국 비평가는 아시아 공동체 사회 밖에서 국제적 인식을 끌어내었다는 점에서는 작품을 높이 평가하지만 아시아에 대해 "아시아가 도리에서 벗어나 속임수가 있으며 교활하다는 개념과 함께 이국적이라는 관점을 촉진"(Pao 210)하였다는 점에서 비판을 했다. 이러한 시도는 아시아 남자를 지속적으로 여성화하였으며 백인 남성과 아시아 여성의 정형성이 반복될 뿐 "아시아 남성은 그곳에 존재하지 않는다."(Chang 182)고까지 문제점을 지적한다. 퀴어 비평가는 이 작품이 동성애 공포로 인한 강제적 이성애의 구도로써만 성욕성의 선호도의 문제를 접근하였다는 비판을 하고 있다. Gallimard가 자신의 동성애적 성향을 수용하는 것을 끝까지 거부하고 스스로 버터플라이가 되어 할복자살을 함으로써 "이성애 공동체의 정상적인 구성원"(Eng 139)으로 죽으려 한다는 점도 비판된다. 또한 이 작품은 "인종과 젠더의 상호 작용이 혼동되고 불확성석이며 일그러진 영역 내에서의 명확한 이견이 염려"(Moy, "David Henry Hwang's *M. Butterfly*"85)된다고 비난받는다.

　그러나 *M. Butterfly*는 대부분의 비평가가 주장하듯 단순히 서구사회가 아시아를 이국적이며 신비화함으로써 백인 지배 이데올로기를 주입한다고 논박하는 독법에 문제점이 발견된다. 물론 젠더와 성욕의 정체성과 동양과 서양의 정치적 관계의 은유 그리고 인종적이고 민족적인 정체성 등의 다양한 요소의 혼재와 함께 동양이 연약하여 서구의 보호와 지도력이 필요하기 때문에 기꺼이 동양이 서양에 복종한다는 이데올로기적 영향의 문제점에 대한 비판이 이 작품에 지배적이라는 점은 간과할 수 없다. Hwang의 비판은 반미로 간주하거나 혹은 문화적, 성욕적, 인종적, 제국주의적 접근이라는 일방적 독법으로 볼 수 없다. 그의 노력은 우리가 인간으로서 공유하는 동등한 공동의 영역에서 상호 이득을 위한 하나의 노력이다. Hwang은 다양한 요소로 구성된 힘의 위계질서를 강요하는 상위의 권력만을 비판하는 것이 아니라 자신의 종속 상태에서 공범관계를 유지하고 있는 소수 담론에 대해서도 함께 문제 제기를 한다.

현대 사회에서 서구 제국주의의 영향력은 표면적으로는 약화된 듯 보이지만 사실은 원래의 제국주의의 질서에 공존하는 다양한 종류의 문화적 지배에 의해서 덧붙여지고 복잡해지는 경향이 있다. 문화 간의 혹은 다양한 집단 사이의 힘의 불평등한 관계는 과거의 드라마에서 보였던 제국주의보다 더 잠재되고 비형식화된 형태로 운영되고 있으며 현재의 지배 이데올로기는 경제적 혹은 정치적 압력에 의존한다. 식민화된 국가는 더이상 외부의 통제를 묵과하지 않지만 그렇다고 자율성이 보장되었다고는 볼 수 없다. 현대의 제국주의의 특징은 원조나 충고의 다른 방식으로 문화적 정치적 지배의 힘의 위계를 유지해가고 있다. 따라서 문화 권력이 집중된 서구 제국주의는 인종, 젠더, 성욕성 등의 다양한 요소에 기초한 담론으로 자신의 질서를 정당화하고 지속적으로 비서구사회를 타자화한다. 특히 미국이 지배하는 세계 미디어 체계는 다양한 요소에 기초한 위계질서를 강화하는 이미지와 담론을 생산하는 경향을 갖고 있기 때문에 미디어의 전 지구화에 의해서 질서가 강화된다. 결국 기존의 질서 속에서 구성된 정체성의 개념 역시 서구의 지배 이데올로기에 의해 단순화되고 일반화됨으로써 지배 이데올로기의 물질적 근거를 제시한다.

*M. Butterfly*는 문화적 성적 인종적 민족적 젠더적 잘못된 인지의 허구성을 다면적 층을 통해서 제시한다. *M. Butterfly*에서 Gallimard와 Song의 정체성은 이 특징을 잘 드러낸다. Gallimard는 중국에서 산 프랑스 국적의 외교관이며 연극의 처음 장면과 마지막 장면에서 기모노를 입고 등장하는 일본인의 역할 뿐만 아니라 연극 중간에 오페라 *Madama Butterfly*에서의

남자 주인공 Pinkerton 대령의 연기를 하는 다중적 정체성을 갖고 있는 인물로 지금까지 우리가 국적 혹은 지도에 기초한 지정학적 위치를 통해서 구분 지었던 정체성의 개념을 무너뜨린다. 또한 Song은 더욱 하나의 범주로 규정짓기에는 어려운 인물이다. Song은 미국 연극에서 이탈리아어로 노래하는 일본 여성을 연기하는 중국인으로 등장한다. 국적의 측면뿐만 아니라 성욕성의 설정에 있어서도 이성애와 동성애의 구분이 애매하며 젠더에 있어서도 남성과 여성으로 구분 지을 수 없는 정체성을 지니고 있다는 면에서 개인의 정체성은 생물학적 혹은 지정학적 위치가 아니라 개인의 선택에 의한 변화의 가능성임을 제시한다.

Hwang은 다양한 무대 위의 기법으로 정체성의 문제를 다각적으로 다루고 있다. 우선, 이야기하기(story-telling)으로 관객의 중요성을 처음부터 부각시킨다. 연극은 그 서사의 주체가 누구냐에 따라서 관객의 시점이 영향을 받기 때문에 감독의 의도와 초점에 따라서 작품의 의미가 달라진다. Hwang은 작품에서 처음 1막과 2막에서는 Gallimard가 서사를 담당하게 하고 간헐적으로 Song을 통해 그의 서사를 방해하게 하고 마지막 3막에서는 Song의 주도로 서사가 진행되는 방식으로 관객에게 서술방식을 통한 시점의 변이의 문제점에 대해 인식하게 한다. Gallimard는 첫 장면에서 감옥에서 기모노를 입고 관객에게 말을 걸면서 이야기를 시작한다. 사실 해설자에 의한 극의 전개는 비문자문명에서 자신의 문화를 전수하거나 교육과 유희를 위해 많이 사용되는 기법으로 흑인 연극이나 여성주의 연극에서 많이 사용되어 온 기법이다. 그것은 "의식의 주체자, 공평한 언급자, 사회적 언급자, 적대자, 심판관의 역할"(Gilbert and Tomkins 127)을 하는 일종의 그리스 코러스의 역할을 수행한다. 그러나 Gallimard는 관객에게 직접 이야기를 걸어 혼합된 인종과 젠더와 다양한 문화적 배경을 갖고 있는 관객과 지속적인 상호 작용을 한다. 이러한 기법은 동질적 관객과 동일한 시점과 해석을 요구하는 서구 연극적 서사 방식을 거부하기 위한 것이다. 개별 관객은 자신의 인종, 계급, 나이, 사회적 친밀감, 문화 등에 의한 다양한 반응과 소통할 수 있으며 공연을 새롭게 해석하는 과정을 통해서 일반적으로 닫혀 있는 연극을 추구하는 서구 연극의 메커니즘을 다양한 영역과 체계를 통해 작용하는 열린 연극으로 전환할 수 있다.

화자인 Gallimard는 오페라 나비부인의 주인공이자 *M. Butterfly*의 주인공이라는 이중적 역할을 통해서 중심 이미지와 인물을 분리한다. 그리고 의미의 수준을 다층화함으로써 극적 아이러니를 창조하고 관객의 관점을 다양화하여 관객의 역할을 의미의 함축과 역사의 창조자로서 명백히 한다. 무대 위의 Gallimard는 감옥에 투옥된 죄수로 등장한다. 그리고 배경음악이 중국 오페라 음악에서 Puccini의 오페라 *Madam Butterfly*의 음악으로 바뀌면 그는 음악에 맞추어 춤을 추는 Song을 버터플라이라 부르며 "*Song의 이미지가 사라지자 억지로 돌아서 관객에게 말을 건다.*"(1)라는 지문을 통해 일반적인 사실주의 연극에서 금기시되는 시간의 병치와 관객에게 말 걸기로 관례를 깨면서 시작한다. 시간상으로 현재의 관객을 의식하는 동시에 과거의 Song에게 말을 거는 한 무대 안에 두 가지 시간이 나오며 주인공이 관객의 존재를 없는 것으로 간주하고 실제의 사실을 전달해야 한다는 사실주의 연극의 관습을 깨는 행위이다.

연극의 시작부터 Gallimard의 환상과 그의 현재 위치인 죄수로서의 그의 현재 상황의 고백이 동시에 교차하면서 관객이 잘 알고 있는 Puccini의 오페라 *Madam Butterfly*의 내용을 설명한다. 그리고 자신이 설명하는 백인에게 버림받지만 순응하는 일본 게이샤의 이야기를 변형하여 종결적 서사 관습에 기초한 연극의 관례가 완성된 진실이 아니라 "편견적이고 잠정적이며 변화하는 주체가 될 수 있다고 지속적으로 재구성된 허구를 전면에 내세운다."(Gilbert and Tomkins 137)는 점은 Hwang이 순종적이며 희생적인 동양 여성을 상징하는 버터플라이로 작품을 패러디하려는 의도를 파악할 수 있다.

Hwang은 다양한 역할 적용과 시점의 변이를 통해서 Gallimard에게 배우인 동시에 주인공이며 해설자이고 관찰자라는 다중적 위치를 부여하여 관객에게는 관찰자이자 의미의 창조자로서의 이중적 역할을 요구한다. Gallimard의 현실에 대한 그의 입장을 토로하는 1막의 1장에서는 관객은 수동적 관찰자로 Gallimard의 서사적 논리를 따른다. 그러나 2장에서 관객은 정당성을 주장하는 Gallimard를 바라보는 일반인의 반응을 보여줌으로써 다양한 시점을 통해서 Gallimard를 판단할 것을 요구한다. Hwang은 시점의 차이를 Gallimard 사건에 대한 일반인의 조롱조의 반응으로 제시하고 Gallimard는 감옥에 있으면서 관객을 객석에서 지켜보는 방식을 취한다. 독자는 해설자인 Gallimard의 시점을 따라서 움직이는 수동적이거나 편견적인 위치가 아닌 Gallimard의 해설의 진위를 파악하고 진실을 이해할 수 있는 능동적으로 문제를 바라보는 비판적 지위를 차지한다.

관객의 중요성은 3장에서 Gallimard가 관객에게 말을 걸고 자신의 입장을 이해시키기 위해서 오페라 나비부인을 재해석하는 장면에서 보여진다. *Madam Butterfly*라는 오페라와 "전체 연극은 사실보다는 Gallimard의 상상에 의해서 재상연되어 구성"(Lee 107)되어 관객에게 관점의 한계가 조정되어 있다는 사실을 인식시킨다. 이 전략은 객관적 판단을 위해서는 관객의 시점 확장을 필요로 한다는 것을 제시한다. Gallimard는 웃으면서 관객에게 자신의 입장을 변호하고 통제하며 설득하려 한다.

저, Rene Gallimard는 여러분이 보셨다시피 완벽한 여인에게 사랑받았지요. 이 감옥에 혼자 남아서 매일 밤마다 제 머리 속으로 스치는 우리의 이야기를 보며 제 명예를 존중해 주고 제 품으로 그녀가 다시 돌아오는 새로운 결말을 기대해 봅니다. 전 여러분이 저를 이해해 주고 조금이라도 저를 부러워할 이상적인 관객이라고 생각하고 싶습니다. (4)

Gallimard의 태도는 전통적인 서양 연극의 화자의 기능을 반복하려는 것이지만 극의 진행에 따라서 과연 그가 말하고 있는 것이 진실인가에 대해서 관객은 계속 의문을 갖게 되며 결국 믿을 수 없는 화자로 인식되면서 관객에 대한 통제력을 잃게 된다. Gallimard의 말을 믿어줄 이상적인 관객은 있을 수 없기 때문이다.

감옥 안의 유일한 소품인 카세트는 Gallimard의 이러한 상황을 계속해서 반복해 떠올리는 심리 상태를 반영한다. 카세트의 주된 역할이 재생이기 때문에 비록 같은 내용을 반복하지만 이러한 반복성은 허구를 현실로 수용하게 만드는 역할을 한다. 그래서 현실을 왜곡하고 자신이 만들어낸 상상의 세계가 실제인 듯 착각하게 하는 도구로서의 역할을 한다. 카세트는 바로 지배 이데올로기가 어떻게 사람들에게 허구를 진실로서 수용하게 하며 설득하는지의 과정을 보여주는 소품이다. Gallimard는 자신의 기억 속에서 사건을 계속해서 재생함으로써 자신의 해석을 사실로 만들어 버리고 관객이 자신의 시점을 그대로 수용하도록 설득시키려 한다. 그래서 Gallimard는 오페라 *Madam Butterfly*를 자신만의 버전으로 재해석하여 제시하여 자신의 관점의 정당성을 역사성에 비추어 증명하고자 한다. 다양한 유물론적 담론을 통해서 서구 제국주의적 이데올로기를 정당화하려는 전략을 구사한다.

그러나 Gallimard가 자신의 상상 속에서 만들어낸 이상적인 버터플라이의 모습을 Choi-Choi-San과 Pinkerton의 비극적 사랑 이야기를 현실에서 재현하고자 하는 시도는 계속해서 Song에 의해서 저지당한다. Song은 불규칙적으로 무대에 등장함으로써 관객의 감정이입을 불가능하게 한다. Song은 Gallimard의 상상 속에서 등장하지만 가끔씩 흐름을 깨거나 Gallimard가 이야기의 방향을 잃을 때 간섭하기 위한 분열적 행동을 취한다. Song은 "Rene, 침착해요. Chin 동지 없이 관객이 어떻게 이 이야기를 이해할 수 있겠어요? 자 마음을 가다듬어요."(47)라며 관객을 배려하거나 혹은 사랑을 확인하려는 Gallimard에게 "이제부터 당신은 내가 임신했다고 이야기한 날 밤에 대해서 이야기해야죠."(103)라며 연극의 주도적 진행에 간섭하여 관객의 감정이입을 방해함으로써 지적 거리 두기 상태를 유지할 것을 요구한다.

Gallimard의 전략은 극중극의 형식을 빌어서 전개된다. 오페라 *Madama*

Butterfly의 주인공인 Chio-Chio-San과 미국 영사 Sharpless와 Pinkerton과 충직한 하인인 Suzuki를 Song과 친구인 Marc과 Gallimard 그리고 공산당원 Chin 동지가 각각 연기하여 새로운 버전의 버터플라이를 보여준다. Gallimard는 미 해군인 Pinkerton의 시점에서 해설자로서 극중극인 오페라 Madama Butterfly를 스스로 연출하여 관객에게 제시한다. 정직한 아시아 여성을 착취하는 성차별적이며 잔인한 백인 남성인 Pinkerton의 역할을 환상적으로 만들고 이상적으로 만든 Gallimard는 Chio-Chio-San을 통해서 동양의 여성이 서양의 여성과 달리 하찮게 취급받기를 원한다고 결론 내린다. 그는 서구인인 자신은 "세계를 주름잡으며 어떤 두려움이나 위험도 무릅쓰고 우리 미국 선원은 그가 가고 싶은 곳은 어느 곳이라도 가서 닻을 내릴 수 있는"(7) 사람으로 분류하고 게이샤인 Chio-Chio-San에게는 값싼 나일론이나 사주면 되는 존재로 규정한다. 그리고 그녀를 순종적인 동양 여성을 상징하는 버터플라이라는 이름으로 부른다. Gallimard는 자신을 현실보다 과장된 우월적 존재로 묘사한다. Suzuki 역할의 Chin은 Pinkerton의 비열함을 설명하고 Chio-Chio-San이 일본인 왕자인 Yamadori의 청혼을 받아들일 것을 권유한다. 이때 Chio-Chio-San 역할을 하는 Song이 등장한다. 동양이 갖는 이질성을 열등함에 관련시켜 동양을 무시하고자 하는 전략이다.

그러나 Hwang은 오리엔탈리즘에 입각한 전형적인 서구 제국주의적 시점을 오페라 나비부인을 통해서 보여주면서도 각각의 장면 별로 그 오페라 나비부인에 관객이 몰입되지 않도록 현재의 이야기를 삽입함으로써 관객을 소외시키는 효과를 불러일으킨다. 하나의 장에서 오페라 전체의 이야기를 전개하기보다는 현재의 모습과 역사적 사건인 오페라의 스토리를 교차 편집함으로써 관객의 지적 거리 두기를 추구한다. Gallimard는 잔인한 바람둥이 Pinkerton의 이야기를 하다가도 "삶에서 우리의 위치는 대개 아니 항상 역전된다."(7)고 이야기하거나 여자와 잘 어울리지 못하는 모습으로 등장한다. 두 가지 상황의 병렬적 제시는 단지 누드 잡지에 나오는 여자에게

열중하는 현실의 Gallimard와 동양적 환상에 의해서 창조된 Pinkerton의 모습 사이의 차이를 특징짓는다. Hwang은 오페라 나비부인의 패러디를 통해서 현실과 환상의 차이에 대해서 이야기한다.

현실과 환상의 차이는 시간의 교차적 제시와 동시재현을 통해서도 보여진다. 하나의 장에서 시간이 작용하는 다양한 방식을 이해하고 역사의 개념이 우연적이라는 점을 제안하기 위해서 Hwang은 현실의 시간과 오페라 나비부인의 시간을 섞어 놓음으로써 시간의 개념을 애매하게 만들고 과거 현재의 경계를 섞어 역사의식을 흐린다. Hwang은 분리된 시간의 결합과 그 시간에 대한 해석은 일시적 과거의 유동성을 강화시키고 역사적 시간과 텍스트 간의 이해를 쉽게 하면서 고정되고 통시적인 해석 대신에 "경험적 시간을 다 방향적 생략적 그리고 파편적으로 재구성하고 심지어 제국주의의 역사적 담론에 대한 통제를 느슨하게 하는 역할을 한다."(Gilbert and Tomkins 142)는 면에서 시간과 공간의 교차 제시가 갖는 영향력은 크다. *M. Butterfly*라는 연극 내에서 오페라 *Madama Butterfly*가 함께 제시되고 같은 등장인물이 각각 현재의 인물과 과거의 인물을 동시에 연기하는 것은 과거와 현재의 병치는 과거에서 기인되는 역사와 현재의 상황이 중첩되며 중복되는 긴장감은 과거의 역사적 상황이 현재에 일방적으로 영향을 미치는 것이 아니라 현재의 텍스트가 과거의 텍스트의 가치에 영향을 줄 수 있다는 점을 보여준다.

Hwang의 작품에서 전통가치는 역사성을 갖고 있기 때문에 시간의 흐름에 따라서 그 가치는 재해석되어야 한다. Hwang은 "전통적 가치는 또 다른 동시대 문화에서 고려되는 그 나름의 가치가 있다. 그래서 역사적 가치가 우리에게 필수적으로 부가하는 가치가 있다고 생각하지 않는다."(Hwang, "Interview" *Playwright's Art* 137)고 밝힘으로써 역사적인 평가보다는 동시대의 해석이 더 중요하다는 점을 부각시킨다. 여기에서 역사와 전통의 차이가 고려되어야 하는데 과거 사건의 기록에 불과한 죽은 텍스트인 역사와 달리 전통이라는 것은 하나의 문화 텍스트로 현대 사회에서 새롭게 고려된 가치가 있다는 점이고 전통이라는 텍스트는 계속 재생산된다는 면에서 새로운 전통의 텍스트를 만들어간다. 오페라 속의 인물을 현실의 인물이 연기함으로써 인물 사이의 시간의 유희를 보여준다. 우리가 이야기하는 역사가 믿을 만한 절대적 진리가 아니라는 점을 시간의 파편화를 통해서 보여주는 것이다. Gallimard가 자신의 과거 이야기하는 도중에 갑자기 현재의 Song이 무대에 나타나 다시 자신의 버터플라이가 되어달라는 Gallimard의 요청에 "절대로 그럴 수 없소. 당신은 이 감옥 안에서 썩게 될 것이고 나는 비행기를 타고 훨훨 날아 중국으로 돌아가겠소. 당신네 대통령은 반역죄를 지은 나를 사면할 것이요."(63)라고 현실의 이야기로 시간을 전환하고 순간 갑자기 Gallimard에게 "이제 당신의 관객에게 내가 임신했다고 알렸던 밤의 이야기를 해주세요."(63)라고 전략적으로 시간적 경계를 허물어 버린다. 시간의 문제와 함께 작품에서 무대가 되고 있는 공간의 문제는 환상과 현실 사이의 차이를 이해하지 못하는 Gallimard의 편협한 시각을 보여준다. 1막 1장에서 Gallimard는 "제 감방의 한계는 이렇습니다. 가로 4.5미터, 세로 5미터, 높다란 벽에 창문 하나 그리고 제가 팬에게 사인할 수 없도록 가로 막은 두터운 문짝. 저는 녹음기와 간이침대와 아름다운 차탁자만을 이용하면 되지요."(1-2)라며 폐쇄된 공간을 통해서 그의 의식의 한계를 보여준다. 이것은 그가 문화적 판례와 정형성의 감옥 즉 환상의 공간에 매혹되어 "본질주의적 정체성 개념과 기준으로서의 의미의 이데올로기에 매달림으로써 유혹되고 현혹되었으며 감금된 것"(Kondo 38)을 의미한다. 오페라 *Madama Butterfly*를 통해서 구체화되는 백인 남성 중심 이데올로기에 사로잡혀 있는 Gallimard의 의식은 타자와 소통할 수 없는 상황을 보여준다. 동시에 이분법적인 인식의 틀은 Gallimard뿐만이 아닌 관객 역시 공유하고 있기 때문에 Gallimard는 "되도록 제 입장에서 이해해 주십시오. 우리는 우리가 살고 있는 시대와 장소에 감금되어 있으니까요."(47)라며 자신의 종속될 수밖에 없는 입장을 옹호하며 동시에 주체의 독립성에 대한 의문을 던진다. 매혹당한 공간인 감옥에서만 Gallimard는 동양과 완벽한 여성에 대한 "공적 / 사적, 남성 / 여성, 서구 / 동양, 이성애 / 동성애, 낙담 / 굴욕의 명확한 구별이 존재하는 결속의 환상을 창조하면서"(Shimakawa 121) 그의 비전의 한계성을 제시한다.

Hwang이 젠더의 범주의 해체를 통한 다른 범주의 경계에 대한 불확실성을 보이기 위해서 사용한 대표적인 전략이 복장도착과 화장이다. 그는 의상에 의한 사회문화적 성인 젠더의 인위성을 폭로한다. 젠더의 인위성을 보여주기 위해서 오페라 *Madam Butterfly*의 공연 후 Song은 Gallimard를 베이징 오페라에 초대한다. Gallimard는 "동양을 단일하고 관례적 방식으로 재현할 수 있다는 것으로 추정"(Garber 129)하였기 때문에 베이징 오페라가 남성에 의해서 여성 배역이 연기된다는 것을 모르는 상태로 작품을 바라본다. 그리고 Song을 진정한 동양 여성으로 인식한다.

Hwang은 동양의 문화에 대한 서구인의 무지에서 비롯되는 문화의 해석에 있어서 심각한 오류를 분장을 통해서 제시한다. 서로 다른 문화권 내에서 개개의 기표는 각각 문화권 내에서 묵시적으로 통용되는 의미가 다르기 때문에 그 의미의 해석은 다르게 이루어질 수밖에 없다. *M. Butterfly*에서 하얀색은 다양한 의미로 해석된다. Gallimard가 사용하는 백색은 주로 제국주의적 환상이 투사되어 강력한 힘을 갖고 있는 우월성의 의미로 해석된다. 하얀색은 유색인종과 구별되는 제국주의적 색으로 해석된다. Gallimard는 스스로를 "백인 악마"로 지칭함으로써 신성하고 숭고한 의미로 생각한다. 연극의 마지막에서 하얀색 분장을 하고 나타나는 Gallimard의 어색한 모습은 제국주의 환상 속에서 여전히 우월한 상태로 남아 있고자 하는 모습을 조롱하는 것이다. 반면에 아시아 연극에서의 하얀색은 다른 의미로 해석된다. 일본 연극의 대표적인 양식인 Kabuki에서는 분장을 거의 사용하지 않지만 얼굴 근육의 윤곽을 과장하기 위해서 분장을 사용하는데 "악마와 사악한 인물은 청색이나 갈색을 사용하는 반면 배우는 백색의 바탕에 붉은 색과 검은 색의 무늬를 그려 넣는다"(Brockett 624). 하얗게 얼굴을 분장한 남자는 대개 착한 남자이고 그 위에 붉은 색으로 치장을 하면 혈기 왕성한 사람을 나타낸다. 백색은 일본 연극에서 "보호받는 젊은 여성의 창백함과 태양을 피할 수 있는 여유가 있는 귀족의 이상적인 하얀색 얼굴색의 표지"(Garber 135)이다. 일본인으로서 여성의 연기는 적절하지만 베이징 오페라에서의 백색은 전혀 다른 의미체계를 갖고 있으며 *M. Butterfly*에서 Song의 분장은 바로 베이징 오페라의 의미체계를 따른다. 베이징 오페라에서 분장의 색상은 상징성을 갖는데 "백색은 배반, 검은색은 사나운 고결함, 붉은 색은 충성심, 녹색은 악마, 노랑색은 숨겨진 교활함"(Wilson 373)을 담고 있다. *M. Butterfly*에서 Song은 베이징 오페라의 의미체계로 분장을 하지만 Gallimard는 일본과 중국을 혼동하기 때문에 유럽의 오페라 나비부인에서 일본인을 상징하는 백색의 의미체계로 해석하게 되는 아이러니가 발생한다.

분장, 의상, 세트, 대화 등의 기표보다 관객과 상호 작용을 통해서 의미의 다양한 복잡성을 제공하는 상징은 배우의 몸이다. Hwang은 정형성을 자의식적으로 인물 각각이 연기하도록 한다. Hwang의 연극은 진정한 자아를 밝히기 위해서 정형성을 패러디하는 대신 "정형성의 과장이나 한 정형성에서 다른 정형성으로의 이동에서 정형성의 완성된 연기로 거짓말"(Lee 119)을 전략적으로 한다. 배우의 몸은 그 외양적 모습과 움직임을 통해서 의미를 생산해내는데 특히 인종, 젠더, 성욕성, 제국주의의 욕망이 투사되기 때문에 매혹과 거부의 대상이 된다. 지배 이데올로기에 의해서 정의된 주체인 백인과 흑인, 남성과 여성 등의 이분적 범주는 생물학적으로 결정되는 것이 아니라 역사적으로 이데올로기적으로 정형화된다. 다양한 요소의 투사는 Song의 몸을 통해서 구현된다. 1막 처음에서 등장한 Gallimard는 Song을 버터플라이라고 부르며 다가가지만 이내 그 형상이 사라지는데 Song의 몸에 Gallimard가 생각하는 이상적 여성의 모습인 Chio-Chio-San의 영상을 투사함으로써 대상을 이름이라는 하나의 초월적 기표로 명명한다는 것의 불가능성을 단적으로 보여준다.

Song의 정체성은 Gallimard의 다양한 욕망에 의해서 계속해서 변경되어 해석된다. 한 개인의 정체성에 대해서 "존재한다는 것은 타자 속 타자의 시선이나 위치와의 관계 속에서 성립되는 것"(Bhabha, "Cultural Diversity" 44)으로 개인의 본성뿐만 아니라 다양한 사회적 요소의 욕망에 의해서 정체성은 변화될 수 있다. Gallimard는 주중 프랑스 대사관으로 발령받은 후 독일 대사관에서 열린 만찬회에 참석하여 오페라 *Madama Butterfly*에서 나비 부인 역을 맡은 Song을 만나게 되는데 Song은 마침 마지막 Chio-Chio-San의 자살 장면을 연기하고 있다. Gallimard의 욕망은 하나씩 투사되는 것이 아니라 동시에 Song에게 투사됨으로써 Song의 몸에 의미를 입힌다. Gallimard의 제국주의적 욕망은 동양은 서양을 두려워한다고 생각한다는 점을 강화시키기 위해서 Song은 그가 생각하고 있는 동양적 이미지인 Chio-Chio-San에 동일시한다. "흔히 흑인의 영혼이라고 불리는 것은 백인의 가공품"(Fanon 14)으로 정체성을 만드는 몸과 정신을 분리하여 사회적 개인적 권력을 갖지만 손상되기 쉬운 피부색을 통해서 동일시하는 것이다. 사실 Chio-Chio-San은 일본인으로 중국인인 Song과 일치시킬 수 없음에도 그 개별적 차이는 간과하고 "동양이 논의의 대상이 되는 경우에도 동양은 부재하며 그 대신 오리엔탈리스트와 그들의 언어가 실재한다고 느낀다."(Said 208)고 생각하고 아시아 혹은 동양이라는 애매한 범주로 Song을 동일시함으로써 그를 버터플라이로 호명한다. 이것은 서양인의 인종차별주의를 반영한다. 피부색이라는 단일한 요소에 의해서 개인을 특징짓는 잘못된 개념이다. 인종이라는 것은 항상 문화와 함께 언급되어야 한다는 점을 간과한 것이다. 사실상 Gallimard는 Song의 버터플라이 연기 자체로서만 그녀를 평가한 것이 아니라 아시아인이라는 인종적 몸에 자신의 환상을 투사시켰기 때문에 그녀의 연기가 믿을 만하다고 이야기한다. 그 말에 Song은 "설득력이 있었다고요? 일본 여자로요? 일본인이 제2차 세계대전 때 수백 명의 중국인을 의학 실험용으로 썼다는 사실을 혹시 알고 계십니까? 제가 보기에 당신은 이 아이러니를 전혀 이해하지 못하고 계시네요."(17)라며 Gallimard를 비판한다. 이것은 단순히 피부색만으로 중국인과 일본인을 구분 짓지 않고 동양인으로 구분 짓는 서구인의 문제점을 단적으로 지적한 부분이다. 중국인과 일본인은 역사적으로 문화적으로 분명히 다른 주체임에도 불구하고 Gallimard는 그것을 동양이라는 하나의 범주로 인식하여 서구의 몸집이 크고 두꺼운 화장을 한 오페라 배우와 Song을 비교하는 단순한 이분법적 사고에 대한 비판이다.

강력한 서양에 굴복하는 것을 좋아한다는 그의 제국주의적 환상은 힘의 위계를 만들고 Gallimard 자신의 힘을 과시한다. 동양은 약해서 보호와 지도력이 필요로 하기 때문에 서양에 기꺼이 복종한다는 사상이 이 정치적 계략에 영향을 준다. Gallimard의 남성적 욕망은 다시 Song의 몸에 투사되어 Song의 외양적인 모습만을 보고 그를 쉽게 여성으로 인식한다. Gallimard가 Song과 처음 만난 곳은 Gallimard가 주중 프랑스 대사관으로 발령을 받은 후 독일 대사관에서 열린 만찬회에서였다. 그곳에서 그는 오페라 나비부인의 나비부인 역을 맡은 Song이 마지막 자살 장면을 연기하고 있는 모습을 처음 보게 된다. Gallimard는 오페라 나비부인에 대해서 "그녀의 죽음은 순수한 희생이지요. Pinkerton은 하찮은 사람인데 어떻게 그녀는 그렇게 할 수 있죠? 그녀는 그를 대단히 사랑했어요. 너무나 아름다운 이야기예요."(17)라고 이야기하며 Chio-Chio-San을 아름답고 용감한 이상적인 여인이며 완벽한 여성이라고 주장한다. Chio-Chio-San의 모습을 연기하고 있는 Song의 몸에 이미 Gallimard는 동양 여성의 젠더를 투사시킨다. Gallimard의 이데올로기는 중국 오페라인 경극에서 Song을 다시 한번 만나게 될 때 나타나는데 경극은 남성에 의해서 여성 주인공의 역할을 한다는 점을 알지 못했던 Gallimard가 또다시 여성 복장을 한 Song을 여성으로 간주하게 되는 역할을 한다. 동양 여성은 서양 남성에게 부끄러워하며 권력에 복종할 줄 알고 두려워한다고 파악함으로써 Song과의 관계에서 아무런 근거도 없이 우월한 지위를 차지하는 것을 당연시한다. 오페라 나비부인에서 버터플라이는 나비가 남자에게 잡힐 경우 나비는 핀에 꽂히고 판자에 고정되어서 나비는 날 수 없게 되고 결국 떨고 있는 나비를 잡

아둔다고 묘사하는 장면을 통해서 스스로의 우월성을 주장한다.

편협한 기준에서의 Gallimard의 우월성은 근거가 불분명한 이데올로기의 작용일 뿐이며 이데올로기에 대한 확신을 갖고 있는 Gallimard는 자신의 생각과 차이가 나는 상황에 대해서 의심을 하기보다는 Song의 행동과 이야기를 동양 여성의 이미지라는 단일한 관점에서만 해석해 버린다. 처음부터 Song은 만남의 시간 장소 등을 통제한다. Gallimard가 처음 Song과 만나 오페라 나비부인에 대해서 이야기할 때 Song은 Gallimard의 인식의 한계와 이데올로기적 편견을 지적한다. Song은 Gallimard의 오페라 나비부인의 극찬에 대해서 "이게 바로 당신네의 환상이 아닌가요? 복종적인 동양 여성과 잔인한 서양 남자 이야기 말이죠."(17)라고 실제와 환상의 차이를 지적한다. 그 후 Song은 다음과 같이 지적한다.

> 이런 식으로 생각해 보세요. 만약 지역 미인 대회 출신의 금발 미녀가 키 작은 일본인 사업가와 사랑에 빠졌다면 당신은 뭐라고 말하겠어요? 그가 그녀를 잔인하게 대하고는 고향으로 돌아가 3년 동안이나 연락을 끊고 그러는 동안 그녀는 그의 사진 앞에서 기도를 하는 젊은 케네디 같은 청년의 구애도 뿌리치지요. 그가 재혼할 걸 안 그녀는 자살을 하지요. 그렇다면 당신은 이 여자가 제정신이 아닌 얼간이라고 생각할 거예요. 맞지요? 그러나 서양인을 위해서 동양인이 자살했다는 이유만으로 아, 당신은 그것을 아름답다고 하다니. (17)

이미 백인 가부장적 이데올로기에 사로잡혀 있는 Gallimard의 신념에 Song의 의견 개진은 전혀 영향을 미치지 못한다. 서양 남성의 의견에 복종하는 동양 여성이라는 그의 정형성과는 전혀 달리 자신의 의견을 당당하게 주장하는 Song의 모습은 이미 많은 차이가 나고 있다는 점을 간과하고 있거나 아니면 애써 무시하려 하고 있는 것이다. 그러한 불일치를 "그녀가 겉으로는 과감하고 솔직하지만 실은 수줍고 두려움에 가득차 있었습니다.

그게 다 그녀가 서양에서 교육받은 방식과 격전을 벌이고 있는 동양적인 요소이었죠."(27)라고 판단한다. 이런 까닭에 Song은 연극의 마지막 부분에서 Gallimard의 해석에 대해서 "전 당신이 말한 대로 해 본 적이 없어요. 당신 마음속의 것과 실재가 달라야만 하지요."(78)라며 Gallimard의 문제점을 조롱한다.

Gallimard가 동양의 여성을 자신만의 정형성에 입각하여 판단하는 데는 제국주의 가부장적 이데올로기가 작용하는 동시에 그의 개인적 경험이 작용한다. 오리엔탈리즘에서 동양은 자체로는 부재하며 서양의 반대적 의미로써만 존재한다. Gallimard가 동양 여성의 본질을 그대로 보기보다는 자신이 경험해 온 서양의 다른 여성과 대조적으로 Song을 이해하려 했기 때문에 그의 잘못된 인식은 심화된다. Gallimard는 가부장적 이데올로기하에서 성욕성에 있어서 남성으로써 서양 여성에 대해 성욕성으로 힘을 과시하고자 했지만 그의 시도는 실패로 돌아간다. 가부장적 이데올로기하에서 남성은 언제나 여성보다 우월한 존재이어야 하지만 현실에서 그는 이데올로기적 환상을 만족시키지 못해 왔다. 그의 성적 불안정성은 그의 청소년기의 기억에서 시작된다. 그의 첫 번째 여성은 그가 12살이었을 때 친척 아저씨 집에서 발견한 누드 잡지에 등장하는 벽에 붙이는 사진 속 여자의 모습이나. 그는 잡시 속의 여자를 보며 상상 속에서는 "제 몸은 전율했습니다. 그런데 그건 욕정이 아니라-단연코 아니었죠. 어떤 힘 때문이었습니다. 여기 내가 원하는 대로 해줄 여자가 선반 하나 가득 있구나 하는 힘 말입니다."(10)라고 충만한 성적 에너지를 느꼈던 순간을 경험한다. 그러나 막상 잡지 속의 여인이 환상으로 나타나 그를 유혹하고 수치스러워하지 않고 스스로를 제공하려는 순간에 Gallimard의 욕망은 힘을 잃는다. 포르노그라피는 "남성의 힘으로서의 본질 그것의 크기, 그것의 사용, 그것의 의미를 구현"(Dworkin 422)하는 것으로 남성이 여성에 대한 힘을 확신하는 수단이자 성에 대한 지배와 폭력이다. Gallimard는 "여성의 격하를 통해서 남성의 힘을 성취하는 수단"(Dworkin 423)인 포르노그라피를 통해서 남성의 힘을 얻고자 하지만 실패함으로써 자신에 대한 확신과 타자에 대한 지배력을 잃게 된다.

Gallimard의 두 번째 여성과의 좌절의 경험은 그의 대학 재학시절에 친구 Marc와의 대화 중에 언급된 동년배의 여자와의 관계에서이다. 이 여학생은 철학을 주제로 토론하기 위해 만났으나 밤에는 옷을 벗은 채로 수영을 하고 뛰어다니며 함께 뒹군다. 그러나 Gallimard는 Marc의 난교 파티 초대를 거절함으로써 그녀와의 만남을 회피한다. 또한 Gallimard는 첫 경험의 여자 Isabella에 대해서도 같은 회피와 좌절의 경험을 한다. Marc가 만들어준 첫 경험의 추억은 그가 기대했던 멋진 것이라기보다는 능동적인 파트너에 대한 그의 두려움을 증폭시켜 "난 겁이 나서 하얗게 질려 버렸어요."(34)라며 그녀가 매우 적극적인 여자였음을 회상한다. 이것은 "자신의 불안, 악화된 여성에 대한 공포, 남성 몸에 대한 동성애적 선호"(Lee 112)가 그의 욕망의 상실의 원인이 되며 여성과의 관계에서 강력하게 되려는 그의 욕망을 부추기게 된다.

Gallimard의 심리 성욕적 부적합성은 오스트리아 대사의 딸인 Helga와의 중매결혼을 통해 정치적 경제적 사회적 이득을 얻는다. Gallimard는 직업적 성공을 위해서 "성공의 사다리를 잽싸게 오를 수 있게 정착했습니다. 열정을 버리고 대신실용성을 택하였죠."(14)라고 Helga와의 결혼 생활을 요약한다. 그와 Helga와의 결혼 생활은 곧 무의미한 것이 되어 버리고 Gallimard는 "모든 남자가 예쁜 여자를 원한다는 것 남자가 못생기면 못생길수록 더 절실히 원한다는 것은 슬픈 일이 아닐 수 없습니다."(14)라고 이야기한다. Helga와의 결혼에서는 사랑을 포기하였고 이는 곧 아기가 없다는 불모성으로 이어지는데 "비록 그가 부성과 식민적 권력의 특권과 동일시한다 하더라도 외교관은 이 권력 요구의 수행적 요구 조건에 의해 무력화"(Eng 155)됨으로써 사랑을 포기한 대가를 치러야 한다.

상상 속에서는 관음적 전율을 느끼면서도 현실에서 Gallimard가 느끼는 무능함의 간극은 그동안의 남성과 여성을 구분 지어 온 그의 사고를 지배해 온 사회의 성 이데올로기에 적합하지 않기 때문에 동일시의 실패에 대한 좌절감을 극복하기 위해서 Gallimard는 현실에서 차이와 동일성을 확인하려 한다. 혼외정사를 통해 남성 정체성을 유지하려는 그의 시도는 좌절감을 더 심화시킬 뿐이었다. 1963년 오스트리아 대사관에서 Gallimard는 덴마크에서 중국어를 배우러 온 여학생인 Renee를 만나게 되는데, Gallimard는 그녀가 잡지에서 본 여성과 같은 모습을 가진 여성으로 대부분의 남자가 한번쯤은 상상해 봄직한 여성이었다고 설명한다.

> 저는 첫 번째 혼외정사를 벌였습니다. Renee는 그림처럼 완벽했지요. 잡지에 나오는 여자와 같은 몸을 가지고 있었죠. 내 눈앞에 얇은 종이 한 장이라도 대고 있었더라면 잡지 속의 여자와 Renee를 거의 분간할 수 없었을 겁니다. 벗는 것을 두려워하지 않는 여자와 관계를 갖는다는 것이 흥미로운 일이기는 했죠. 하지만 여자가 너무 억제하지 않고 자진해서 하려고 한다면 너무 남성적이지 않을까요. (54)

첫 만남 직후에 먼저 관계를 요구하는 적극적인 Renee를 통해 서양 여성은 남성적이라고 결론을 내린다. Gallimard의 결론은 "덴마크 여자인 Renee와 그의 사랑이 버터플라이와의 차이점에서 예측된 것"(Garber 137)으로 Renee의 노출은 버터플라이의 정숙성과 직접적인 대조를 이룬다.

전통적인 젠더 체계에 의하면 대담하며 적극적인 여성이 남성의 특징을 갖고 수동적이며 유약한 Gallimard가 여성의 특징을 갖고 있기 때문이다. 거세 위협과 가부장적 이데올로기로 여성과 남성의 차이를 구분할 수 없게 된 Gallimard의 공포는 결국에 식민적 정형성과 인종적 차이를 더하여 자신의 부족한 부분을 대체하려는 욕망을 갖게 된다.

Renee는 솔직한 언어로도 전통적 의미의 여성성과는 거리가 먼 과감한 모습을 드러내며 남근 우월의 불가지성에 대해서 언급한다. Gallimard는 Renee와의 관계에서 자신이 우월한 영역을 차지할 수 없다는 좌절감을 경험한다. Renee와의 만남에서 특이한 점은 그녀의 성에 대한 자신만의 주장이다. 그녀는 Gallimard의 페니스를 "비엔나소시지" 혹은 "작은 살덩어리"로 지칭함으로써 Gallimard의 상징적 남근의 힘을 축소시켜 버린다. Gallimard가 Renee를 떠난 이유는 자신의 페니스가 단지 작은 살덩어리밖에 안된다는 사실을 참을 수 없었기 때문이다. 이러한 Gallimard의 심리 상태를 그녀는 사회에서 모든 성취와 야망은 페니스의 열등감으로 인한다는 의견을 밝히면서 페니스 권력의 신화와 남성의 남근 중심주의(phallo-centrism)를 신랄하게 비판한다. 남성이 자신의 페니스의 왜소함을 극복하기 위해서 보다 큰 권력과 집을 원하고 전쟁을 일으켜 자신의 힘을 극복하려 하기 때문에 사실상 의복에 가려진 그의 페니스는 의미가 없다. Renee는 "제 말은 나라를 정복하건 혹은 다른 무엇을 정복하건 옷을 입고 있는 한 누구 것이 더 크고 더 작은지를 확실하게 증명할 길이 없단 말이죠. 이게 바로 우리가 소위 문명화된 사회라고 부르는 곳에서 일어나는 일이죠."(55-56)라며 의복이라는 기표에 가려진 남근의 우월성은 기의 관계가 부적절하다는 점을 지적한다.

타자와 주체를 구분지음으로써 자기 통합성을 확보하고자 하는 Gallimard는 식민주의자의 욕망이 투사된 인종차별주의를 통해 남성으로서 자신이 부재한 현실을 극복하고자 한다. Gallimard는 자신이 남성으로서 여성 우위에 설 수 없다는 좌절감을 Song을 통해서 자연스럽게 극복하고자 한다. 그는 여자와 동양에 대한 지배력을 위한 욕망은 "그가 실제로 믿는 환상과 정형성에 의해서 그를 유혹"(Loo 180)함으로써 감금 상태가 시작된다. 서양이 동양보다 우월하다는 제국주의적 사상과 남성이 여성보다 우월하다는 가부장적 이데올로기를 교묘히 결합함으로써 자신의 열등감을 극복한다. 동양과 성의 깊은 연관성은 중동을 여성으로 생각하며 "동양과 성을 연관시키는 결합은 일관되어 왔다."(Said 309)고 설명될 수 있다. 서구는 동양과 성을 연관시켜 스스로의 우월한 지위를 차지하고자 한다. Gallimard는 신을 남성으로 분류하고 자신과 신의 입장을 남성이라는 입장에서 같은 것으로 이해하

III. M. Butterfly 143

게 된 것을 "신은 아담에게 봉사할 이브를 만들어주신 분이고 Jazebel을 불타는 침상에 붙들어 놓고 솔로몬에게 많은 여자로 축복한 분이지요. 신은 남자였습니다. 그래서 그는 이해했던 것이죠! 제 나이 서른아홉에 저는 갑자기 세상의 이체대로 살기 시작했어요."(38)라고 이야기한다. Gallimard는 자신만의 오페라 *Madama Butterfly*를 만드는 실험을 한다. 그는 자신의 이데올로기가 투사된 Song을 대상으로 한 작품을 만들어가기 시작한다.

물론 Gallimard가 환상을 만드는 것은 타자가 부과한 정형성을 통한 식민담론 때문이다. Bhabha에 따르면 "식민담론의 목적은 정복을 정당화하고 관리와 훈육의 체계를 확립하기 위해 피식민자를 근본적 기원의 기준에서 퇴보한 유형의 인종으로 해석함"(Bhabha, "Cultural Diversity" 70)에 있다. 이러한 환상은 Gallimard 한 사람의 환상이 아니라 "진단적이고 문화적이며 역사적인 것"(Kerr 161)이다. Marc는 Gallimard의 여성관과 동양에 대한 관점을 고정시키는 데 중요한 역할을 하는 Gallimard의 친구이다. 그는 Gallimard에게 무대에서조차도 관객을 향해 "Renee, 저기 멋진 여자들이 무척 많아. 그녀가 나를 바라보며 위험한 녀석이라고 생각할지도 모르겠어."(9)라고 이야기하며 자신이 결혼 생활 동안 만난 여자의 이야기를 함으로써 여성에게 남성은 위험한 존재로써 인식되어야 한다는 사고를 갖게 한다. 중국 여성에 대해서도 "중국인은 우리를 두려워하네. Rene, 중국 여자는 우리를 두려워하고 중국 남자는 우리를 미워한다네."(25)라며 그들이 서양 남자에게 복종할 수밖에 없다는 환상을 심어준다. Gallimard의 아내인 Helga는 중국인에 대해서 이야기하며 그들의 역사에 상관없이 "그자가 뭐라 했든 동양은 동양, 서양은 서양"(18)이라고 주장한다. Helga가 지닌 중국에 대한 이미지는 동양에 대한 무지로 인해 단지 오래되었다는 것 혹은 낡았다는 것이다. 그녀에게 중국의 2천 년의 역사가 환기시키는 것은 "전통, 겸손, 변화하지 않는 본질의 오리엔탈리스트적 타입에 호소"(Kondo 40)하는 것뿐이다. Helga가 알고 있는 중국에 대한 이미지는 전통적인 오리엔탈리스트적 개념인 중국 무술시범을 보여주는 남자로 대표된다. 이와 같은 맥락에서 Helga는 "얄팍하고 인종차별주의적 백인 여성의 희화"(Lye 276)로 보여진다. 정형화 담론의 실체는 정형화된 지식과 인종차별적 이론, 식민지 경험이 만들어낸 인종, 문화, 역사의 차이로 정치 문화적 이데올로기를 생산하여 존재하는 듯 인식된다. 이러한 인식에 기초한 독자에게 이데올로기는 차별적이고 권위주의적인 통제와 해석을 강요한다.

그러나 편견적인 시각은 동양의 모습을 Gallimard 혼자만의 일방적인 텍스트가 아니라 Song과 함께 만들어가는 것이라는 점을 Gallimard는 인식하지 못하게 한다. Gallimard에 의한 버터플라이의 재해석은 Song에 의해 변경된다. Song은 자신을 단순히 욕망이 투사된 보여지는 대상으로써의 수동적 모습이 아닌 의도적인 정형성의 "이미지 연기를 통해 욕망이 충족"(Lee 108)되도록 스스로를 변화시킨다. 이것은 정형성의 촉진이 아닌 패러디적 기능을 하는 능동적인 주체의 모습이다. Gallimard의 텍스트는 Song에 의해서 전혀 다른 의미의 텍스트로 변화한다. 정치적인 이유로 Song은 Gallimard의 제국주의적이며 가부장적 이데올로기의 환상을 이용하여 Gallimard를 속인다. Song은 Gallimard가 그녀를 지칭한 순종적인 동양 여성이라는 버터플라이라는 이름에 적합한 지시 대상이 되기 위해서 "치명적으로 의문을 제기하는 존재와 자기 동기화를 통해 고의로 그리고 반항적으로 이름을 불렀다고 가정"(Shimakawa 123)되기 때문에 Song의 고의성이 인정된다. 여기서 주목할 점은 어떤 이데올로기도 일방적으로 만들어지는 것이 아니라는 것이다. Gallimard가 철저하게 진실을 외면하게 되는 데는 Gallimard의 잘못된 환상 이외에 Song이 그의 환상을 충족시키기 위해서 연기했다.

Song의 말 중에 주목할 만한 말은 경극 장면에서 나온다. 그는 왜 경극에서 여성의 역할을 남성이 하는지 아느냐는 질문을 던지고, 그 대답으로 "남자만이 여자가 어떻게 행동할지를 알기 때문이지요."(63)라고 이야기한다. 그는 이미 젠더의 허위성을 잘 인식하고 있다. 우리가 한 개인을 남성과 여성으로 구분 짓는 기준은 생물학적인 성 때문이라기보다는 그 사람의 행동, 말씨, 성격, 외양 등을 보고 판단하는 것이고 외양적 모습이 젠더의 기준에 부합할 때 남성과 여성을 구분 짓는다. 또한 젠더라는 것은 사회적으로 구성된 것이고 남성에 의해서 연구되고 규정지어진 지식의 모음이기 때문에 여성보다는 오히려 남성이 여성이 어떻게 행동하고 어떠해야 한다는 점을 더 잘 이해한다는 것을 의미한다. 자신만의 텍스트를 만들겠다는 Gallimard에게 "그러나 때로 남성과 여성의 관계는 상호적이지요."(22) 라며 서로의 연관관계를 시사한다.

Song은 Gallimard가 힘이 있다는 환상을 Gallimard가 확신하도록 하기 위해서 그의 환상에 맞도록 능동적으로 연기한다. 사실 "정체성은 단정적인 만큼이나 또한 불안하여 복합적이고 양가적이며 모순적인 재현양식"(Bhabha, *The Location* 70)으로 우리의 비판적 정치적 목표를 확장시킬 뿐만 아니라 분석의 대상 자체를 바꿀 것을 요구한다. Song은 Gallimard를 기다리는 버터플라이의 역할을 자청하며 자신을 찾아주지 않는 Gallimard에게 편지를 보낸다. Puccini의 나비부인에게 운명 지워진 무기력함이 Song에게는 계략으로 작용한다. Song의 순종성은 "Gallimard에 대한 정복이다. 이것은 권력의 도구"(Kerr 162)로 사용되었다. Gallimard는 자신의 불쾌한 취급에도 기다리는 Song의 모습에서 처음으로 "남자로서의 절대적인 힘"(32)을 느꼈다고 고백한다. 이것은 Gallimard가 다른 서양 여성과는 다른 차이를 Song에게서 발견하였기 때문이다. Gallimard는 대부분의 사람에 의해서 남자로 지시되었지만 Song과의 대조를 통해서만 남성임을 스스로 느낀다.

저는 현대적이 되려고 매우 노력했어요. 남자처럼 말하고 서양 여인처럼 강하게 되려고 말이죠. 그렇지만 결국은 실패했어요. 작고 놀란 가슴은 빠르게 쿵쾅거리고 저를 초라하게 만들었지요. Gallimard씨 저는 중국 여자예요. 이전에는 결코 남자를 초대한 적이 없었지요. 제 대담했던 행동이 절 부끄럽게 하네요. (30-31)

Song의 말과 행동은 Gallimard가 자신을 동양 여성으로 믿도록 하기 위해서 수동적이며 순종적인 동양 여성의 역할을 연기하는 것이다. 이것은 Song이 Gallimard가 지배한다고 하는 환상 안에서 Gallimard가 읽기 원하는 정보와 인물을 만들어낸다. "그녀는 거짓의 인물을 만들어내고 Gallimard는 실체가 아닌 거짓 인물과 사랑에 빠지게 된다."(Reman 395)는 점은 환상에 사로잡힌 Gallimard에게 가장 적절한 환상이 가능하도록 Song이 능동적으로 상황을 조작하고 있다는 것을 보여준다. Gallimard는 자신의 환상에 대한 확신을 얻기 위해서 Song에게 자신의 버터플라이가 맞느냐고 질문을 하고 Song은 "예, 저는 당신의 버터플라이입니다."(40)라고 거짓 대답을 함으로써 Gallimard는 이전의 유약한 모습과 달리 동양 여성을 지배한다는 우월감을 통해 자신감을 회복하게 된다.

Gallimard가 Song을 여성으로 인식하게 되는 것은 그녀의 생물학적 몸이 아니라 그녀의 몸을 꾸미는 복장과, 화장, 그리고 온순함과 부끄러움 때문이다. Gallimard가 생각하는 완벽한 여성에 부합하는 몸 위에 가장된 표지에 의해서이지 생물학적인 젠더에 의해서 Song을 여성으로 인식하지 않는다. Song은 여성을 연기하는 남성으로 그가 보여주는 것은 말과 동작을 통해서이다. 그럼에도 복잡하고 변화하는 실제와 연관된 특성의 모음인 문화적으로 정형성을 지닌 여성을 연기해내는 것이다. 완벽한 현대 여성은 "남성이라는 이름에 대조적으로 정의된 권력 관계의 변화하는 모체에 이름 지워진 위치"(Kondo 41)로 정의되기 때문에 관례에 의해서 구성된 남자만이 여자를 적절하게 법제화하는 방법을 아는 것이다. 또한 남자와 여자는 본질적인 젠더가 아닌 용어에 의해서 정의되기 때문에 남성과 여성의 지위의 변이가 가능하다.

Gallimard는 Renee와의 관계에서의 좌절감을 Song을 통해 극복하며 이러한 순종적인 동양 여성을 지배하는 제국주의적이고 가부장적 욕망의 충족과 함께 남성으로써 자신을 확인할 수 있게 된다. Gallimard는 아내 Helga의 불임의 원인을 알기 위해서 산부인과 검사를 받아 보도록 권유하는데 그때 Helga는 자신에게 잘못이 없다는 이야기를 함께한다. 아이가 없다는 사실과 그 불모성의 원인이 자신에게 있을지 모른다는 아내의 암시는 Gallimard에게 남자로서의 열등감과 좌절감을 느끼게 되면 책임감을 느끼게 한다. Gallimard에게 Song은 "중국 제국에서 남자가 자신의 아내가 아이를 낳지 못하는 것을 발견하면 그에게 아들을 줄 수 있는 다른 부인을 찾지요."(51)라며 그에게 책임감을 지우는 서양인 아내인 Helga와 동양인 아내의 차이점을 부각시킴으로써 Gallimard에게 책임이 없음을 확인시키고 자신감을 북돋우며 "서양 돌팔이 의사에게 내가 사랑하는 남자를 판단하게 할 수 없어요. 나는 누가 남자이고 누가 남자가 아닌지를 알 수 있어요."(51)라고 Gallimard에게 남자로서의 자신감을 심어준다.

Gallimard는 완벽한 남성성을 지닌 남성이라는 사실에 보다 확고한 확신을 얻기 위해서 Song에게 옷을 벗을 것을 명령함으로써 자신의 우월감과 권위를 확보하고자 한다. 이때 Song은 자신의 정숙함을 그대로 제시하기보다는 서양 여성과 비교하여 제시함으로써 자신의 의심받는 정체성을 차이의 강조를 통해서 안정적으로 제시하고자 한다.

> 저는 당신께서 나의 정숙함을 이해하리라 여겼는데 옷을 벗으라고요? 큰 몸집의 카우보이 여자처럼 말인가요? 반짝이는 천 조각으로 가슴만 겨우 가리고 제 기모노를 머리 위로 집어 던지면서 "야후"라고 소리 지르고 말이죠? 저는 당신이 제 부끄러움을 존중하는 줄 알았어요!(59)

동양의 정숙함의 강조를 위해서 Song은 또한 Gallimard가 원한다면 어떤 일이든 할 수 있다며 "와서 나를 벗기세요. 무슨 일이 벌어지든 당신이 원해서라는 것을 아셔야 해요. 나의 사랑, 당신의 손안에서 나는 나의 사랑하는 사람 앞에서는 무력합니다."(60)라며 명령에 무조건적으로 복종하는 동양 여인의 전형적인 모습을 연기하여 수동적인 피지배자의 위치로 자청함으로써 Gallimard가 원하는 대로 행동하는 듯 보인다. 사실 Gallimard가 원했던 것은 진실이 아니라 Song의 복종을 통한 우월감의 회복이었기 때문에 Gallimard는 Song이 자신의 뜻에 따라주었다는 사실에 만족한다. 그는 "젠더화된 의복의 보호적 경계를 유지함으로써 굴욕의 위협적 침해를 저지"(Shimakawa 122)하고 Song은 Gallimard의 믿음에 대한 보상으로 자신의 임신 사실을 알림으로써 Gallimard의 남성성을 보증해준다. 불임이 었던 Gallimard에게 Song이 자신들의 아이로 소개하며 건네준 금발의 파란 눈의 서양 남자는 자신감을 회복하고 우월감마저 들게 하는 확실한 징표이다.

정치적 경제적 구조와 백인성과 이성애의 강요의 수용만이 비로소 성공을 보장한다는 점은 Gallimard의 외교관으로서의 지위를 통해서 보다 잘 이해할 수 있다. 대사인 Toulon은 Gallimard가 성적으로 완전하다는 점을 확신하게 해 자신감을 보다 공고히 하도록 인정해 준다. Toulon은 식민 질서의 상징으로 정상을 결정짓는 권한을 갖고 있는 대변인이다. 영사인 Toulon은 얼마 전까지 부각되지 않았던 Gallimard가 최근 중국인과 교제하면서 "당신은 새롭게 의욕적이 되었으며 대담해졌소."(38)라며 그를 정보기관에서 일할 부영사로 승진시킨다. Toulon에게 동양 여성 위에 군림하는 Gallimard의 모습은 제국주의 남성성의 발현이며 곧 힘을 의미한다. 그는 Gallimard의 힘을 능력으로 인정함으로써 그에게 보다 많은 권한을 부여한다. Gallimard는 승진을 통해서 동양에 대한 전문가로 인정받고 "지식과 권력의 양 개념에서 권위를 얻게 된다."(Kerr 162)는 점은 Gallimard가 자신의 강력한 백인 남성에 대한 환상을 현실로 확신하게 되는 동시에 제국주의자로서의 그의 역할이 보다 확고해지는 계기가 된다. Toulon은 "사실 여기서 죄인이 아닌 사람은 없다네. Gallimard, 우리는 자네를 염려했네. 우리는 자네만은 비밀이 없을 줄 알고 있었거든. 이제 가서 자네 연꽃을 찾게나 그리고 우리 중 최고가 되게."(46)라고 Gallimard의 식민지에 대한 착취를 부추김으로써 식민 질서 내에서 진정한 주체가 되었음을 인정한다. 동양 여자를 성적으로 인종적으로 착취하는 것이 백인 남성 이성애자로서의 정상임을 인정받을 수 있는 계기가 되며 지식인으로서의 제국주의 시스템으로의 진입을 의미하는데 이것은 집단적으로 식민 질서에 의해 재각인되고 교육된 제국주의 담론이다. 하지만 스스로가 백인 이성애자로 우월한 존재라는 점은 자신의 본성을 통해서 증명할 수 없고 항상 그와 반대되는 상대와의 비교를 통해서만 입증할 수 있다는 점에서 큰 문제점을 가지고 있다. 더구나 Toulon과 같은 사회 제도가 빈약한 추측을 바탕으로 그에게 힘을 제공하고 정당화함으로써 잘못된 편견을 강화시킨다는 점은 근본적인 문제를 내포하고 있다.

Gallimard의 잘못된 환상은 인도차이나를 잃은 프랑스의 정치적 요구로 인해서 보다 확고해진다. Gallimard는 Song의 연기를 진실로 믿고 자신의 이데올로기를 입증하는 거짓 경험을 바탕으로 자신의 환상을 공고히 함으로써 사적이며 개별적인 경험을 공적이며 보편적인 진리로 인식한다. 외교관으로서 Gallimard는 주중 프랑스 대사관에 근무하면서 외교업무를 담당하고 있기 때문에 정치적 상황과 밀접하게 관련된다. 공산주의를 표방하였던 중국이 구소련과의 동맹을 깨뜨리고 서양에 문호를 개방하여 외교활동을 시작했던 시기에 Gallimard는 주중 프랑스 대사관에 발령받은 서양인이었다. 그래서 이제까지 그 문호가 개방된 적이 없었던 동양 특히 중국에 대해서는 실제로 접한 경험이 있었기 때문에 Song을 통해 중국인과 친숙한 Gallimard의 견해는 정치적으로 많은 영향력을 미치게 된다. 실제 월남전 중이던 시대 상황에서 이전에 프랑스 영토였던 베트남에 대해 미국이 앞으로 어떤 식으로 군사작전을 펼쳐나갈 것인가에 대한 Toulon의 질문에 Gallimard는 Song으로부터 습득한 경험적 지식을 바탕으로 충고하게 된다. 동양은 힘과 권력에 복종하려 들며 서양에게 지배되기를 원하기 때문에 미국의 선제공격이 월남전에서 미국이 이길 수 있다고 주장한다. 이 같은 사고는 동양인은 종속된 인종의 일원이기에 반드시 종속되어야 했으며 동양과 동양인이란 발전과 변화와 인간적 운동의 가능성 자체가 부정당하다는 것을 의미하는 오리엔탈리즘적인 관점이다. 그러나 Gallimard가 오리엔탈리즘에 입각해서 이끌어낸 내용을 바탕으로 조언한 결과는 베트남의 항복과 미국의 승리가 아닌 미국의 패배로 이어진다. Gallimard가 예상했던 서양의 승리는 없었다. 중국의 프랑스 외교관으로서 Gallimard는 처음부터 힘에 대해 잘못 이해하고 자의적으로 해석했다. 그는 자신의 생물학적인 특성을 바탕으로 서양 백인 남성이기 때문에 스스로 힘을 가졌다고 가정했다. 그는 힘이란 고정되지 않으며 저항도 마찬가지라는 점 그리고 규칙이란 변할 수 있으며 실제 변한다는 사실을 모르고 있다. Gallimard가 "권력에 대한 기초적이고도 잘못된 시각에 의존해서 권력을 추구하는 자가 되고자 하는 환상에 사로잡혀 있기에 이러한 믿음을 저버릴 수 있는 어떠한 정보도 깨닫지 못하고 있다."(Reman 393-94)는 점은 그가 계속해서 편견을 떨치지 못하는 이유가 된다.

　Gallimard의 편협한 사고의 틀은 그의 예측과 어긋나는 수많은 상황에 의해서 상처받기 시작한다. Gallimard는 Song의 아기를 보고 Song에게 프러포즈를 하지만 Song은 그것을 거절하며 아기를 Gallimard가 소유하는 것도 서양에서 사는 것 역시 허용하지 않으며 심지어 Gallimard가 거부하는 성적 의미를 담고 있는 "피피"(Peepee)라는 모욕적인 이름을 그의 아들에게 지어준다. Gallimard는 그의 동양에 대한 외교적 예측은 빗나가기 시작하며 Song을 통해서 얻게 된 잘못된 동양의 지식이 불완전하다는 것을 인식한다.

　　월남전에서 미국의 상황은 어려워져 갔습니다. 4백만 달러 이상이 베트남 사람들의 사살에 사용되었죠. 웨스트 몰랜 대령은 미국인이 생명을 귀히 여기는 것만큼이나 동양인은 귀히 여기지 않는 것 같다는 말을 했습니다. 이 말이 이상하게 들릴지 모르겠으나 사실이었죠. 왜 베트남 사람들은 항복하지 않을까요? 왜 대신 계속해서 죽어나가기를 원하는 걸까요? (68)

중국의 정치상황이 문화혁명으로 인해서 변화하기 시작했다는 점 역시

Gallimard와 Song의 관계에 큰 영향을 미치기 시작한다. Gallimard는 "중국이 변화하기 시작했습니다. 모택동은 늙었으며 그를 향한 숭배는 더욱 열렬했지요. 그는 다른 늙은이처럼 제2의 유아기에 접어들었는지 자기 마음대로 나라를 통치하였습니다. 아이가 변덕스럽게 작은 왕국을 다스리는 것처럼 말입니다. 문화혁명의 신조는 계속적인 무정부 상태를 의미하기도 했습니다. 중국인과 외국인의 접촉은 불가능했지요."(68)라며 Song과 변화하는 정치적 상황 때문에 더이상 관계를 지속할 수 없음을 인지하기 시작한다. 결국 여러 가지 상황의 변화로 Gallimard는 본국인 프랑스로 송환되기에 이른다.

상황의 변화에도 Gallimard는 애써 현실을 외면하고 자신의 신념에 대해서 의문조차 제기하지 않는다. 그의 제국주의자로서의 태도는 중국의 문화 대혁명을 바라보는 시각에서 잘 드러난다. 중국이라는 거대한 나라의 정치적, 경제적, 문화적 사상 등의 국가 전체에 이르는 대변혁이었음에도 불구하고 중국 주재 프랑스 부영사였던 Gallimard가 바라보는 중국의 변화는 늙은이의 변덕에 의한 사소한 변화로 폄하된다. Mao Tse-tung을 필두로 하여 학생이 주도한 계급 해방 운동에서 점차적으로 노동자 운동은 확대되었으며 서구에서 시작된 공산주의 운동이 중국을 통해서 다시 서구 사회에 영향을 미치고 프랑스나 일본의 지식인과 학생 운동에까지 미쳤던 대격동을 전혀 이해하지 못하고 있다는 점은 주목할 만하다. Gallimard가 본국으로 송환되어 파리에서 목격한 혼돈 상태 역시 그는 제대로 파악하지 못한 채 자신의 상상의 감옥에 갇혀 지낸다. 몸은 프랑스에 돌아왔지만 마음은 여전히 중국을 향하고 있는 Gallimard에게 중국에서의 소요사태와 동시에 프랑스에서 벌어지는 마오이스트의 시위는 시간과 공간의 경계를 인식하지 못하게 한다. 프랑스 마오이스트 시위의 폭발은 "모든 구조가 상호 교환되는 전 지구적 경제 체계 내의 국가적 특권의 혼합으로 모든 국가적 이분법과 권력 관계에 의문을 던지게"(Lye 278) 되는 효과를 낳는다. 중국의 정치 상황과 비슷한 프랑스의 현실은 중국과 프랑스를 동양과 서양이라는 이분법적 기준에서 바라본 Gallimrad의 가정이 잘못되었다는 점을 보여주는 장면이다.

제국주의적 백인 남성이라는 기표의 보증하에서만 힘을 과시할 수 있었던 Gallimard에게 프랑스에서의 삶은 무기력하기만 하다. 식료품을 사러 나갔던 Helga가 학생의 폭동으로 온몸이 물에 젖어 들어와 프랑스에서 벌어지는 상황에 대해서 묻지만 Gallimard는 방안에서 향을 피우고 중국을 그리워하며 아무것도 생각하고 싶지 않다고 대답한다. 그리고 진실을 바로 보라는 Helga의 충고에 이혼해줄 것을 요구한다. 그에게 있어서 자신의 세계 밖은 무의미하며 Gallimard는 Song과 관련되었을 때에만 의미가 있다는 것을 고백하게 된다. "맞아요, 실제로 난 모든 걸 잊었습니다. 내 마음은 무뎌진 머리에는 맞지 않고, 세상을 위한 곳도 아닙니다. 당신을 맞이하려는 곳이지요. 아니, 오직 한 사람만을 위한 (북소리) 이리 와서 봐요. 당신의 침대가 당신을 좋아했던 Klimt의 포스터와 함께 놓여진 채 기다려 왔어요. 보여요? 당신이 나에게 주었던 향로이지요? (77)라며 자신만의 세계에서 벗어나지 못한다.

그러나 공산주의라는 이데올로기는 모든 제국주의적 이데올로기로부터 자유로울 줄 알았던 Song에게조차 억압적으로 다가오는 역사적 특수성으로 작용한다. 문화 대혁명 이후 중국의 내부 상황은 빠르게 진전되었다. 문화 대혁명의 여파는 중국 반 서구 민족주의의 부활을 초래하며 문화 전반에도 작용하여 문화적 공백이 이어졌으며 문화유산의 엄청난 파괴와 정신의 황폐를 낳았고 부모 형제조차 믿지 못하는 시기였다. 경극 배우였던 Song은 비판의 대상으로 지목되어 인민재판에 회부된다. 당원을 풍자하는 듯한 무용수는 배우의 퇴폐성을 지적하며 예술인을 비판하는데 이는 문화 대혁명 당시의 실제 상황 재현이다. Song은 마오이즘 신봉자에 의해 예술 배우로서의 특권과 동성애적 관계를 포기하도록 강요당고 Hunan지역의 공동체에서 일하도록 보내진다. 인민재판에 회부된 Song은 Gallimard에게 중요한 정보를 입수하여 당에 보고한 사실 외의 사생활에 관해서 심문받는다. 여장 남자로서의 위장을 하고 Gallimard를 더욱 완벽히 속이기 위한 방법을 사용했다는 Song의 답변은 동성애를 의심하는 사람에게 크게 신뢰를 주지 못한다. 또한 부르주아적인 생활을 영위했던 Song의 지난 삶에 비판을 가하는 Chin 동지에게 대답이 될 수는 없다. 공산주의는 인민에 대한 봉사가 개인의 이익보다 우선이기 때문에 Song의 그동안의 부르주아적인 생활은 당을 위해 정보를 입수하려는 차원이라고 해도 용납될 수 없다. Song은 인민재판 내내 당에 충성하기 위해서 스파이 활동의 일환으로 여장 남장을 했다고 고백한다. 또한 배우라는 자신의 직업적 특성 때문에 그것을 자연스러운 것으로 주장한다.

Song의 배우라는 직업은 중국 공산주의 치하에서 그가 살아남을 수 있고 자신의 가치를 지니게 되는 유일한 생활 방식임을 다시 한번 확인한다. 그렇지 않으면 이사회에서 살 수 없으며 동성애자라는 비난을 받을 수밖에 없다. Song의 고백 장면은 좀더 상징성을 보이기 위해서 이 배우는 갱생되었다는 현수막을 열어 보이며 춤을 춤으로써 상황을 전환한다. 공산주의 역시도 동성애를 인정하지 않기 때문에 Song이 면죄부를 얻는 길은 자신의 정체성을 숨기는 것뿐이다. Chin 동지는 이미 정보입수 과정 중에 Song의 여장한 모습을 보고 의심하며 동성애자라고 비난한 적이 있다. Chin 동지는 Song이 행한 일이 더러운 일이므로 Gallimard가 있는 파리로 가서 정보 입수를 계속하게 함으로써 Song은 다시 한 번 Gallimard의 버터플라이로 연기하기로 한다. Song은 버터플라이의 결혼 예복을 입고 파리의 Gallimard를 찾아간다.

다시 돌아온 Song은 Gallimard가 진실을 직면하도록 하기 위해서 변화하려 하자 Gallimard는 그녀를 저지하려 한다. Gallimard는 "당신은 내가 이야기하는 것을 행해야만 하오. 나는 당신을 내 마음속에 불러낼 수 있소."(78)라고 아직도 환상에서 깨어나지 못한 모습을 보인다. Gallimard에게 Song은 "Rene, 난 당신이 이야기했던 것을 했던 적이 없어요. 왜 당신의 마음속에서는 어떤 차이점이 있나요? 이제 분리해야겠군요. 이야기는 계속되어야 하고 나는 변화해야만 합니다."(78)라며 Gallimard의 환상을 깬다. Song은 2막과 3막 사이에 중간에 관객을 앞에 두고 무대 위에서 직접 멋진 옷을 입은 남자가 되기 위해 기모노와 가발을 벗고 화장을 지우는 장면을 시연해 보인다. 그 직전에 Song은 관객에게 젠더와 인종이 결합된 이분법적 구조의 해체 장면을 지켜봐 줄 것은 요청한다.

> 제가 옷을 갈아입는 데는 약 5분이 필요할 것 같습니다. 그러니 여러분은 다리도 펴시고, 음료수도 드시거나, 음악도 들으십시오. 여러분이 떠난 이 자리로 다시 돌아올 때 저도 곧 다시 오겠습니다. *Song이 한 대야의 물 앞쪽에 놓인 거울 쪽으로 다가간다. 무대의 조명이 희미해지고 실내등이 켜지자 그녀가 화장을 지우기 시작한다.* (78-79)

Gallimard의 고백과 설명을 들어 온 관객은 이제 변화 후에 다시 돌아오게 될 Song을 기다리며 그가 돌아와서 관객에게 이야기할 내용을 궁금해 한다. 이 5분의 시간은 서양 연극 관례인 막후 시간을 이용해 무대의 뒤에 배경 막이 없던 시절 무대 위에서 의상을 갈아입던 전통과 유사하며 Brecht의 서사 연극에서 관객의 감정이입을 막기 위해서 스태프가 직접 무대 위에 등장하는 장면과 유사하다. *M. Butterfly*에서 이 시간은 "Song이 그녀의 모방의 통제로부터 극적이며 배타적인 순간"(Shimakawa 126)으로 관객은 같은 시간에 바로 눈앞에서 젠더의 전환을 목격하도록 주어진 전략적 시간이다. 그녀의 모방은 관객에게 개연성을 위한 도구가 아니라 관객에게 막과 막 사이에 벌어지는 변신을 강제적으로 관찰하도록 강요되는 것이다. 남성과 여성이라는 젠더의 변이과정을 지켜봄으로써 여성과 남성의 몸을 분리해 온 경계를 허무는 순간을 함께 공유하는 것이다.

3막에서 Song은 자신의 남성적 자아를 밝히기 위해서 무대에 서서 기모노와 화장을 제거하며 남자로 변신함으로써 관객의 환상을 해체하고 인종과 젠더의 인위성을 강조한다. Song도 남성 젠더를 구성하는 정형성을 의미하는 상징물인 아르마니 옷을 입고 자신감 있는 자세로 무대 위에서 앞뒤로 걷는 대담하고 건방진 체하는 태도를 보이며 넓은 보폭의 걸음걸이로 깊은 목소리로 말하는 전형적인 남성의 정형의 이미지 모음으로 제시된다. 이러한 모습은 이제까지 여자인 줄 알았던 Gallimard와 관객의 믿음을 여지없이 깨뜨려 버린다. 20년 동안이나 상대의 성을 제대로 파악하지도 못했던 수수께끼와 같은 사건에 대해 판사는 물론 온 프랑스인도 궁금해하고 이해할 수 없는 사건에 대한 판사의 질문에 Song은 자신의 임무는 첩보 활동이었음을 고백한다. 법복을 입고 가발을 쓰고 전통적인 사법권을 행사하며 등장한 판사는 재판 내내 "Gallimard씨는 당신이 남자라는 걸 알았습니까?"(81)라는 질문을 계속해서 반복한다. 판사의 법복과 가발은 그에게 공정하리라는 이미지를 제시함으로써 판사의 판단이 옳을 것이라는 가정을 하게 한다. 하지만 판사는 사건의 실체보다는 Gallimard와 Song의 동성애 관계를 밝히려는 노력으로 Gallimard에게 면죄부를 주려는 편향된 모습을 보인다. 판사는 오히려 법률이라는 제도적 권위를 이용하여 Song을 억압하여 "상징적 질서의 기초 관례를 인정하고 범주화하려는 그의 욕망에서"(Eng 144) 집요한 질문을 한다.

　Song은 Gallimard로 하여금 자신을 여자라고 믿도록 하기 위해 연기하는 것이 자신의 직업임을 고백한다. 매춘부였던 어머니에게서 배운 사실을 바탕으로 Song은 서양과 서양 남성이 크게 두 가지 사고에 사로잡혀 있음을 지적하게 되는데 이 지식을 통해서 Gallimard를 속여 왔다고 주장한다. Song은 남성이 갖고 있는 이분법적이며 여성에 대한 정형성을 설명한다.

　　제가 확신하는데 (휴지) 좋아요. 첫 번째 규칙은 남자란 언제나 듣기 원하는 것을 믿어 버린다는 것입니다. 그래서 여자가 하는 가장 역겨운 거짓말을 언제나 믿게 되지요. 이번이 처음이에요라든가 내가 본 것 중 가장 크군요. 혹은 두 가지 이야기 모두를 말이에요. 생각해보면 단 한 번뿐인 인생에서 불가능한 일인데요. (82)

남자는 여성에 대해서 진실을 보려고 하기보다는 여성에게서 자신의 정형성에 부합하는 사항만을 선별적으로 보려는 문제점을 지적한다.

두 번째 Song이 지적하는 내용은 정복하려는 마음가짐(rape mentality)에 대한 사항이다. 이는 서양이 동양 정복을 합리화하기 위한 태도로 제국주의적인 시각에서 비롯된다. 또한 서양이 동양을 식민화할 뿐만 아니라 서양을 남성으로 동양을 여성으로 파악하고 지배 정복한다는 성적인 해석이 가능하게 한다. Song은 동양을 여성으로 보는 오리엔탈리즘의 허구성을 지적한다.

> "그녀가 입으로는 아니라고 말해도 눈으로는 그렇다고 한다."고 할 수 있죠. 서양은 스스로에 대해 남성적이라고 생각하는 모양이에요. 이를테면 커다란 총, 대형 산업, 대자본 같은 거죠. 그리고 동양은 여성적인 즉 약하고 섬세하며 서투른 그러나 예술에 있어서는 뛰어나고 신비한 지혜를 갖는-일종의 여성적인 신비로움을 지녔다고나 할까요. 그녀의 입을 아니라고 하나 눈은 그렇다고 말하고 있지요. 서양은 동양이 낮게 엎드려진 채 지배되기를 원하고 믿고 있습니다-왜냐하면 여자란 스스로 생각하지 못한다고 믿기 때문이죠.(82-83)

이것은 서양을 남성적으로 동양을 여성적으로 보는 이분법적 시각으로 설명되는 오리엔탈리즘의 문제점을 지적한 것이다. 오리엔탈리즘에서 동양과 성을 결합하는 연상은 언제나 일관되게 진행되었으며 서양은 남성으로 동양은 여성으로 파악하도록 하였다. 이는 하나의 세계를 두 가지의 특성으로만 파악하는 이분법적인 관점이다. Song은 두 번째로 이분법적인 관점을 비판하는데 특히 서양이 우월한 위치에서 동양을 지배하며 그리고 동양은 지배되고 종속되어야만 한다는 이분법의 상 하위 개념을 지적한다. Song은 서양의 고정관념에 대해 언급한 데 이어 서양이 파악하는 동양 여성을 Gallimard가 완벽한 여성이라고 파악한 이유를 동양을 복종적인 여성으로 파악해 온 서양의 일반적인 사고에 비추어 설명한다. Song은 "당신네는 동양의 나라가 총에 굴복하기를 기대하고 동양 여인은 당신네 남자에게 순종적이기를 바라죠. 그게 바로 당신네가 흔히 말하듯이 동양여인을 현모양처감이라고 하는 이유죠."(83)라고 이야기함에도 불구하고 Gallimard는 환상의 버터플라이 역을 그만둔 채로 동요하지 않는 Song이 벗어놓은 가발과 기모노 복장이 놓인 쪽으로 다가가며 나비부인을 부른다. Gallimard의 죽음이 서양인 남성 이성애자에게는 비극적이지만 그 외의 다른 사람들에게는 이데올로기와 정형성의 해체를 의미한다. Hwang은 인종적 젠더적 성욕적차이를 부인하는 것이 아니라 차이가 이러한 요소 중 어느 한 가지와 직접적으로 연관된 것이 아니기 때문에 Gallimard의 죽음은 의식적 자살을 재상연하는 패러디적 모방을 의미한다.

인종과 권력관계의 구성없이 젠더를 이해할 수 없다는 점은 젠더와 전지구적 정치학과의 분리가 불가능하다는 것을 의미한다. 식민적 인종적 지배 체계에서 젠더의 동시성의 강조는 동양이 여성으로 인식되는지 아닌지에 대한 사고로 이끈다. 차이는 기의의 자유로운 유희가 아니라 문화적 역사적 상황적 특수성과 다양성에서 복잡하게 변화하는 자아의 구성으로 권력에 민감한 자아를 배출해낸다. *M. Butterfly*는 서구 서사 관례에서 구현되는 단일하고 고정된 정체성의 개념을 전복하고 개인, 사회, 주체, 그리고 세계 사이의 구분을 출발점의 근본적 지점으로 하는 본질적 특성의 형이상학에 기초한 인류학적 문학에 문제를 제기한다. 정체성은 다양한 영역을 통해서 구성됨으로써 애매하고 변화하기 쉬우며 자아의 추상적 개념을 내포하는 우연적 특성으로서 혹은 보편적 무역사적 본질로서의 젠더와 인종의 관례적 개념을 해체한다.

Song의 인종을 바라보는 이분법적 시각의 문제점이 제기된다. Gallimard의 환상을 전복하기 위한 도구로써의 Song은 역시 제국주의적 시각의 한계를 갖고 Gallimard를 백인 남성이라는 제한된 이름의 특성으로서만 그를 파악하고 있다. Gallimard를 "만능의 서구인으로 확대"(Cooperman 201)함으로써 서구의 인물을 동질화하는 문제점이 제기된다. Gallimard와 Song 두 사람이 남게 되었을 때 Song은 처음 Gallimard가 베이징 오페라극장을 찾아왔던 때와 동일한 상황을 설명한다. 중국에서와 같이 Song에게서 백인 이라 불리는 Gallimard는 Song에게 이곳이 프랑스 법정임을 상기시킨다. 그러나 Song은 다시 한번 Gallimard를 모험적인 제국주의자라고 칭한다. 재판 과정에서 Song이 서양 전반에 퍼부은 비난은 서양의 제국주의와 성욕 성의 문제점을 드러내지만 Song도 중국이라는 공산주의 정치 상황하에서의 교육을 통해 제한된 사고밖에 할 수 없다. Song은 Gallimard를 속일 수 있 었던 이유에 대한 이유로 "첫째 그때는 그가 마침내 환상의 여인을 만났을 때라 그 여인이 단순히 여자라는 사실 이상을 원했기 때문이고 둘째는 제가 동양인이고 동양인은 완벽하게 남성으로 살기 어려웠기 때문"(83)이라는 말 에서 Song은 서양과 동양이라는 이항대립적 구도를 해체했다기보다는 그 구조를 역이용하여 Gallimard와의 힘의 관계를 역전시켜 또 다른 상하 관 계를 만든 것에 불과하다. 동시에 동양 남성은 인종과 젠더의 문제가 함께 제기되었을 때는 완벽한 남성으로 재현되지 못하고 인종 때문에 젠더에 있 어서 거세된 존재로서만 생존할 수 있다는 점에서 Song은 기꺼이 그 역할 을 맡아 그러한 이분법적 정형을 더 고착화한다.

  또한 Song은 Gallimard를 속이는 연극에 치중한 나머지 버터플라이로 살다보니 정작 자신의 삶을 제대로 살지 못했고 인종과 성에 대한 혼란이 하나의 인물 안에서 허물어졌기에 Song은 자기 불확실성 속에 빠져들게 된다. 비록 의복과 젠더의 코드를 이용해서 여장 남자로 살았지만 Song은 자신을 동성애자로 칭하지 않는다. 공산주의 사회 규범에서 동성애는 허용 되지 않기 때문에 Song은 자신의 욕망에 대해서는 이야기하지 못한다. 실 제로 Song의 첩보행위에 대해서 문화혁명 이후 공산당은 이성의 옷을 입 은 성도착자의 삶은 영위한다고 취급하고 징벌의 대가로 국가를 위해 첩보 활동을 요구받기에 이르지만 극의 결말에 이르면 역할의 반전을 통해 드러 나는 그는 자신의 욕망이 희생된 불분명한 정체성의 혼란을 겪는다.

의복의 교체로 여성에서 남성으로 젠더의 변화가 일어난 Song은 모든 서양인의 고정관념을 깨뜨리려 할 뿐만 아니라 Gallimard의 고정관념이며 동시에 환상인 버터플라이의 전형도 파괴하려 한다. 비록 정형성을 해체하기 위한 충격을 주기 위해서 제시된 전략적 정치화 작업이기는 하지만 Song이 남성의 역할을 연기하는 순간 Song은 정복 욕구로 스스로 여성의 역할을 자청한 Gallimard에게 명령하고 억압하여 우월감을 느끼고 싶어 하는 제국주의적 본성을 드러낸다. 특히 Song의 실체를 바로 보기를 Gallimard에게 강요하는 과정에서 Song은 서양에 대한 정복하려는 의식을 Gallimard에게 그대로 투사한다. Song은 Gallimard를 "내 작은 것"(86)이라고 부르며 Gallimard를 조롱함으로써 Gallimard의 버터플라이 신화를 해체한다. Song이 남자라는 사실을 드러내며 옷을 하나씩 벗는 것을 거부하는 Gallimard에게 강요하며 현실을 직면할 것을 요구하는 장면에서 잘 찾아볼 수 있다.

그러나 Gallimard는 현실보다는 환상을 선택함으로써 동양 여성의 사랑스러운 정형성에 매달린다. 자신이 "난 남자가 창조한 여자를 사랑한 남자요, 나에겐 그 여자 이외에는 어떤 것도 부족하게 여겨질 따름이죠."(90)라고 한다. Gallimard가 무언가를 인정하기를 바라던 Song의 희망은 헛되고 Gallimard는 부대에서 Song을 쫓아낸다. Hwang은 정복하려는 마음가짐은 제국주의에도 적용시킬 수 있다는 점을 밝힌다.

입으로는 아니라고 해도 눈으로 예라고 한다라는 문구라고 할 수 있습니다. 문화에도 적용시킬 수 있겠죠 어쨌든 이것은 서양이 동양을 향해 행했던 것만을 의미하지는 않습니다. 지난 500년간 이런 일이 생겨나는 특정 장소가 있을 거라고 여겨왔지만 실제로 이는 하나의 문화와 또 다른 문화 사이에서 생겨나는 일로 한 문화가 언제나 다른 문화를 지배하겠다는 보편적인 인간 욕망의 모습이라고 할 수 있겠죠. 중국이 그랬으며 일본 또한 그랬습니다. 확실히 이는 서양과 동양의 관계 설명에만 적용되는 것은 아닌데 특히 최근에는 더욱 그런 양상입니다.(Hwang, "Interview" *The Playwright's Art* 138)

이것은 표면적인 양상의 문제보다 그 심층부에서 작용하는 이데올로기의 내부 작용에 더 관심을 두어야 한다는 것을 의미하는 것이다.

거부하는 Gallimard에게 Song은 버터플라이를 떠올리도록 하기 위해 그의 눈을 감기고 자신의 얼굴을 만져보게 한다. Gallimard에게 진정한 자아를 보여주기 위해서 옷을 벗은 Song은 Gallimard를 설득하고자 한다. Gallimard가 Song의 실체를 인식하기를 요구한다. 복장전환은 기존의 이성애적 맥락이나 젠더에서 벗어나 주체가 되게 한다. 이 장면은 "인종과 젠더를 표시하는데 피부가 관련 없음을 나타내는 가능성으로의 조롱"(Lee 117)으로 Song은 "전 당신의 버터플라이예요. 옷 속에 있는 모든 게 언제나 저예요. 자 이제 눈을 뜨고 인정해요. 당신은 저를 사랑하지요."(89)라고 Gallimard를 재촉하지만 Gallimard는 진실대신 상상의 세계를 선택한다. 사라져 버린 버터플라이를 되찾기 위해서 Gallimard는 스스로 게이샤처럼 화장을 하고 가발을 쓰고 할복한다. Gallimard는 "전 동양에 대해 환상을 갖고 있습니다. 종삼과 기모노를 입은 가냘픈 여인이 아무 쓸모없는 외국 악마에 대한 사랑 때문에 죽는 완벽한 여성으로 태어나 성장한 사람. 우리가 주는 어떤 처벌도 감수하고 무조건적인 사랑이 다시 되살아나게 하는 사람. 이 환상은 내 삶이 되어 버렸습니다."(91)라며 여전히 자신의 환상을 버리지 않는다.

Gallimard는 사회에서 인정되는 백인 남성 이성애와 수용될 수 없는 동성애 사이에서 Song의 남성성을 인정하지 않음으로써 기존 상징 질서에 남으려 한다. 그는 젠더와 인종적 정형성을 바꾸지 못하고 "제 이름은 Rene Gallimard 또한 버터플라이라고 알려졌지요."(93)라고 선언하지만 Song은 남자처럼 서서 Gallimard가 연극의 시작에서 한 "버터플라이, 버터플라이, 버터플라이"(93)를 부른다. 그의 복장의 교체는 "오페라 *Madam*

*Butterfly*와의 구조적 통합을 보증하기 위해 타자의 자리를 차지하는 것이 그가 궁극적으로 선택한 이성애와 백인성에 투자"(Eng 142)하는 것이다. 젠더라는 범주는 자연적이라기보다는 남성과 여성의 정형성에 의해서 정의되는 생물학적 혹은 성욕적 차이에 의해서 만들어진다. Gallimard의 파멸은 서구가 계속해서 고정되고 본질주의적 정체성에 의해서 사물을 인지하고 세계 권력관계가 변화할 때에는 오히려 서구의 파멸을 자초할 것이라는 메시지를 전한다. Gallimard의 자기희생은 "상징영역의 비참한 경계를 지지하는 동성애적 그리고 인종적 근심의 과장된 예시로써 뿐만 아니라 이성애와 백인성의 가시적 실패"(Eng 143)로 읽혀진다.

Hwang은 *M. Butterfly*에서 기모노와 정장을 입고 벗음을 통해 젠더와 성욕성 그리고 인종을 사회적 구성물로 제안한다. 여장 남자는 젠더 행위의 수용된 관례를 연기하며 전통적인 젠더 이데올로기를 재현해내는데 자신의 젠더화된 정체성과 자신의 실체가 일치하지 않기 때문에 논의의 장을 구성한다. 작품에서는 젠더와 생물학적 성과의 관계에 대해서 "추정된 젠더 역할이 연기자의 생물학적 성과 일치하지 않을 때 젠더의 허구성이 강조"(Dolan116)된다는 점을 독자는 인식해야 한다. 또한 여장 남자는 젠더의 문제뿐만 아니라 젠더와 연관된 강제적 이성애 역시 사회적 구성물로 젠더 역할을 구분 짓는 이성애적 틀을 위반함으로써 남성과 여성을 상싱하는 기호 체계를 혼란시킨다. 권력, 성욕성과 욕망은 이질적 문화 내의 그들의 성욕성과 그들 자신을 재현하는 방식을 제한해 온 사회적 경제적 문화적 편의의 이유를 이유로 지배문화가 할당한 역사적인 함축성을 갖는다. 이렇듯 "권력, 성욕성, 욕망은 다른 성욕적 그리고 젠더 맥락에서 특징적으로 다른 의미가 위치한다."(Dolan 81)는 점을 보여준다. Hwang은 문화의 차이가 존재하지 않는다는 것을 제안하려는 것이 아니라 이러한 차이가 인종이나 젠더와 직접적인 연관이 없으며 차이 너머의 이데올로기에 대한 비판을 끌어내려 한 것이다. 정체성의 의미는 단순한 의미의 자유로운 유희가 아니라 문화적으로 역사적으로 특수한 권력 관계의 유희로의 개방을 요구한다. 유희는 열려 있고 결정할 수 없는 정체성과 연관성이 논리의 핵심이다.

Hwang은 *M. Butterfly*에서 어떤 한 가지 문제에 대한 독립적인 고려가 아닌 인간으로서 공유할 수 있는 성, 문화, 민족의 문제에 다양한 불평등과 편견에 대한 인식을 도모하고자 했다:

> 이 작품은 남성에 의해서 만들어진 여성과 서양에 의해서 만들어진 동양의 전형을 반대하기에 반미국적인 극이라고 여겨질 때가 종종 있다. 그러나 이와 반대로 문화적이고 성적인 오해 모두에 대해 면밀히 살펴보다 보면 이들 부분은 우리가 인간으로서 공유하는 평범하고 평등한 기초로부터 상호 이익에 이르기까지 서로를 진정으로 대하고 있음을 알게 한다. (Hwang, "Afterward" *M. Butterfly* 100)

다면적이며 다층적인 관찰을 통해서 차이와 동일성의 문제는 항상 동시에 고려되어야 한다는 점을 보여준다. 그리고 단수적 범주화를 통한 문제의 인식을 통한 상하 관계를 반복과 이분법적 대항 관계대신 보다 포괄적이며 세밀한 관찰을 통해서 상호 영향을 주고받는 인간성을 바탕으로 한 끊임없는 관계의 재설정을 강조한다.

Hwang은 작품에서 나타나는 이분법적인 사고 구조가 바로 사물을 바라보는 편견을 만들어내고 이러한 편견의 모음이 정형성이라는 점을 분명히 한다. 그러나 정형성은 개별 인간을 대표하는 보편적인 특성으로 간주하여 모든 개별사항을 동일한 범주로 해석하는 것의 위험성에 대해서 역설하고 있다. 편견을 통해서 만들어낸 환상의 세계는 결코 진리를 이해할 수 있는 능력을 상실하게 되고 불평등한 구조를 지속하게 만든다. 그래서 Hwang은 이분법적 사고의 틀을 작품 속에서 인종, 젠더, 성욕성 등의 다양한 영역의 관계를 통해서 새롭게 해석해내는 유희를 통해서 벗어날 수 있다는 점을 강조한다.

맺음말

Ⅳ. 맺음말

Hwang은 *FOB*와 *M. Butterfly*에서 독자로 하여금 사회 이데올로기와 지배적 담론이 고정된 사고 구조를 탈피하여 탈정형할 것을 요구한다. 탈정형은 인종, 성욕성, 젠더, 계급 등의 다양한 사회적 인자에 대한 새로운 인식을 통해서 문화의 혼합과 공통의 경험을 통해서 상호간의 인식의 전환을 의미한다. Hwang은 두 작품을 통해서 정체성을 구성하는 인종, 성욕성, 젠더가 본질적인 것이며 진리로 인식해 왔던 위계적인 이분법적 관계의 허구성을 부각시킴으로써 본질주의를 해체하였다. 이분법적 사고 구조의 해체는 고정되고 절대적인 사고 체제를 버리고 유동적이며 상대적이고 다원적인 접근을 가능하게 한다. Hwang은 "동양에 대한 신화, 서양에 대한 신화, 남성에 대한 신화 그리고 여성에 대한 신화 – 우리의 의식은 이러한 신화로 너무나도 가득차 있어서 나라 간 연인 간의 진정한 접촉과 이해가 이루어지려면 영웅적인 노력이 필요하다."(Hwang, "Afterward" *M. Butterfly* 100)라며 진실의 표층에 머무는 환영의 불완전성을 인식하고 이러한 인식이 개인적 차원에서 머물기보다는 그 환영을 깨뜨리기 위한 사회적 차원으로의 행동 역시 중요하다고 주장한다.

Hwang은 재현을 기저로 해 온 대표적인 예술 장르인 사실주의 드라마의 환영의 문제점을 유희를 통해서 표출시켜 다양한 해석법과 열린 결말을 제공하고자 했다. 유희라는 것은 절대적인 원본 혹은 근원이 없기 때문에 출발점부터 다양성에 의해서 스스로를 구성하며 한계 없이 계속된다는 점이 재현과 구별된다. 원본으로 대변되는 현실의 완전무결한 모방을 목표로 하는 재현과 달리 유희는 현실의 반복을 통한 패러디나 현실 반영의 불순화를 목표로 한다. 유희는 열린 구조적 개념으로 개별적 순간이 서로 간의 상호성을 만들어내기 때문에 가능성이 무한하다. 그래서 작품의 해석 역시 배경이 다양한 관객에게 작품의 해설자로서의 작가의 지위를 양도한다. 소재를 매우 축약적이며 상징적으로 다루는 집약성을 갖고 있고 연극 내 연극의 기법을 사용하여 텍스트 간의 긴장 상태를 유지하였으며 주제적 모호성을 통해서 열린 결말을 만들어내었다.

텍스트와 연관된 요소와의 상호성에 초점을 둔 미학적 주체와 객체를 구별하지 않는 유희는 Hwang의 작품에서는 텍스트 내부에서의 서로 다른 담론의 차이와 텍스트와 텍스트 외부 담론과의 유희 그리고 텍스트와 관객 사이의 유희와 유희하는 대상 사이의 설명은 무한한 의미를 창조하면서 불완전한 모방을 통해서 지속적인 즐거움을 유지시킨다. 원본의 소재를 부분 모방한 많은 텍스트가 다른 의미를 무한히 창조해내며 동시에 텍스트 내의 다양한 요소가 열린 결말을 통해서 다양한 의미를 생성한다. 관객은 드라마 작가나 감독이 통제하는 무대와 객석을 분리하여 통제된 관점만을 수용하는 대신 텍스트의 의미를 직접적으로 생성하는 데 능동적으로 참여하며 관객의 젠더, 인종, 성욕성, 경제적 계급 등의 다양한 배경에 따라서 텍스트를 해석하고 수용하는 다양한 방식을 허용받게 된다. Hwang의 연극은 "제국주의 인종차별과 성차별을 특정한 역사적 관점 속에서 매우 능숙하고 감동적으로 서로 연결시켜 주로 중산층인 많은 관객에게 커다란 호소력을 갖는 놀라운 효과를 자아내었으므로 작가는 그가 의도했던 정치적 목적을 성취"(Skloot 64)하는 관객에 대해 호소력을 갖는다.

　*FOB*에서는 관객이 갖고 있는 정형성에 대한 환상의 허구성을 밝히기 위해서 중국의 고유한 텍스트인 여 전사 Fa Mu Lan의 설화와 남 전사 Gwan Gung의 설화를 차용한다. 물론 이 두 텍스트는 아시아계 미국인인 Kingston의 *Woman Warrior*와 Chin의 *Gee, Pop*을 통해서 새롭게 해석되었으며 다시 두 작품의 주인공이 *FOB*에서 조우하게 된 텍스트적 유희를 통해서 중국 전통적인 인물과 그들에 대한 평가에 대해서 새롭게 재해석하는 창의력을 발휘한다. 그리고 극중극의 형식, 시간과 공간, 과거와 현재 등의 경계가 명확하지 않게 수시로 바뀌며 인물의 역할 또한 현실의 Grace와 Steve가 과거의 Fa Mu Lan과 Gwan Gung의 역할을 번갈아 맡아서 등장하여 관객의 감정이입을 막는다. 게다가 집단극으로 새로운 우화를 만들어내며 그것의 의미를 새롭게 창조하기도 한다. 또한 관객에게도 보다 많은 해석의 자유로움과 즐거움을 부여하기 위해서 관객의 환영을 깨뜨리며 주인공 Dale은 관객을 향해서 독백조의 내레이션으로 강의를 하는 것으로 드라마의 처음과 마지막 무대에 등장하여 사실주의 극과 달리 관객이 지적 거리 두기가 가능하게 한다.

　기법적인 유희뿐만 아니라 작품 내에 보여지는 인종차별의 문제가 단순히 백인과 유색인이라는 이분법에 의해서 간단히 설명될 수 있는 것이 아니라는 다수 정체성의 관점에서 바라보아야 한다는 것을 보여준다. Hwang은 정형성을 "유의미한 개념에서 적용할 수 없게 하기 위해서는 그들을 섞고 혼란스럽게 함으로써 정형성을 폭로하는 시도"(Hwang, "Interview" *Bearing* 188)를 통한 새로운 시점의 중요성을 강조한다. 아시아계 미국인으로서 백인에 의해서 차별을 받는다는 단순한 논리 이외에도 아시아계 미국인이 미국에서 할 수 있는 일은 백인 여성이 하고 싶어 하지 않는 일이다. 젠더 차이에 의해서 백인 여성이 백인 남성에게 하위 노동자로 차별을 받듯이 피부색과 전 지구적 자본주의 확장으로 아시아계 미국인은 그러한 백인 여성보다 더 하위 노동자로 분류되는 것이다. 또한 아시아계 미국인 사이에서도 세대별로 또 다른 차별의 요소가 발생한다. 초기 빈곤했던 제1세대 아시아계 이민자와 정착을 통해서 영어를 사용하며 미국 문화에 익숙하지만 여전히 빈곤한 제2세대 아시아계 미국인 그리고 새로운 자본주의 등장으로 부유층으로 본국에서 미국에 도착한 미국인 사이에 존재하는 또 다른 세대와 경제적 계급에 의한 차이의 요소는 단순히 피부색에 의해서 개인을 범주화할 수 없다는 점을 명백히 한다.

*M. Butterfly*에서는 *FOB*에서 보여주었던 국가적 경계 내의 개인의 정체성의 문제에서 나아가 전 지구적 맥락에서 개인과 사회 문화의 전반에 관련하여 Hwang은 탈정형을 다양한 유희에 의해서 시도한다. 버터플라이를 소재로 했던 소설과 연극 그리고 오페라에 이르는 다양한 작품과의 텍스트 간의 차이를 이용한 텍스트적 유희는 고전 텍스트와 현대의 신문 기사 간의 유희로 확장된다. 허구와 사실을 적절하게 엮어내어 관객 스스로 허구와 실제 간의 차이에 대해서 비판적으로 바라볼 수 있는 기회를 제공한다. 또한 Hwang은 Brecht의 서사극의 형식과 경극의 형식을 동시에 사용하여 독자의 기대를 허물고 감정이입을 막는다. 그리고 여장 남자의 사용을 통해서 관객에게 자신이 갖고 있던 허구적 이데올로기의 산물인 정형성에 기초한 젠더차, 성욕차, 인종차 등의 명확한 경계라는 것이 불확실하다는 점을 보여준다. 그리고 여장 남자는 독사가 모순과 아이러니의 충격을 통해서 지적인 통찰력을 얻고 무대 위의 사실 이면에 숨겨져 있는 허구성을 깨닫게 하여 정체성을 구성하는 힘의 축이 이동할 수 있다는 점을 인식하게 한다.

이 작품에서 제시된 이데올로기의 이분법적 위계화의 문제점은 단순히 서구인에게 국한된 것이 아니라 아시아인에게도 적용된다. 물론 백인 남성 이성애자 집단의 특권을 유지하고 강화하며 유포시키기 위해서 그들이 근거 없이 주장하는 막연한 우월성이 가장 큰 문제라는 점은 부인할 수 없다. 환영에서 깨어나는 대신에 현실에 대해서 눈을 감고 그 특권을 누리기 위해서 환영을 택하는 Gallimard의 파멸은 그 문제점을 제시하는 것이다.

아시아인도 역시 스스로의 정치적 이득 혹은 경제적 이득 등의 작은 것을 얻기 위해서 이분 체계를 이용한다거나 이분 체계를 용인하고 변화를 위한 행동을 하지 않는다면 이분법은 영구히 지속될 수밖에 없는 문제이다. 보다 능동적인 자세로 이러한 이항대립적 체계의 위선을 인지하는 것에 그치지 않고 변화를 위한 행동의 자세를 갖는 것이 중요하다는 것이 작품의 메시지이다.

　Hwang은 정체성의 형성이 미국의 국가 상태의 실제 그리고 상상적 경계를 넘어선 비교와 국제적 주체 형성의 모델과 종속과 관련해 고려되어야 한다고 역설한다. 인종 형성을 평가함에 있어서 차이의 다양한 축을 넘어서 뿐만 아니라 수많은 지역과 전 지구적 기호에 있어서도 비평적 방법의 개념에 있어서 관찰이 있어야 한다. 이와 같이 Hwang은 정체성의 유동성을 인정하고 현실로 제시되는 무대 위의 상황을 거리를 두고 그 이면의 진실을 인식하려는 태도를 갖는다면 개인과 사회 모두가 변화의 계기를 맞이하게 된다는 점을 부각시킨다. Hwang은 "치유의 유일한 방식은 소수민이 함께 모여 잠시 동안 스스로를 분리하고 그들이 공통의 경험을 갖고 있다는 것을 깨닫는 것이다. 그리고 여러분은 그 방식의 손상된 부분을 수정할 수 있다."(Hwang, "Interview" *Between Worlds* 94)라고 이야기한다.

　진리라는 절대성 대신에 작품을 바라보는 다양한 시선이 충돌하고 융화하면서 차이와 동일성을 만들어내는 과정에서 서로가 비로소 진정한 인간으로서 자신과 타자를 인정하고 바라보는 상호적 관계를 만들어갈 수 있다는 점을 역설하고 있다. Hwang은 이러한 시각과 사고가 "차이와 파편화의 인식을 포함하지만 모든 것 아래에 있는 공동체가 있다. 나는 문화의 다양한 이질성은 파벌적 유럽이나 아시아 국가에서 당신이 갖고 있는 것과 다른 어떤 미학"(Hwang, "Interview" *The Playwright's Art* 134)이라는 새로운 다중 국가 다문화 시대에서의 대안을 제시하고자 한다. 세상을 단순화하여 이분법적으로 바라보게 하는 정형성의 절대성과 고정성 기저에 작용하는 지배 이데올로기의 허구성을 깨닫는 순간 비로소 정체성에 대한 올바른 사고가 가능하다. 그리고 올바른 사고에 따라서 작품을 바라보는 순간 독자는 재현된 상황과 현실의 차이에 대한 자신만의 해석의 즐거움을 느낀다. 그리고 작품과 세상에 대한 다양한 해석을 위한 열린 공간은 담론 간의 유희를 통해서 새롭고 다양한 의미를 생성하는 창조의 공간으로 거듭난다.

인용문헌

Abrams, M. H. *A Glossary of Literary Terms*. 7th ed. Fort Worth: Harcourt, 1998.

Adams, Hazard and Leroy Searle, eds. *Critical Theory Since 1965*. Tallahassee: Florida State UP, 1986.

Althusser, Louis. "Ideology and Ideological Statue Apparatuses." Adams and Searle 239-50.

Andermahr, Sonya, Terry Lovell, and Carol Wolkowitz, eds. *A Concise Glossary of Feminist Theory*. London: Arnold, 1997.

Anzaldua, Gloria, ed. *Making Face Making Soul: Haciendo Caras*. San Francisco: Aunt Lute, 1990.

Ashcroft, Bill, Gareth Griffths and Helen Tiffin, eds. *Key Concepts in Post-colonial Studies*. London: Routledge, 1998.

---. *The Post-colonial Studies Reader*. London: Routledge, 1995.

Aston, Elanie. *An Introduction to Feminist and Theatre*. London: Routledge, 1995.

Belsey, Chatherine. "Constructing the Subject, Deconstructing the Text." *Feminisms: An Anthology of Literary Theory and Criticism*. Ed. Roby Warhol and Dian Price Herndi. New Brunswick: Rutgers UP, 1981. 593-609.

Bhabha, Homi K. "Cultural Diversity and Cultural Differences." *The Post-Colonial Studies*. Ed. Ashcroft, Griffths and Tiffin. *206-09*.

---. *The Location of Culture*. London: Routledge, 1994.

Brecht, Bertolt. "Brecht: *Mother Courage* and *Galleo*." *Perspectives on Plays*. Ed. Jane Lyman. London: Routeldge and Kegan Paul, 1979. 227-55.

Brockett, Oscar G. *History of the Theatre*. 7th ed. Boston: Allyn and Bacon, 1995.

Butler, Judith. *Gender Trouble: Feminism and the Subversion of Identity*. London: Routledge, 1999.

Butler, "Imitation and Gender Insubordination." *The Second Wave: A Reader in Feminist Theory*. Ed. Linda Nicholson. London: Routledge, 1997. 300-17.

Chang, Williamson B. C. "*M. Butterfly:* Passivity, Discourseness, and the Invisibility of the Asian Male." Revilla et al. 181-84.

Cheung, King-Kok. ed. *An Interethnic Companion to Asian American Literature*. Cambridge: Cambridge UP, 1996.

Chin, Frank. "Come All Ye Asian American Writers of the Real and the Fake." *The Big Aiiieeeee!: An Anthology of Chinese-American and Japanese-American Literature*. Ed. Jeffery Paul Chan et al. New York: Meridian, 1991. 1-94.

Connolly, William E. *Identity / Difference: Democratic Negotiations of Political Paradox*. Ithaca: Cornell UP, 1991.

Cooperman, Robert. "New Theatrical Statements: Asian Western Merger in the Early Plays of David Henry Hwang." *Staging Difference: Cultural Pluralism in American Theatre and Drama*. Ed. Marc Maufort. New York: Peter Lang, 1995. 201-13.

Davidson, Cathy N. and Linda Wagner-Martin. eds. *The Oxford Companion to Women's Writing in the United States*. Oxford: Oxford UP, 1995.

Dirlik, Arif. "The Postcolonial Aura: Third World Criticism in the Age of Global Capitalism." *Critical Inquiry* 20 (1994): 328-56.

Dolan, Jill. *The Feminist Spectator as Critic*. Ann Arbor: U of Michigan P, 1998.

Dworkin, Andrea. "Pornography: Men Possessing Women." *Feminism of Our Time: The Essential Writings, World War II to the Present*. Ed. Miriam Schneir. New York: Vintage, 1994. 419-28.

Eng, David. L. *Racial Castration: Managing Masculinity in Asian America.* Durham: Duke UP, 2001.

Fanon, Frantz. *Black Skin White Masks.* Trans. Charles Lam Markmann. New York: Grove, 1967.

Forte Jeanie. "Realism, Narrative, and the Feminist Playwright-A Problem of Reception." Keyssar. 19-34.

Foucault, Michel. *The History of Sexuality: An Introduction.* New York: Vintage, 1990.

Garber, Marjorie. "The Occidental Tourist: *M. Butterfly* and the Scandal of Transvestism." *Nationalism and Sexualities.* Ed. Andrew Parker et al. London: Routledge, 1992. 121-46.

Gilbert, Helen and Joanne Tomkins. *Post-Colonial Drama: Theory, Practice, Politics.* London: Routledge, 1996.

Hawthorn, Jeremy. *A Glossary of Contemporary Literary Theory.* 4th ed. London: Arnold, 2000.

Humm, Maggie. *The Dictionary of Feminist Theory.* 2nd ed. Columbus: Ohio State UP, 1995.

Hwang, David Henry. Interview. Ed. Dorinne Kondo. 211-25.

___ "A Conversation with David Henry Hwang."Ed. Lina A. Revilla et al. 185-91.

___. Interview. *Between Worlds: Contemporary Asian American Plays.* Ed. Misha Berson. New York: Theatre Communications Groups, 1990. 92-95.

___. "Evolving a Multicultural Tradition." Ed. Trudeau. Detroit: Gale, 1999. 155-56.

___. *FOB. FOB and Other Plays.* By Hwang.New York: Penguin, 1990. 2-30.

___. Introduction. *FOB and Other Plays.* By Hwang. x- xv.

___. *M. Butterfly.* New York: Plume, 1989.

___. Afterward. *M. Butterfly.* By Hwang. 94-100.

___. Interview. *Speaking on Stage: Interview with Contemporary American*

Playwrights. Ed. Kolin, Philip C. and Kullman Colby H. Tuscaloosa: U of Alabama P, 1996. 277-90.

___. Interview. *The Playwright's Art: Conversations with Contemporary American Dramatists*. New Brunswick: Rutgers UP, 1995. 123-46.

Kelly, Michael. *Encyclopedia of Aesthetics*. 3 vols. Oxford: Oxford UP, 1998.

Kerr, Douglas. "David Henry Hwang and the Revenge *of Madame Butterfly.*" Trudeau. 160-02.

Keyssar, Helene. ed. *Feminist Theatre and Theory*. New York: Macmillan, 1996.

Kingston, Maxine Hong. Foreword. *FOB and Other Plays*. By Hwang. vii-ix.

Kim, Elaine. *Asian American Literature: An Introduction to the Writings and Their Social Context*. Philadelphia: Temple UP, 1984.

Kondo, Dorinne. ed. *About Face: Performing Race in Fashion and Theatre*. New York: Routledge, 1997.

Kurahashi, Yuko. *Asian American Culture on Stage: The History of the East West Players*. New York: Garland, 1999.

Lee, Josephine. *Performing Asian American: Race and Ethnicity on the Contemporary Stage*. Philadelphia: Temple UP, 1997.

Lim, Shirley Geok-Lin. *Reading the Literatures of Asian America*. Philadelphia: Temple UP, 1992.

Ling, Jinqi. *Narrating Nationalism: Ideology and Form in Asian American Literature*. Oxford: Oxford UP, 1998.

Loo, Chalsa. "*M. Butterfly:* A Feminist Perspective." Revilla et al. 177-83.

Lowe, Lisa. *Immigrant Act: Asian America Cultural Politics*. Durham: Duke UP, 1996.

Lugones, Maria. "Hablando cara a cara / Speaking Face to Face: An Exploration of Ethnocentric Racism." *Making Face, Making Soul; Haciendo Caras*. Ed. Gloria Anzaldua. San Francisco: Aunt Lute, 1990. 46-54

Lye. Collen. "*M. Butterfly* and the Rhetoric of Antiessentialism Minority Discourse in an International Frame." *The Ethnic Cannon: Histories Institutions and*

Interventions. Ed. Palumbo-Liu, David. Minneapolis: U of Minnesota P, 1997. 260-89.

Makaryk, Irena R. comp. and ed. *Encyclopedia of Contemporary Literary Theory: Approaches, Scholars, Terms.* Toronto: U of Toronto P, 1993.

Minh-ha, Trinh T. "Not You / Like You: Post-Colonial Women and the Interlocking Questions of Identity and Difference." Anzaldua. 371-75.

Moy, James. *Marginal Sights: Staging the Chinese in America.* Ed. Thomas Postlewait. Iowa City: U of Iowa P, 1993.

Moy, James. "David Henry Hwang's *M. Butterfly* and Philip Kan Gontanda's *Yankee Dawg You die:* Repositioning Chinese-American Marginality on the American Stage." *Critical Theory and Performance.* Ed. Janelle G Reinelt and Joseph R. Roch. Ann Arbor: U of Michigan P, 1999. 79-87.

Mulvey, Laura. *Visual and Other Pleasure.* London: Macmillan, 1989.

Omi, Michael and Hward Winant. "On the Theoretical Status of the Concept of Race." *Asian American Studies: A Reader.* Ed. Jean Yu-wen Shen Wu and Song Min. New Brunswick: Rutgers UP, 2000. 199-08.

Palumbo-Liu. *Asian / American: Historical Crossings of a Racial Frontier.* Stanford: Stanford UP, 1999.

Pao, Angela. "*M. Butterfly* by David Henry Hwang." *A Resource Guide to Asian American Literature.* Ed. Sau-ling Cynthia Wong and Stephen H. Sumida. New York: Modern Language Association of America, 2001.

Reinelt, Janelle. "Beyond Brecht: Britain's New Feminist Drama." Ed. Keyssar. 35-48.

Revilla, Linda A et al. eds. *Bearing Dreams, Shaping Visions: Asian Pacific American Perspectives.* Washington: Washington State UP, 1993.

Reman, Kathryn. "The Theatre of Punishment: David Henry Hwang's *M. Butterfly* and Michel Foucault's *Discipline and Punish.*" *Modern Drama* 37 (1994): 391-400.

Rothenberg, Paula S. *Race, Class and Gender in the United States: An Integrated Study.* 2 nd ed. New York: St. Martin's, 1992.

Said, Edward. *Orientalism*. New York: Vintage, 1978.

Shimakawa, Karen. *National Abjection: The Asian American Body Onstage.* Durham: Duke UP, 2002.

Skloot, Robert. "Breaking the Butterfly: The Politics of David Henry Hwang." *Modern Drama* 33 (1990): 59-66.

Spickard, Paul R. "What Must I Be?: Asian Americans and the Question of Multiethnic Identity." *Asian American Studies: A Reader*. Ed. Jean Yu-wen Shen Wu and Song Min. New Brunswick: Rutgers UP, 2000. 255-69.

Spivak, Gayatri Chakravorty. "Can the Subaltern Speak?" *Marxism and the Interpretation of Culture*. Urbana: U of Illinois P, 1988.

Street, Douglas. *David Henry Hwang*. Ser. 90. Boise State UP, 1989.

Takaki, Ronald. *Strangers from a Different Shore: A History of Asian Americans*. New York: Penguin, 1989.

Trudeau Lawrence J. ed. *Asian American Literature: Reviews and Criticism of Works by American Writers of Asian Descent*. Detroit: Gale, 1999.

Wong, Sauling Cynthia. *Reading Asian American Literature*. Princeton: Princeton UP, 1998.

Wilson, Edwin. *The Theatre Experience*. 8th ed. New York: McGraw-Hill, 2001.

Young, Robert J. C. *Postcolonialism: A Historical Introduction*. Oxford: Blackwell, 2002.

정 귀 훈 (鄭 貴 薰)

학 력:
충남대학교 문과대학 영어영문학과 졸업
충남대학교 대학원 영문학 석사
충남대학교 대학원 영문학 박사

경 력:
충남대학교, 배재대학교 출강

연구 논문:
『글렌게리 글렌 로스』의 후기 자본주의 문화
『하이디 연대기』에서의 정체성의 위기
샘 쉐퍼드의 『매장된 아이』에서의 탈신화화
for colored girls who have considered suicide when the rainbow is enuf 에서의 정치적 결속
희극의 자유와 가치 전도성

데이비드 헨리 황의 작품 읽기:
아시아계 미국인의 정체성

• 초판 인쇄	2007년 1월 10일
• 초판 발행	2007년 1월 10일
• 지 은 이	정귀훈
• 펴 낸 이	채종준
• 펴 낸 곳	한국학술정보㈜
	경기도 파주시 교하읍 문발리 526-2
	파주출판문화정보산업단지
	전화 031) 908-3181(대표) · 팩스 031) 908-3189
	홈페이지 http://www.kstudy.com
	e-mail(출판사업팀사업부) publish@kstudy.com
• 등 록	제일산-115호(2000. 6. 19)
• 가 격	22,000원

ISBN   978-89-534-6306-6 93840 (Paper Book)
            978-89-534-6307-3 98840 (e-Book)